Friedrich Hebbel

Die Räuberbraut

und andere Erzählungen

Friedrich Hebbel: Die Räuberbraut und andere Erzählungen

Neuausgabe mit einer Biographie des Autors
Herausgegeben von Karl-Maria Guth
Berlin 2016

Umschlaggestaltung von Thomas Schultz-Overhage unter Verwendung
des Bildes: Carl Friedrich Lessing, Felsenschloss, 1828

Gesetzt aus der Minion Pro, 11 pt

Verlag: Henricus - Edition Deutsche Klassik GmbH
Mörchinger Str. 33, 14169 Berlin, info@henricus-verlag.de
Druck: Libri Plureos GmbH, Friedensallee 273, 22763 Hamburg

ISBN 978-3-8430-9351-4

Bibliografische Information der Deutschen Nationalbibliothek

Die Deutsche Nationalbibliothek verzeichnet diese Publikation in der
Deutschen Nationalbibliografie; detaillierte bibliografische Daten sind im
Internet über www.dnb.de abrufbar.

Inhalt

Die Räuberbraut

1.

Es war schon ziemlich spät, und Sturm und Regen vereinigten sich, das Wetter so schlecht zu machen, wie nur irgend möglich. Gustav, der junge Förster, ging langsam durch den Wald, wie es schien, in tiefe Gedanken versunken. Endlich rief er aus: »Ja, es sei! Gewißheit will ich haben, und wäre es auch die Gewißheit ewiger Vernichtung!« Damit schritt er rasch, bis ins nahe gelegene Dorf, vorwärts. Er stand still vor einem kleinen Hause, das am Eingange des Dorfes lag und von der alten Frau von Rosenheim – der Witwe eines in Armut verstorbenen Offiziers – nebst ihrer Nichte Emilie bewohnt ward. Mit zweifelndem Schritte ging er vor das niedrige Fenster, woraus noch Licht schimmerte. Er blickte hinein. Die Alte schien sich längst in ihr Zimmer zurückgezogen zu haben; Emilie aber las noch in einem Buche und war so eifrig mit dem Inhalte desselben beschäftigt, daß sie Gustavs leises Klopfen anfangs gar nicht vernahm. Er klopfte stärker. Da wurde das Fenster aufgemacht, und Emiliens engelmilde Stimme fragte, wer da sei? »Ich«, erwiderte Gustav. »Wem gilt Euer Besuch noch so spät?«, sagte das Mädchen, indem sie den Förster mit einem fast ängstlichen Blicke maß, »Euch«, entgegnete dieser, »ich bitte aufzumachen; Ihr habt hoffentlich keine Furcht vor mir?«

Emilie machte langsam die Tür auf, und Gustav ging mit ihr in die Stube. Hier schritt er eine Zeitlang heftig auf und ab, ohne ein Wort zu sagen, wie im Kampfe mit sich selbst begriffen; endlich trat er vor das Mädchen hin, ergriff ihre Hand, und sprach mit weicher Stimme:

»Emilie, bleibt es bei der Entscheidung, die Du mir gegeben hast? Spricht keine Regung Deines Herzens für den Armen, der vor Dir steht und seinen Himmel von Dir zu erbetteln sucht?«

»Gott, Gustav«, erwiderte das Mädchen, »fordert nicht von mir, was ich Euch ewig nimmer gewähren kann. Ihr werdet mir immer wert bleiben, wie ein teurer Gespiele meiner Jugend, wie ein Bruder, nur verlangt keine Liebe!«

»Das heißt«, rief der Jüngling, »sei mit einem Tropfen zufrieden, wenn kaum ein Weltmeer hinreicht, dich zu kühlen.« Heftig preßte er das

Mädchen an seine Brust, verzweifelnd rief er aus: »Sprich nochmals, Du willst nicht!«

»Ich kann nicht!«

»Wohlan«, sagte er und stürzte fort, »Du wirst meiner gedenken!«

2.

Es war ein schöner Sommertag. Lustig zwitscherten die Vögel und hüpften von Zweig zu Zweig, freundlich, wie ein Auge Gottes, blickte die Sonne durch den dichten Wald, worin ein junger Mann, den wir Victorin nennen wollen, mit sichtbarer Unruhe auf- und niederwandelte. Sein Gesicht hatte die edelsten Züge; in freiem Schwunge flatterten die dunklen Locken um seine Schultern; er war eine vollendete Mannsschönheit, aber auf höchst abenteuerliche Weise gekleidet. Er trug ein langes, schwarzes Gewand, welches fast priesterlich zu nennen gewesen wäre, wenn nicht die blutrote Farbe des um seinen Leib geschlungenen Gürtels, und besonders die in demselben befindlichen Waffen – blankgeschliffene Dolche und Pistolen – zu grell dagegen abgestochen hätten. Diese, und der Degen, der an seiner Seite hing, hätten seiner Erscheinung in der Waldeseinsamkeit etwas Furchtbares geben können, wenn nicht der sanfte, obgleich ernste Ausdruck seines Antlitzes den widrigen Eindruck hätte verwischen müssen. Von Zeit zu Zeit, jedoch mit einer Art Ängstlichkeit, wand er sich durch die Gebüsche und trat auf den Waldsteig, sich sorgfältig auf demselben umsehend, als ob er etwas erwartete. Bei dem leisesten Geräusch indeß, das sich hören ließ, verschwand er wieder in das Dickicht.

3.

Die Schönheit des Tags hatte auch Emilie in den dichten Wald hinaus gelockt. Beschäftigt, einige Erdbeeren für die geliebte Muhme zu pflücken, hatte sie sich tiefer, wie gewöhnlich, in das Gesträuch verloren und war in eine wildfremde Gegend gekommen. Sie suchte umsonst den nach ihrem Dorfe führenden Weg wieder aufzufinden. Schon begann die Dämmerung ihre grauen Fittige zu entfalten, die Strahlen der Sonne fielen ins Rötliche, kühler wehte der Wind: da trat Gustav dem ängstlich besorgten Mädchen entgegen. Ach, es war nicht mehr der heitre Gespiele ihrer Jugend, von dem sie erwarten durfte, daß er sie zurechtweisen werde: tiefe Melancholie lag, wie eine Wolke, auf seinem Gesichte: sein Auge sprühte Flammen, wie er die wehrlose Jungfrau erblickte; ein entsetzlicher Entschluß schien in seinem Busen zu reifen.

Er trat näher. Stumm standen sich beide eine Zeitlang gegenüber. Da aber zuckte es, wie ein Wetterstrahl, über des Jünglings Angesicht; mit dumpfer Stimme rief er:

»Emilie, bleibt es bei dem, was Du gesagt hast? Darf ich nicht hoffen?«

Sie wollte antworten, er aber unterbrach sie:

»Ich sehe, Du willst mein Todesurteil sprechen; wohlan, Fühllose, es sei; aber Du sollst mit mir sterben!«

Damit zog er einen blanken Dolch hervor, den er, wie es schien, auf der Brust getragen hatte, und schwang ihn gegen das Mädchen. Sie sank mit einem Angstgeschrei zu Boden; Gustav aber fühlte sich im selbigen Augenblick stark von hinten angegriffen, und eine mächtige Stimme donnerte:

»Unglücklicher, was wolltest Du tun? Du bist verloren!«

»Das ist noch die Frage –«, entgegnete Gustav, indem er sich umkehrte und seine Waffe gegen den Unbekannten zückte.

»Du bist es«, rief dieser, entwand ihm mit leichter Mühe den Dolch, warf ihn zur Erde und setzte ihm den Fuß auf die Brust.

Da erwachte Emilie aus der Ohnmacht, worin sie bisher gelegen, aber nur, um mit einem wiederholten Schrei in eine neue zu fallen, als ihr Blick auf die beiden Männer fiel.

»Bei Deinem Leben, entferne Dich, Bube«, herrschte der Fremdling dem Förster zu.

Zähneknirschend verlor sich dieser in das Gebüsch.

4.

Emilie lag leblos da. Victorin – der war ihr Retter – eilte zu einem nahen Quell, schöpfte etwas Wasser und bespritzte das Mädchen damit. Aber sie gab kein Zeichen des rückkehrenden Lebens von sich; die Farbe war von ihren Wangen gewichen, kein Atem hob ihren Busen, ihre Augen waren geschlossen. Victorin stürzte sich in grenzenloser Angst über sie hin. »O, Geliebte«, rief er aus, »so muß ich jetzt Dich verlieren, jetzt, wo ein günstiger Zufall die ungeheure Kluft ausgefüllt zu haben scheint, welche zwischen uns befestigt war?« Er rief sie bei den zärtlichsten Namen, er raufte sich, da alles vergeblich blieb, das Haar aus und ballte wild seine Hand gegen die Stirn. Da schlug Emilie die Augen auf; mit sanfster Stimme lispelte sie: »Wo bin ich?«

»Bei einem, der Dich liebt!«, sagte Victorin, indem er sie aufrichtete.

Sie schaute ihn an, wollte ihm danken; aber ihre Lippen verstummten, nur ihr Auge sprach, – ach, es sprach mehr, als den innigsten Dank. Wie ein Engel war Victorin ihr in der Not erschienen; wie ein Engel stand er noch vor ihr da, bestimmt, die dunkeln Wolken ihres durch Gustav verfinsterten Lebens zu zerstreuen; sie wußte nicht, ob sie ihn lieben, ob sie ihn anbeten sollte. Er führte sie, ohne daß sie ihm ihren Wunsch erst zu erkennen gegeben hätte, auf den Weg in ihr Dorf zurück; stumm ging er neben ihr her; er hatte ihren Blick verstanden; er schwelgte in nie geahnter Seligkeit.

Der Wald war zu Ende.

»Wir müssen uns trennen«, sagte Victorin in tiefem Schmerz, »vielleicht auf ewig!«

»Für ewig?«, fragte Emilie ängstlich, und schauderte fast zusammen über ihre eigene, ihr unwillkürlich entschlüpfte Frage.

Victorin schaute sie an – ihre Blicke begegneten sich – er stürzte zu ihren Füßen, schwur ihr ewige Liebe, – sie erwiderte den Schwur nicht, – stumm sank sie an seine Brust, – ihre Seelen vermählten sich im ersten flammenden Kusse.

Ein Wagen rollte heran; erschrocken fuhren die Liebenden auseinander.

»Ich sehe Dich wieder!«, rief Victorin aus, preßte das Mädchen noch einmal an seine Brust und verlor sich sodann in die Gebüsche.

Emilie kehrte in die Hütte ihrer Muhme zurück: sie brachte keine Erdbeeren, aber einen Himmel mit.

5.

Mit kochendem Blut hatte Gustav den Platz seiner unrühmlichen Niederlage verlassen. Eine Legion entsetzlicher Gefühle durchzog, wie eben so viel grausame Harpyen, seine Brust. Wie rasend rannte er ohne Absicht oder Wahl in die Tiefe des Waldes hinein, und bemerkte nicht, daß er sich dem als unsicher verrufenen Schloßgarten, wo ehemals eine Burg gestanden hatte und wo jetzt die Söhne der Hölle ihr Wesen treiben sollten, mehr, als rätlich, näherte. Ehe wir ihn indeß weiter begleiten, wollen wir sehen, was an und in ihm ist.

Gustav war kein kräftiger, aber ein sehr leidenschaftlicher Mensch, eine von denjenigen Naturen, die gut geblieben sind, weil keine Umstände sie schlecht gemacht haben, und deren Tugend um deswillen auf Sand gebauet ist. Er war mit Emilien – der Tochter eines Freundes von seinem Vater – aufgewachsen, und wie das schöne Mädchen schon auf den Buben einen starken Eindruck gemacht hatte, so war der Jüngling höchst natürlich durch die, wie liebe, blühende Jungfrau bezaubert worden. Wie aber von jeher Schüchternheit, und, man mögte sagen, hoffnungsvolle Hoffnungslosigkeit, die Pflanzen gewesen sind, welche der Anhauch wahrer Liebe zuerst im menschlichen Busen erzeugt, so hatte auch Gustav nie den Mut gewinnen können, sich Emilien zu entdecken, war vielmehr zufrieden gewesen, sich regelmäßig, nach Art vieler Verliebten, jeden Tag selbst ein Elysium oder einen Tartarus zu erbauen; ersteres auf einen freundlichen, letzteren aber auf einen gleichgültigen Blick des Mädchens gegründet. Es mogte gern sein, daß Emilie von allem, was in seiner Seele vorgegangen war, nicht das Mindeste geahnt hatte; da starb Gustavs Vater, und ihm wurde dessen Amt zu Teil. Nun endlich glaubte er, den Zustand seines Herzens entdecken zu dürfen. Nachdem er noch hundert gelegene Stunden unbenutzt vorbeistreichen ließ, wagte er zuletzt sein Geständnis. Allein, Emilie empfand nichts für ihn; nicht spröde und unbarmherzig, aber ernst und für immer wies sie ihn ab. Er sah das Glück seines Lebens für ewig vernichtet; noch einmal – an jenem Abend – wagte er, sein Geständnis zu wiederholen, aber eben so fruchtlos. Da – und bei seinem Mangel an Grundsätzen mußte er es – zerfiel er im Innersten mit sich selbst; Selbstmord war sein erster, Rache gegen das Mädchen sein zweiter Gedanke. »Eine Hölle ist mir zu Teil geworden – ich will sie verdienen!«, rief er aus, und trug sich seitdem mit dem Entschlusse, erst das Mädchen, dann sich zu töten. Victorin hatte seinen frevelhaften Vorsatz in der Stunde der Ausführung zunichte gemacht. Gedankenlos irrte er umher.

Plötzlich hörte er sich rauh anrufen: »Steh, Hund!« Eine lange dunkle Gestalt stand vor ihm, ein breites Messer in der plumpen Faust.

»Was willst Du von mir?«, erwiderte Gustav, als er den Räuber betrachtete. »Geld? Das hab ich nicht. Willst Du aber einen Kameraden? Topp, so bin ich Dein!«

Der Räuber sah Gustav zweifelhaft und mißtrauisch an, aber, er hatte nur einen Blick in sein verstörtes Gesicht, sein düster rollendes Auge getan, als er hastig die dargebotene Hand ergriff und Gustav mit roher Herzlichkeit in seine Arme schloß.

»Du bist ein Mann für mich«, sagte der Räuber, »ein Ohnefurcht, der es nicht so genau nehmen, der nicht gleich in Ohnmacht fallen wird, wenn er zufälliger Weise einmal ein bisschen Blut laufen sehen, oder selbst abzapfen sollte. Hier hapert's mit den meisten; sie scheinen aus korinthischem Erz gegossen zu sein, wenn sie im Loch sitzen, sind aber aus Papppapier zusammengeklebt, wenn ein Strauß zu bestehen ist. Komm, Bruder, trink!«

Damit reichte er Gustav eine lederne Flasche. Dieser aber warf sie zu Boden.

»Schaff mir Blut«, rief er aus, »Blut, sage ich, nur Blut ist im Stande, meinen Durst zu löschen.«

»Kamerad«, sagte der Räuber, »mäßige Deine Heftigkeit. Ich selbst freilich höre solche Reden sehr gern, aber der Hauptmann ist kein Freund davon. Über jedes Blutströpfelchen, das wir vergießen, müssen wir sorgfältiger Rechenschaft ablegen, als der Ladenbursch eines Schwefel- holzverkäufers gegen seinen Herrn über die gehabte Einnahme nur immer kann. Ich sage Dir, Bruder, diese übertriebene Genauigkeit ist ein wahres Übel an unserm Hauptmann!«

»Was seid Ihr denn für Kerle«, brauste Gustav auf, »wagt Galgen und Rad, und laßt Euch dennoch von einem Einzelnen vor den Karren spannen? Was gewinnt Ihr durch Euer Leben, wenn Ihr nicht einmal Freiheit gewinnt?«

»Still, still! Ich bitte Dich«, sagte der Räuber, »folge mir!«

Gustav folgte.

Der Räuber – der sich Bernhard nannte – führte ihn durch Schluchte und Gründe, bis sie vor einen Strom kamen, der mächtig vom nahen Felsen herniederrauschte.

»Du kannst doch schwimmen?«, fragte er Gustav, »ich meine, ein ganz klein wenig?«

Als Gustav dies bejahte, bat Bernhard ihn, sich zu entkleiden, was er selbst gleichfalls tat, und dann mit ihm in den Strom zu steigen.

Dies geschah, und kaum hatten sie eine kleine Strecke geschwommen, als Bernhard schnell, wie in den Bauch des Felsen, verschwand. Gustav schwamm ihm nach, und wie erstaunte er, als er plötzlich in eine große unterirdische Grotte gelangte, die sich meilenweit in den Felsen hinein- zudehnen schien und vor dem Eindringen des Wassers durch ungeheure, senkrecht liegende Granitblöcke gesichert war. In der Tiefe der Grotte brannte ein helles, lustiges Feuer, um welches Männer, Weiber und Kinder in buntem Gemische herumsaßen. Speisen waren an das Feuer gesetzt; blinkende Waffen hingen oder standen an den Wänden; Tierfelle zum Lager waren an den Seiten auf die Erde gebreitet; alles bezeichnete die, wahrscheinlich ihrer Sicherheit halber gewählte, Wohnung der Kinder der Nacht und der Verworfenheit. Erstaunte Gustav über den Anblick, der sich ihm darbot, so erstaunten die Bewohner der Höhle nicht weniger über seinen Eintritt. Die Männer, lauter hohe, mächtige, aber bleiche und abgerissene Gestalten, griffen nach ihrem Dolche; allein Bernhard, der eben seine durchnäßten Kleider am Feuer zum Trocknen aufgehängt hatte, faßte Gustav bei der Hand und stellte ihn als einen neuen Kameraden vor, der bereit sei, Leid und Freud mit ihnen zu teilen und sein Leben für sie zu wagen. Da drängten sich alle zur freundlichen Bewillkommnung an ihn: die Männer schüttelten ihm die Hand, die Weiber boten ihm Speise und Trank.

Ein alter Mann, der unter allen ein besonderes Ansehen zu genießen schien, und der von dem Ankömmling bis jetzt noch nur wenig Notiz genommen hatte, stand, nachdem alles wieder ruhig geworden war, auf und trat langsam und gemessen, mit feierlichem Ernste auf den Jüngling zu.

»Willst Du«, so sprach er, »in Wahrheit unser Bruder werden, so mußt Du mir zuvor eine Frage beantworten. Sage mir, was treibt Dich aus der Welt?«

»Ein Weib«, entgegnete Gustav und sah den Alten mit einem Blicke an, der zugleich die kälteste Selbstverachtung und den glühendsten Rachedurst ausdrückte.

»Ein Weib«, sagte der Alte, »war es, welches der Menschheit ihr Paradies raubte; Weiber sind es noch immer, welche jedem Menschen sein Paradies zerstören und den Engel mit flammendem Schwerte hineinrufen. Du bist würdig, aufgenommen zu werden. Leiste mir im Namen des Hauptmannes, der während seiner Abwesenheit mir das Kommando übertragen hat, den Eid der Treue.«

Gustav schwur.

Dumpf, wie warnende Geister, pochten die Wogen an das Felsengemach, brausend erhob sich ein Sturm; aber lärmend tranken die Bewohner der Grotte auf die Gesundheit des neu errungenen Bruders.

6.

Emilie saß eines Abends noch spät in ihrem Zimmer.

Die Muhme war längst zu Bette gegangen, das Licht war erloschen, der Mond blinkte hell und klar in die Stube hinein.

Da wurde leise ans Fenster gepocht. Aus ihren stillen Träumereien aufgeschreckt, blickte Emilie hinaus und gewahrte mit Befremden eine Kutsche, die nahe vor ihrem Hause hielt.

Sie hatte darüber das Pochen fast vergessen, allein es wurde wiederholt. Eine lange, schlanke Gestalt sah sehnsüchtig zu ihr hinauf – es war Victorin – sie öffnete das Fenster und beugte sich hinaus. Victorin umschlang sie mit leidenschaftlicher Innigkeit: »O, folge mir, Geliebte«, rief er aus, »folge mir!«

Sie schaute ihm stumm und verwirrt ins Gesicht.

»Folge mir«, wiederholte er dringender, »zu Deinem und meinem Glücke, folge mir! O, zaudre nicht, meine Stunden sind gezählt; ein Priester ist bereit; Du darfst Dich mir vertrauen.«

»Nein, nimmermehr!«, rief sie aus, indem sie sich seinen Armen zu entwinden suchte, »nimmermehr – in dieser Stunde!« –

»O Gott, Mädchen, folge mir! Ewig niemals mögte diese Stunde sich wiederholen!«

Emilie hatte Victorin in vier Wochen nicht mehr gesehen, aber die ganze Zeit über an ihm, nur an ihm, mit all ihren Gefühlen und Gedanken gehangen. Der Geliebte drang in sie – sie konnte nicht widerstehen. Zitternden Schritts trat sie noch einmal in das Schlafgemach ihrer Muhme, küßte der alten Frau mit nassen Augen die Stirn, und verließ alsdann das Haus, worin ihre Wiege nicht gestanden, worin sie aber so viel Gutes genossen, so manche glückliche Stunde verlebt hatte.

Selig hob Victorin sie in den Wagen und setzte sich an ihre Seite. Vier muntre Rappen zogen die Kutsche, wie im Fluge, fort.

Es war eine schöne Nacht. Kaum regte sich ein Blatt am Baum; der Himmel war heiter und unbewölkt; wie eine silberne Insel schwamm der Mond in dem unendlichen Blau. Aber Emilie saß stumm an der Seite ihres Geliebten; je weiter sich das Haus ihrer Muhme in die Ferne verlor, je tiefer fühlte sie, was sie verlassen, was sie gewagt.

Die Kutsche rollte in den dichtesten Wald hinein. Bald kamen sie in eine grauenhafte, Emilien ganz unbekannte Gegend. Der Weg führte bald durch dichtes Gestrüpp, bald an schwindelnden Felsabhängen entlang.

Endlich hielt die Kutsche an.

»Wir sind zur Stelle«, sagte Victorin und hob das ängstliche Mädchen aus dem Wagen. Sie befanden sich vor einem prächtigen, aber seltsam gestalteten Gebäude, das äußerst romantisch mitten in einem Felstale gelegen und von den schroffesten Abgründen umgeben war. Victorin klopfte dreimal an die riesenhafte Pforte, die den Eingang zum Gebäude bildete. Eine kurze, hagre Gestalt mit einem Gesichte, das sich im Mondschein fast grüngelb ausnahm, und kleinen schielenden Augen, machte auf. Grauend schritt Emilie an Victorins Hand durch all die langen, dunklen, sonderbar verzierten Gemächer, die sich, wie in unermeßlicher Reihe, auftaten. Zuletzt gelangten sie in ein hell erleuchtetes, festlich aufgeputztes Zimmer. Darin befand sich ein Priester im Ornate, dem Furcht und Angst auf die Stirn geschrieben war. Victorin zog Emilie sanft vor den zitternden Sohn der Kirche hin, und sagte zu diesem: »Pfaff, verrichte Dein Amt!«

Der Priester sprach mit wankender Stimme die Trauungsformel.

Als diese geendigt war, drückte Victorin das Mädchen feurig an seine Brust; sie erwarmte zu neuem Leben, wie in einem Strahl himmlischer Seligkeit.

Victorin klingelte. Dieselbe häßliche Gestalt, welche die Pforte aufgeriegelt hatte, trat ein.

Victorin deutete auf den Priester und sagte: »Der Herr wird sogleich sicher zurückgebracht; man verbinde ihm aber die Augen!« Letzteres setzte er leise hinzu, ohne daß Emilie es vernehmen konnte.

Der Priester ward abgeführt.

7.

Gustav war schon ein Vierteljahr bei den Räubern gewesen. Er hatte sich ihrer aller Vertrauen durch sein tapferes und mannhaftes Wesen, ihre Liebe durch seine Genügsamkeit bei der Beute und Verteilung erworben. Auffallend war es ihm, daß er den Hauptmann der Bande, von dem kein Einziger sprach, ohne eine an knechtische Furcht streifende Scheu zu verraten, noch gar nicht gesehen. Er konnte sich dieses nicht erklären. Eines Abends, als er mit Bernhard noch allein im Walde streifte, brachte er das Gespräch auf den Hauptmann.

»Ja«, sagte Bernhard, »mit dem ist es eine eigene Sache. Zuweilen weit milder, als es sich für ihn geziemt, kann er auch hart sein, wie der Teufel. Er verläßt uns oft eine lange, lange Zeit, ohne daß wir – mit Ausnahme des Alten, der in seiner Abwesenheit das Kommando führt, – wissen, wo er sich aufhält. Wenn aber einmal die Zeit der Not und Gefahr für uns einbricht, so ist er so schnell wieder unter uns, als ob der Sturmwind ihn herbeitrüge, so daß man ihn füglich mit einer Spinne vergleichen könnte, die sich oft bis ans äußerste Ende ihres Netzes zurückzieht, in demselben Augenblick aber, wo ihr Gespinnst irgendwo berührt wird, an dem gefährdeten Punkte sich einfindet. Von seinen Lebensschicksalen weiß ich übrigens nichts; was kümmern sie mich! Doch habe ich einmal gehört, daß er früher ein gar ansehnlicher Herr an irgend einem fürstlichen Hofe gewesen sein und die Gunst seines Gebieters in besonders hohem Grade besessen haben soll. Freisinnige Äußerungen über die Durchlaucht – hauptsächlich aber wohl seine übergroße Dummheit, das ihm angebotene große Los in der Staatslotterie, nämlich die, mehr als eben nötig, fruchtbare Maitresse des Fürsten, auszuschlagen – haben ihm jedoch so sehr das Mißfallen des Allergnädigsten zugezogen, daß er ihm, Hochverrats halber, das Leben hat absprechen lassen. Wie er indeß gerettet, und zu uns gekommen ist, kann ich nicht sagen; er war schon Hauptmann, als ich unter die Kameradschaft ging. Der Alte, der noch jetzt so sehr bei ihm in Ansehen steht, soll sein Retter gewesen sein.«

Plötzlich erscholl eine gellende Pfeife durch den Wald.

»Das ist der Alte, der uns sucht«, sagte Bernhard, indem er das Zeichen erwiderte.

Bald kam auch wirklich der Alte durch das Gebüsch mit schnellen Schritten heran.

»Der Hauptmann begehrt mich mit zwei der Besten von der Bande. Ich habe Euch auserlesen, mir zu folgen. Sattelt also ohne Säumnis Eure Pferde, bringt auch das meinige mit, und begebt Euch dann wieder hieher. Ich werde Euch hier erwarten. Sorgt gleichfalls für die nötigen Waffen.«

Gustav und Bernhard taten, was ihnen geheißen war, und bald ritten die drei Räuber in die finstre Nacht hinein; der Alte als Führer voran. Lange, lange ritten sie fort, immer dunkler ward die Nacht, immer abschüssiger der Weg, der über Felsen zu führen schien. Endlich sahen sie aus einem, wie es ihnen däuchte, sehr hohen Gebäude, dem sie sich bereits ziemlich nahe befanden, ein Licht erglänzen. Bernhard hatte den Alten gefragt, was der Hauptmann wolle, aber ein kurzes, trocknes: »Ich weiß es nicht!«, zur Antwort bekommen. Nun gelangten sie vor das hohe Haus. Der Alte befahl seinen beiden Begleitern, auf ihn zu warten, und klopfte an die ins Haus führende Pforte. Ihm wurde sogleich aufgemacht. Er verweilte sehr lange drinnen.

Gustav ward ungeduldig. Im blassen Schein der Lichter sah er eine weibliche Gestalt einem im zweiten Stock befindlichen Fenster vorüber- huschen. Seine Neugier ward rege. Er klimmte die steile Mauer mühsam hinan und sah hinein; wäre aber fast rücklings wieder herabgefallen, als er dies getan.

Er sah – Emilie. Sie war blaß und saß in einem sehr schon möblierten Zimmer auf einem Sofa, den Kopf in ihre Hand gestützt. Ihre Züge hatten nicht den Ausdruck des Kummers, aber auch nicht des ungestörten Glücks. Es schien, als ob sie sich im Wohlsein befinde, als ob sich eben irgend eine Erinnerung oder Furcht, wie eine die Sonne umschattende Wolke, über ihr Antlitz gezogen hätte.

Es dauerte nicht lange, und – Victorin, den Gustav auf den ersten Blick wiedererkannte, trat hinein. Ihm folgte der Alte. Wie Emilie Victo- rin erblickte, eilte sie ihm in schwärmerischer Freude entgegen. Entzückt schloß er sie an seine Brust. Gustav wußte genug. Er stieg wieder herun- ter.

Bald darauf wurde die Pforte geöffnet. Ein Diener trat mit einer Laterne heraus, die nur einen sehr schwachen Schimmer gab. Ihm folgten der Alte und Victorin. »Das ist der Hauptmann!«, sagte Bernhard zu Gustav mit leiser Stimme, indem er auf Victorin deutete.

»Das ist er!«, sagte Gustav zähneknirschend vor sich hin. »Das ist er! O ich elender Bube! Meinem Todfeinde habe ich den Eid der Treue ge- schworen!«

Victorin trat näher heran. Gustav rückte sich die Mütze tiefer in das Gesicht und wickelte sich dichter in seinen Mantel, um nicht erkannt zu werden. Ach! Es war unnötig, wer hätte in diesem sonneverbrannten Gesicht, was halb von einem schwarzen Barte verdeckt war, den schönen stolzen Jüngling wiedererkennen sollen, der er ehemals gewesen. Victorin warf einen flüchtigen Blick auf ihn und Bernhard, welcher nicht verfehlte, einen devoten Bückling zu machen, und wandte sich dann gegen den Alten.

»Ihr müßt hier zusammen bis morgen Abend bleiben«, sagte er zu diesem; »früher kann nicht begonnen werden. Ihr wißt, wohin Ihr Euch zu wenden habt!«

»Ich weiß!«, antwortete der Alte.

Victorin sagte ihnen allen gute Nacht und kehrte mit seinem Diener ins Haus zurück. Die Pforte ward sogleich wieder verriegelt.

Der Alte führte Gustav und Bernhard in eine ganz in der Nähe befindliche Hütte, worin sie Brot, Wein und sonstige Erfrischungen fanden. Bernhard und der Alte ließen es sich wohl schmecken, Gustav aber schützte eine ungeheure Müdigkeit vor und warf sich, wie zum Schlaf, auf die Erde nieder. Es kochte in ihm. Er dachte nur an Rache. »Jetzt oder nie!«, sagte er dumpf vor sich hin.

8.

Kaum graute der Tag, als Gustav aufsprang und ins Freie hinaus eilte. Wie er eine Weile gegangen war, erblickte er, ganz in der Ferne, einen Wanderer, der ihm vorauf ging. Anfangs wollte er einen andern Weg einschlagen, dann aber beschleunigte er seine Schritte, den Wanderer einzuholen. Wie er näher heran kam, gewahrte er fünf Soldaten, die plötzlich aus einem Hinterhalt hervorbrachen, über den Wanderer herfielen und sich, seiner verzweifelten Gegenwehr ungeachtet, fast zum Herrn über ihn gemacht hatten, als Gustav, wie ein Todesengel unter sie stürzte und zwei von ihnen zu Boden streckte, wodurch die übrigen so erschreckt wurden, daß sie sich eiligst auf die Flucht machten.

»Hauptmann«, sagte nun Gustav zu Victorin, denn dieser war der Wanderer, »ich will nicht länger unter Euch dienen; ich habe Euch das Leben gerettet; bin ich meines Eides entbunden?«

»Du bist es, tapfrer Kamerad«, entgegnete Victorin, der Gustav auch jetzt nicht erkannte, »aber warum –«

»So begehe ich in diesem Augenblick keinen Meineid«, unterbrach ihn Gustav, und stieß, ohne daß Victorin ausweichen, oder an Widerstand auch nur denken konnte, ihm den Dolch bis ans Heft in die Brust, indem er ausrief:

»Denkt an den Buben!«

Victorin sank entseelt zu Boden.

9.

Es war stockfinstre Nacht, Emilie saß in ihrem Zimmer und wartete sehnlichst auf Victorins Zurückkunft, der einen Freund zu besuchen, wie er ihr gesagt hatte, ausgegangen war. Auf einmal wurde das Fenster stürmisch eingeschlagen und eine, in einen dichten Mantel gehüllte Gestalt stieg von außen herein. Es war Gustav; er trug ein weißes, zusammengeknüpftes Tuch in der Hand, worin etwas gewickelt zu sein schien.

Emilie erkannte ihn nicht und sah erschrocken zu ihm auf. »Ich bin hier wohl sehr unbekannt?«, fuhr er sie mit schrecklicher Stimme an, »doch bringe ich etwas, was vielleicht bekannter ist.«

Mit diesen Worten knüpfte er das Tuch auf, welches er in der Hand trug und legte ein blutiges Haupt auf den Tisch.

»Sieh es recht an«, fuhr er fort, »sieh es recht an, teuerste Emilie. Ich bin Gustav, und bringe der Geliebten das Haupt des Geliebten. Ihm selbst habe ich den Himmel oder die Hölle geschenkt. Ich hoffe, Du wirst dankbar sein!«

Emilie erstarrte.

»Ich hoffe, Du wirst dankbar sein!«, wiederholte Gustav, indem er ihr näher trat. »Deine Liebe begehre ich nicht mehr, aber ihre Frucht!«

Er wollte sie umfassen. Da erwachte sie aus der Betäubung, worin sie versunken war. Mit übermenschlicher Kraft der Unschuld stieß sie ihn zurück.

»Räuberdirne, Du weigerst Dich? Ob die Dirne des Hauptmanns, oder des Geringsten seiner Untergebenen – das ist einerlei! Räuberdirne, Du entgehst mir nicht!«

»Unmensch«, rief Emilie aus, »Du entstehst Dich nicht, den Edlen, den Du gemordet hast, noch im Tode durch gemeine Schimpfreden zu lästern?«

»Ha, ha, Schätzchen, der Edle wird durch diese gemeinen Schimpfreden nicht gelästert. Was er im Leben gewesen ist, das nenne ich ihn im Tode. Ich bin ein Räuber und er war mein Hauptmann!«

»O Gott im Himmel«, sagte die verzweifelnde Emilie, »seine geheimnisvolle Lebensweise – ich wagte nicht, es zu ahnen!«

Sie bedeckte ihr Gesicht mit beiden Händen.

Gustav drang hitziger auf sie ein. Da aber zog sie sich plötzlich gegen das eingeschlagene Fenster hin und stürzte sich, ohne daß er es verhindern konnte, hinaus.

Ein dumpfer Fall – ein ächzender Schrei – dann war alles still.

Da packte die Verzweiflung auch Gustav; er blickte hinaus in die sternenlose Nacht; er ballte die Hand gegen den Himmel, und stürzte sich Emilien nach.

Als die Sonne am andern Morgen aufging, fiel ihr erster Strahl auf zwei zerschmetterte Leichname.

Eine Nacht im Jägerhause

»Kommen wir denn nicht bald nach D.?«, rief Otto ungeduldig seinem Freude Adolf zu und fuhr heftig mit der Hand nach seiner linken Wange, weil er sich an einem Zweig geritzt hatte. »Die Sonne ist längst hinunter, die Finsternis kann kaum noch größer werden, und die Beine wollen mich nicht mehr tragen.« – »Ich glaube, daß wir uns verirrt haben«, entgegnete Adolf übermütig, »wir müssen uns wohl darauf gefaßt machen, die Nacht im Walde zuzubringen!« – »Das habe ich längst gedacht«, versetzte Otto ärgerlich, »aber du weißt allenthalben Bescheid, auch da, wo du nie gewesen bist. Hungrig bin ich auch wie der Wolf, wenn er ein Schaf blöken hört.« – »Ich habe noch eine Semmel in der Tasche«, erwiderte Adolf, indem er darnach zu suchen begann, »doch nein«, setzte er sogleich hinzu, »ich habe sie dem ausgehungerten Schäferhunde zugeworfen, der an uns im letzten Dorf vorüberschlich.«

Eine lange Pause, wie sie nur dann unter Studenten möglich ist, wenn sie bis aufs Blut ermüdet sind, trat ein. Die Freunde wanderten, sich beide gereizt fühlend und sich beide dieser Kleinlichkeit schämend, bald stumm, bald pfeifend, nebeneinander hin. »Nun fängt's auch noch zu regnen an!«, begann Otto endlich wieder. »Wer eine Haut hat, fühlt es«, versetzte Adolf, »aber wenn mich mein Auge nicht täuscht, so seh' ich drüben ein Licht schimmern!« – »Ein Irrlicht, was wohl anders!«, sagte Otto halblaut. »Es wird hier an Sümpfen nicht fehlen!« Dessenungeachtet verdoppelte er seine Schritte. »Wer da?«, rief Adolf und stand auf einmal still. Es erfolgte keine Antwort. »Ich meinte, Fußtritte hinter uns zu hören!«, sagte der dann. »Man verhört sich leicht!«, entgegnete Otto.

Währenddessen waren sie an ein einsam gelegenes Haus gelangt. Sie traten unter die Fenster und schauten hinein. Ein weites, ödes Zimmer zeigte sich ihren Blicken; die schlechten Lehmwände hatten ihre ehemalige Kalkbesetzung zum Teil verloren, einige Strohstühle standen umher, und über dem halb niedergebrochnen Ofen hingen zwei Pistolen nebst einem Hirschfänger. Im Hintergrund saß an einem Tisch ein altes Weib, zahnlos und einäugig, zu ihren Füßen lag ein großer Hund, der sich mit seinen ungeschlachten Pfoten zuweilen kratzte.

»Ich denke«, begann Adolf nach vollbrachter Musterung, »wir nehmen unser Quartier lieber unter einem Busch als in dieser Höhle. Es sieht ja ganz verflucht darin aus!« Otto hatte dieselbe Äußerung auf der Zunge gehabt. Wie aber in solchen Stunden des äußersten Mißbehagens der Mensch sich zu beständigem Widerspruch aufgelegt fühlt, setzte sich seine Meinung schnell in ihr Gegenteil um, und er erwiderte spöttisch, daß er ein altes Weib nicht eben furchtbar fände und in der Tat nicht wisse, warum sie nicht hineingehen sollten. »Es beliebt dir«, versetzte Adolf scharf, »mich mißzuverstehen. Die Alte sitzt gewiß nicht unsertwegen da, sie wartet auf Gäste, und welcher Art diese sind, ist schwer zu sagen. Sieh nur, wie sie sich das Auge, das ihr von der letzten Schlägerei her übrigblieb, reibt, um den Schlaf, der sie beschleicht, zu verscheuchen, und wie sie das zahnlose Maul verzieht! Eine Schenke ist's ohnehin, denn drüben in der Ecke stehen Flaschen und Gläser. Aber wie du, so ich.«

Bevor Otto etwas erwidern konnte, erscholl hinter beiden ein scharfes »Guten Abend!«, und eine Mannsgestalt wurde in dem schwachen Lichtschimmer, der durchs Fenster drang, sichtbar; kurz, gedrungen, mit Augen, die verschlagen und listig von dem einen zum andern wanderten, den Jägerhut tief in die Stirn hinabgedrückt. »Sie haben sich ohne Zweifel verirrt«, fuhr der Unbekannte fort, »und suchen ein Unterkommen für die Nacht. Danken Sie dem Himmel, daß ich gerade von meiner Streiferei zurückkehre, meine alte Mutter hätte Sie nicht aufgenommen. Wenn Sie vorliebnehmen wollen, so folgen sie mir; etwas besser als hier draußen werden Sie's in der Bodenkammer finden, die ich Ihnen einräumen kann. Bier und Brot steht zu Diensten, und eine Streu zum Schlafen läßt sich aufschütten!«

Der Hund schlug an, und die Alte stand auf und schleppte sich mit schweren Schritten zum Fenster. »Ich bin's!«, rief der Jäger. »Du, mein Sohn?«, erwiderte sie in näselndem Ton und öffnete langsam die inwendig verschlossene Tür. »Nur immer herein!«, sagte der Jäger mit zudringlicher Höflichkeit zu den Freunden. Sie folgten seiner Einladung nicht ohne Widerwillen, Otto zuerst. Sobald sie die Schwelle überschritten hatten, schloß der Jäger mit sonderbarer Hastigkeit die Tür hinter ihnen ab, während die Alte, ihre Brille zurechtrückend, sie unfreundlich betrachtete. »Noch nicht da?«, fragte der Jäger, indem er sie ins Zimmer hineinnötigte, seine Mutter, aber so leise, daß nicht sie, die schwerhörig sein mochte, nur Otto ihn verstand. Flüsternd trat er nun mit der Alten in eine Ecke, und mehr als einmal flog ein häßliches Lachen über sein Gesicht. Die Alte ging, einen seltsamen Blick auf die späten Gäste werfend, hinaus und kehrte bald darauf mit Bier, Brot und Käse zurück. Der Jäger schob zwei Stühle an den Tisch; sie lud, sich umsonst zur Freundlichkeit zwingend, mit stummen Gebärden zum Zulangen ein. Hungrig, wie sie waren, ließen die Freunde es sich schmecken; mittlerweile nahm der Jäger die über dem Ofen hängenden Pistolen herab, lud sie, ohne sich an das Befremden seiner Gäste zu kehren, mit großer Förmlichkeit, schüttete sogar Pulver auf die Pfanne und steckte sie zu sich. Stillschweigend ergriff er nun die Lampe und führte die Freunde eine Leiter hinauf, in eine alte Bodenkammer hinein, wo sie bereits ein Strohlager vorfanden. Mit einem kurzen »Gute Nacht!«, wollte er sich jetzt wieder mit der Lampe entfernen; beide erklärten ihm aber gleichzeitig ihren Wunsch, mit Licht versehen zu werden. »Mit Licht?«, fragte er verwundert. »Es tut mir leid, aber Sie werden bei mir schlafen müssen, wie man im Grabe schläft, nämlich im Dunkeln. Meine Mutter hat selten eine Kerze im Hause, und der Lampe bedürfen wir selbst, um – um ...« – »Um?«, fragte Otto, da er stockte. »Um den Abendsegen zu lesen, natürlich«, versetzte er, »nur die Gelehrten wissen ihn auswendig. Doch, wer weiß, vielleicht ist das Glück günstig, und wenn sich nur noch ein Stümpfchen Licht auftreiben läßt, so bringe ich Ihnen die Lampe wieder herauf.«

Der Jäger ging und ließ die Freunde im Dunkeln. »Was meinst du?«, sagte Otto zu Adolf. »Wir werden entweder gar nicht oder sehr lange schlafen!«, versetzte dieser ernst. »Ist dort nicht ein Fenster im Dach?«, fragte Otto. »So scheint's«, erwiderte Adolf, »ich will doch untersuchen, ob man's öffnen kann.« Er tappte zum Fenster und bemühte sich, es aufzumachen. In demselben Augenblick trat der Jäger wieder mit der Lampe ein. Mit finstrem Gesicht rief er Adolf zu: »Das Fenster hat die Klinke nur zum Staat, es ist von außen vernagelt, auch sind eiserne Stangen angebracht, wie ich glaube; an frischer Luft wird's dennoch nicht fehlen, denn drei Scheiben sind entzwei!« Er ging zur Tür zurück, kehrte sich aber noch einmal um und sagte: »Wenn unten auch noch dies und das vorfällt, so lassen Sie sich nur nicht stören, Sie wird niemand beunruhigen!« – »Was gibt's denn noch so spät?«, fragte Adolf heftig. »Ei nun«, versetzte der Jäger spöttisch, »eine Waldschenke hat bei Nacht den meisten Zuspruch!« – »Aber sicher ist man doch?«, rief Adolf ergrimmt aus. »Jedenfalls sind wir mit Waffen versehen!«, bemerkte Otto mit erkünstelter Ruhe. »Das freut mich!«, entgegnete der Jäger laut lachend und warf die Tür hinter sich zu, daß die Pfosten bebten und das Fenster krachte. »Harras!«, rief er draußen. »Paß auf!« Der Hund lagerte sich knurrend, dann gähnend hart vor der Tür. »Abgeriegelt!«, sagte Otto zu Adolf. Dies ward, da die Tür wirklich mit einem Schubriegel versehen war, leicht vollbracht. »Gottlob, daß die Lampe einen hinreichenden Vorrat Öl enthält«, sprach Adolf und leuchtete in der Kammer umher, »nun wollen wir sehen, ob sich unter all dem Gerümpel, das hier wüst durcheinander liegt, nicht ein Knüttel, oder was es sei, finden läßt, der uns zur Verteidigung dienen kann.«

Jetzt begannen sie die Musterung der vielen in der Kammer aufgeschichteten Sachen. Otto fiel ein alter Kalender in die Hände, den er nur aufnahm, um ihn gleich wieder von sich zu schleudern. Adolf griff nach ihm und durchblätterte ihn. Nach einigen Minuten ließ er ihn mit leichenblassem Gesichte zur Erde fallen und sagte: »Nun weiß ich, wo wir sind. Dies ist das Mordloch des – (er nannte einen in ganz Deutschland berüchtigten Missetäter, der erst vor einem halben Jahr in der Universitätsstadt, wo die Freunde ihren Studien oblagen, wegen vielfacher Mordtaten enthauptet worden war), sein Name ist in den Kalender eingeschrieben, und vermutlich sind wir die Gäste seines Sohnes.« – Sich den Tod mit allen seinen Schrecken und Geheimnissen lebhaft denken ist schon der halbe Tod. In voller Glut des jugendlich überschäumenden Daseinsgefühls, das, kaum entfesselt, ungestüm durch alle Adern braust und für die Ewigkeit auszureichen scheint, plötzlich und ohne vorbereitenden Übergang am Rande des vom Meuchelmord aufgeworfenen Grabes stehen ist gewiß des Entsetzlichen Entsetzlichstes. Die Seele zieht sich zusammen, wie ein Wurm sich zusammenzieht im Schatten des schon erhobenen Fußes, der ihn zu zertreten droht; von allen ihren feurigen Wünschen bleibt ihr nur der einzige, noch einmal, dem Wurm gleich, tierisch und ohnmächtig wütend, ihre Lebenskraft und Lebensfähigkeit durch eine letzte Äußerung derselben, durch einen Stich oder einen Schlag am Mörder selbst dartun. Laut aufjubelten die Freunde, als sie, hinter Brettern versteckt, ein rostiges Beil erblickten, im Triumph zogen sie es hervor und schwangen es, einer nach dem andern, ums Haupt.

»Siehst du«, sagte Adolf, »es ist mit Blut befleckt!« – »Bespritzt«, entgegnete Otto schaudernd, »wie eine Schlächteraxt! Adolf, an eine solche Nacht dachten wir nicht, als wir heute morgen ausgingen, um uns einen vergnügten Tag zu machen. Die Sonne schien so hell und freundlich, ein frischer Wind spielte mit unsern Locken, und wir sprachen von dem, was wir nach drei Jahren tun wollten!« – »Wer pocht?«, fuhr Adolf auf und ging, das Beil zum Schlage emporgehaltend, zur Tür. »Es ist der Hund, der sich kratzt!«, bemerkte Otto. »Du hast recht«, versetzte Adolf,

»das Tier schnarcht schon wieder laut. Komm, wir wollen uns auf unser Lager setzen und die Lampe auf jenen Block stellen!« Sie taten dies stillschweigend, Otto blätterte in dem Kalender und las eine Heiligenlegende, die er enthielt, Adolf sah mit unverwandtem Gesicht in den hellen Schein der Lampe hinein. »Es ist doch schauerlich«, sagte er nach einem langen Stillschweigen, »an einer Stelle zu sitzen, wo Mord vielleicht mehr als einmal an einem harmlosen Schläfer sein fürchterliches Geschäft verrichtete, während unten wahrscheinlich das Messer geschliffen wird, das uns in der nächsten Stunde die eigene Brust durchbohren soll. Ging nicht die Haustür?« – »Offenbar«, entgegnete Otto, gespannt aufhorchend, »auch höre ich ein Geräusch wie von verhaltenen Fußtritten; die Helfershelfer stellen sich ein!« – »Mir lieb«, sagte Adolf und sprang rasch auf, »ich mag auf nichts warten und am wenigsten auf den Tod!« – »Wir sind unsrer zwei«, versetzte Otto, »und sie sollen erst die Leiter hinauf. Ich denke, alles geht noch gut. Freilich gegen Schießgewehr ..., die Leiter knarrt, sie kommen, auf, ihnen entgegen!«

Mit schnellem Rucke schob Otto den Riegel der Tür zurück und wollte hinaustreten. Der Hund fletschte grimmig die Zähne und trieb ihn wieder hinein. Da ertönte die Stimme des Jägers. »Pfui, Harras!«, rief er hämisch. »Laß die Herren; wenn sie deinen Schutz zurückweisen, so dränge du ihn nicht auf!« Der Hund ließ die Ohren hängen und schlich gehorsam auf die Seite, Adolf ergriff die Lampe und trat an die Leiter. »Noch nicht eingeschlafen?«, fragte der Jäger. »Was wollt Ihr noch?«, entgegnete Adolf. »Ja, was nur gleich?«, versetzte, anscheinend verlegen, der Jäger. »Irgend etwas war's doch!« – »Ihr seid mir verdächtig!«, rief Adolf, und sein Gesicht sprühte Flammen. »Dann sind Sie wohl irgendwo Amtmann?«, erwiderte der Jäger. »Die Herren Amtleute können meine Nase nicht ausstehen; sie sagen, sie sei schief; finden Sie's auch?« – »Kerl!«, rief Adolf, trat so weit vor, als er konnte, und setzte die Lampe auf den Boden. »Kein Schimpfwort«, versetzte der Jäger heftig, »ich glaube es Ihnen auch so, daß sie von dem Holz sind, aus dem man Geheimräte schnitzt. Aber«, fuhr er, den alten Ton wieder annehmend, fort, »schieben Sie die Lampe etwas weiter weg, ich habe Husten, und wenn ich die Flamme anhustete, so wäre es so schlimm, als hätte ich sie ausgeblasen. Sie sehen mich, wie es scheint, nicht gern oben? Nun, dann tun Sie mir den Gefallen und füllen Sie mir dies Maß aus der Kiste, die neben dem Schornsteine steht, mit Hafer für meinen kranken Gaul. Ei, da haben Sie ja ein Beil? Wenn Sie das in der Tasche als Waffe bei sich führten, so muß sie geräumig sein!« Otto tat an Adolfs Statt, was der Jäger begehrte. Er zog sich hierauf zurück, die Freunde gingen wieder in die Kammer, auch der Hund nahm seinen alten Platz aufs neue ein.

»Eine wunderliche Nacht!«, sagte Otto zu Adolf. »Am Ende ist der Gauner doch allein im Hause, die Spießgesellen sind ausgeblieben, und er leistet, da die Überrumpelung ihm mißlang, auf die Ausführung des Bubenstücks Verzicht.« – »Möglich«, erwiderte Adolf und sah nach seiner Uhr, »aber noch ist's früh.« Ein Schuß fiel. Gleich darauf entstand ein sonderbares Geräusch vor dem Dachfenster. »Wer da?«, rief Adolf und leuchtete mit der Lampe hin. Er brach in lautes Lachen aus, denn er erblickte das philisterhaft vernünftige Gesicht eines Katers, der, wahrscheinlich durch den Schuß erschreckt und vom Licht angezogen, emporgekrochen war und ihn anfangs, von dem hellen Schein der ihm stierte, dann davonsprang. Bald hernach hörten sie unten einen schweren Fall, wie von einem lebendigen Körper, den plötzlich ein Messerstich hinwirft. Dröhnende Schritte ließen sich vernehmen, dazwischen die näselnde Stimme des alten Weibes. »Wie steht's?«, fragte sie. »Tot!«, antwortete der Jäger dumpf und stieß einen Fluch aus. »Jesus Christus!«, rief die Alte rauh und gellend. Es wurde wieder still. Die Freunde wußten nicht, was sie machen sollten.

Sie setzten sich aufs Bett. Jeder hing seinen Gedanken nach. Endlich verfielen sie, da alles stumm und lautlos blieb, in einen unruhigen Schlummer. In diesem Zustand halben Wachens und halben Träumens kam es Otto zuletzt vor, als ob er die Lampe erlöschen sähe. Hastig fuhr er auf, glaubte sich aber getäuscht zu haben, da er das von der Lampe verbreitete Dämmerlicht noch fortdauern sah. Da bemerkte er mit unaussprechlicher Freude, daß die Morgensonne rot und golden ins Fenster schien, und weckte den finster aussehenden, schlafenden Freund, der, das Beil noch fest umklammernd, auf die Streu zurückgesunken war. »Was gibt's?«, rief Adolf und sprang auf. »Sieh, sieh!«, sagte Otto und führte ihn zum Fenster. »Gelobt sei Gott«, sprach Adolf, »ich hatte einen häßlichen Traum. Ich glaubte schon in Italien zu sein und ging durch einen Wald. Da sprang ein Trupp zerlumpter Gesellen aus dichtem Gebüsch hervor und drang unter wildem Geschrei zu Raub und Mord auf mich ein. Ich, in der Todesgefahr, rufe: Hackt denn eine Krähe der andern die Augen aus? Ich bin euresgleichen, seht hier den Beweis! Dabei zieh' ich den kleinen, biegsamen Dolch, den ich, wie du weißt, auf der Frankfurter Messe von einem jüdischen Trödler gekauft habe. Die Räuber schenken meiner Rede keinen Glauben und lachen mich aus. Nun kommt plötzlich auf stattlichem Roß ein zweiter Reisender daher, und einer aus dem Trupp tritt vor mich hin und spricht: Du bist, was wir sind? Gut, wir nehmen dich unter uns auf, nun geh und mach an jenem dort dein Probestück! In dem Augenblicke wecktest du mich, und jetzt erinnere ich mich, daß dies die alberne Geschichte ist, die mein verstorbener Oheim so oft als ihm begegnet erzählte und die ich ihm niemals glaubte, weil die Frage nach dem Ausgang des verwickelten Handels ihn immer in Verwirrung brachte.«

»Wir wollen diese Nacht und ihre Träume vergessen«, sagte Otto, »und uns dem vollen, frischen Gefühl des Lebens hingeben, ohne Maß, wie einem Rausch! Zum erstenmal dürfen wir es als ein wenn nicht erworbenes, so doch durch Wachsamkeit und Vorsorge erhaltenes kostbares Gut betrachten, nicht mehr als bloßes Geschenk!« Adolf drückte ihm warm und kräftig die Hand. Jetzt erscholl die Stimme des Alten, die mit Andacht ihr Morgenlied absang. Deutlich vernahm man die fromme Gellertsche Strophe:

Wach auf, mein Herz, und singe
dem Schöpfer aller Dinge,
dem Geber aller Güter,
dem treuen Menschenhüter!

Unwillkürlich stimmten die Freunde mit ein und stiegen die Leiter hinunter. Am Fuß derselben trat ihnen, freundlich grüßend, der Jäger entgegen. Sein Gesicht kam ihnen bei weitem nicht mehr so unangenehm vor wie am Abend vorher und in der Nacht. Sie waren schon geneigt, ihm in ihrem Herzen Abbitte zu tun, da bemerkten sie aufs neue jenen boshaften Zug um den Mund und jenes verdächtige Lächeln, und der Mensch wurde ihnen widerlicher wie je. Er entschuldigte sich, daß er sie noch spät habe stören müssen. »Freilich«, setzte er hinzu, »konnte ich nicht wissen, daß sie mit offenen Augen schliefen wie die Hasen und mich, so leise ich auftrat, hören würden.« Dann führte er sie in das Wohnzimmer, wo die Alte bereits mit Bereitung eines Kaffees beschäftigt war, dessen aromatischer Duft ihnen kräftig und stärkend entgegendrang. Schweigend, wie sie es der Klugheit gemäß erachten mußten, genossen sie diesen. Hierauf erkundigten sie sich bei dem Jäger, der seinen Hund wusch und kämmte, nach ihrer Schuldigkeit. Lakonisch, und ohne aufzusehen, versetzte er, er habe sich schon bezahlt gemacht. »Fehlt dir etwas von deinen Sachen?«, fragte Adolf, der sich nicht länger halten konnte, seinen Freund mit Spott. Als Otto dies verneinte, sagte er zu dem Jäger: »Auch ich habe das Meinige beisammen, darum nennt die Zeche!« – »Meine Herren«, rief der Jäger und leerte, an den Tisch tretend, ein Glas Bier, »ich will nicht länger Versteckens mit Ihnen spielen. Sie lagen die Nacht hindurch auf der Folter, und die Folter hat man umsonst!« – »Eine Aufrichtigkeit sondergleichen!«, versetzte Adolf und sah Otto an. »Nicht wahr«, fuhr der Jäger fort, »ich irrte mich nicht? Ich bin in Ihren Augen, was der Blutmann in den Augen der Kinder ist?« – »Ganz recht, mein Freund«, sagte Adolf und klopfte ihn mit unterdrücktem Grimm auf die Schulter, »Ihr seid der rechte Sohn Eures Vaters!« – »Das versteh' ich nicht«, entgegnete der Jäger und erglühte über und über, »aber, dies versprech' ich mir, nicht ohne Schamröte sollen Sie mein schlechtes Haus verlassen. Sehen Sie die alte Frau dort, die Ihnen gestern abend Brot und Bier brachte und heut morgen den Kaffee? Es ist meine Mutter! Sie hat keine Zähne mehr; auch von den Ihrigen werden Sie zweiunddreißig vermissen, wenn Sie einmal siebzig Jahre zählen. Sie ist einäugig, aber nur, weil die Hand eines bösen Buben ihr das linke Auge ausschlug, als sie in ihrer einsamen Hütte überfallen wurde und ihres Mannes sauer verdienten Sparpfennig nicht gutwillig hergeben wollte. Und nun hören Sie. Ich stand gestern abend schon hinter Ihnen, als Sie, ins Fenster schauend, meine arme Wohnung betrachteten, und wollte Sie eben, zuvorkommend, wie es sich geziemt, zum gastlichen Eintritt einladen, da begannen Sie Ihre schnöden Bemerkungen über meine Mutter, die mich um so mehr verdrossen, je besser ich es mit Ihnen im Sinne gehabt hatte. Hitzig, wie ich bin, hätte ich auf der Stelle, verzeihen Sie, daß ich es sage, mit meinem derben Eichenstock dreinschlagen mögen, aber ich ließ den bereits erhobenen Arm wieder sinken, denn mir kam der Gedanke einer gründlicheren Rache, ich nahm mir vor, Sie zur Strafe für Ihren ungerechten Verdacht in der Phantasie alles Schreckliche durchempfinden zu lassen, das Sie in Wirklichkeit bei mir getroffen hätten, wenn ich gewesen wäre, wofür Sie mich halten zu dürfen glaubten. So trat ich denn mit meiner Einladung zu Ihnen heran, suchte Sie aber, sobald ich Sie im Bereich meiner vier Pfähle sah, durch Zweideutigkeiten aller Art zu den schlimmsten Vermutungen aufzuregen, und konnte dies um so eher die halbe Nacht hindurch fortsetzen, als mich ohnehin die Pflege meines kranken Gauls, der leider um ein Uhr tot hinfiel, nicht ans Bett denken ließ.« – »Also war es«, unterbrach Otto den Jäger, »der Tod des Gauls, den Ihr Eurer Mutter auf ihre Frage, wie's stünde, verkündetet?« – »Auch das haben Sie gehört?«, versetzte jener. »Nun, der Zufall hat mir besser gedient, als ich ahnen konnte! Wahrlich, daran dachte ich nicht, aller Mutwille verging mir, als ich das schöne treue Tier, das ich erst vor wenigen Wochen um teuren Preis erstand, zusammenbrechen und die vier Füße von sich strecken sah, ich schüttete den Hafer über den toten Körper aus und warf das Maß an die Wand, daß es zerbrach!« – »Seid Ihr«, fragte Adolf, »nicht der Sohn des –?« Er nannte den Namen des schon erwähnten berüchtigten Mörders, den er mit eigenen Augen hatte köpfen sehen. »Heiliger Gott, nein«, erwiderte der Jäger entsetzt, »wie kommen Sie zu einer solchen Frage?« – »Ein alter Kalender«, warf Otto ein, »den wir oben fanden, veranlaßte diesen Irrtum, der uns in der Nacht mit Grauen erfüllte und ohne den Euer Plan gewiß nicht so gut geglückt wäre.« – »Was in der Kammer alles liegen mag«, versetzte der Jäger, »weiß ich nicht, ich habe mich noch nicht darum kümmern können, denn ich bin erst seit kurzem im hiesigen Revier angestellt und habe bis auf weiteres in dieser Mordhöhle, die nächstens eingerissen und an deren Stelle ein ordentliches Haus aufgeführt werden soll, Quartier nehmen müssen.« – »Ihr seid ein braver Mann«, rief Adolf aus und legte seine Börse auf den Tisch, »nehmt das als Beisteuer zu einem neuen Gaul!«

Otto wollte in studentischer Unbekümmertheit um den nächsten Tag dasselbe tun, doch der Jäger schob das Geld zurück und sagte: »Ich nehme keinen Pfennig, es ist genug, wenn wir uns gegenseitig vergeben!«

Pauls merkwürdigste Nacht

Die Uhr schlug eben neun. Paul saß hinter dem Ofen an einem kleinen runden Tische und las eine Räubergeschichte, in deren Besitz er kürzlich auf einer Auktion gekommen war, weil er sie auf eine Nachtmütze mit in den Kauf hatte nehmen müssen. Wenn er eine Seite des Buches beendigt hatte, befühlte er jedesmal den Ofen und zog die Hand dann kopfschüttelnd zurück; als guter Hauswirt wollte er vor dem gänzlichen Erkalten des Ofens nicht zu Bette gehen, und dieser hielt noch immer einige Wärme fest. Zu seinen Füßen, träge in einen Knäuel zusammengerollt und laut schnarchend, lag sein Hund, ein wohlgenährter, weißgefleckter Pudel, der sein Fett weniger der Freigebigkeit seines Herrn, als seiner diebischen Gewandtheit in Metzgerbuden verdankte. Wenn Paul im Buche an ein Kapitel kam, das ihn wenig interessierte, oder wenn er in die spärlich unterhaltene Lampe, die alle Augenblicke zu erlöschen drohte, ein paar Tropfen Öl gießen mußte, so bückte er sich wohl zu dem Hund nieder, ließ denselben, vielleicht weil er ihn um seinen frühen Schlaf beneidete, allerlei Künste machen, Schildwache stehen, oder den unfreiwilligen Toten spielen, brach ihm zuweilen aber auch ein Stück Brot ab und belohnte ihn damit für seine Folgsamkeit.

Die Uhr schlug halb zehn. Paul stand auf, um sich zu entkleiden, da klopfte es ans Fenster. »Komm herein«, rief Paul, in dem Klopfenden einen Straßenbuben vermutend, der ihn necken wolle, »dann kannst du hinaussehen!« Draußen ward gelacht und noch einmal geklopft. Ärgerlich blies Paul die Lampe aus und schlug sein Bett zurück. »Mach' auf, ich bin's!«, rief jetzt eine bekannte Stimme. »Du noch, Bruder Franz?«, entgegnete Paul, »was willst du denn so spät?« Verdrießlich suchte er sein Feuerzeug, zündete die Lampe wieder an und öffnete die Türe. »Du mußt noch zur Stadt«, sagte der Bruder eintretend und legte einen großen Brief auf den Tisch, »wir haben im Amt alle Hände voll zu tun, ich werde die ganze Nacht am Pult zubringen müssen!« – »Das ist nicht dein Ernst!«, versetzte Paul und schaute seinen Bruder mit einem naiven Lächeln an. Er besorgte bei Tage für das Amt, wo sein Bruder Schreiber war, recht gern einen Brief, denn er erhielt einen guten Botenlohn, aber in der Nacht war das noch niemals vorgekommen, und er hatte keine Lust, statt zu Bett zu gehen, im Finstern einen Weg von zwei Meilen zu machen. »Wie sollte es nicht mein Ernst sein!«, entgegnete der Bruder;

»mach' hurtig, die Sache hat Eile und kein Augenblick ist zu verlieren!« – »Spute dich, Paul!«, rief die Mutter, die einer Erkältung halber schon seit einer Stunde im Bette lag; »das kommt uns trefflich zustatten, denn morgen ist Markttag!« – »Such' dir einen andern Boten«, sagte Paul nach einer Pause halb leise, »ich gehe nicht!« Der Bruder, der sich gefreut hatte, Paul den kleinen Verdienst zuwenden zu können, wurde gereizt. »Du sollst!«, rief er mit Heftigkeit; »wer das Geld bei Tage verdienen will, der muß auch nachts bei der Hand sein!« – »Tu', was du willst!«, erwiderte Paul mit großer Ruhe; »es sollte mich wundern, wenn du mich so weit brächtest.« Er trat an den Tisch und blätterte in dem Räuberroman; mitunter warf er einen scheuen Blick auf den Bruder. Dieser schwieg eine Weile still, dann sagte er: »Ich werde den Bettelvogt zu dir schicken!«, und wollte fortgehen. Der Bettelvogt war ein Mann, den Paul fürchtete, weil er den Umfang seiner Macht nicht kannte; er vertrat seinem Bruder daher den Weg und sprach: »Franz, sei nicht unvernünftig, du würdest es ebensowenig tun, wie ich!«

Jetzt regte sich die Mutter wieder in ihrem Bett. »Junge!«, rief sie zornig, »wem gleichst du nur! Deinen Vater verdroß keine Mühe, und auch ich, so alt ich bin, rühre mich, wie ich kann. Du aber kommst vor Faulheit um!« – »Faulheit?«, versetzte Paul ärgerlich und stellte seine Pfeife, die er bisher noch nicht hatte ausgehen lassen, vor das Fenster, »als ob's Faulheit wäre!« – »Was ist es denn?«, fragte der Bruder. »Das weißt du recht gut!«, erwiderte Paul und stützte, sich niedersetzend, den Kopf auf den Tisch. »Erst neulich stand eine Mordgeschichte im Wochenblatt!« Der Bruder mußte unwillkürlich lächeln, dann sagte er: »Paul, sei kein Narr! Sieh auf deine kahle Jacke und tröste dich! Dich wird niemand umbringen: denn daß du nichts in der Tasche hast, das sieht dir jeder an.« – »Haben sie«, entgegnete Paul mit einem Blicke herausfordernder Angst, »nicht einmal einen ums Hemd kalt gemacht?« Dabei zog er seine Jacke aus, um mit Tat und Wort zugleich gegen das ihm zugemutete Heldenstück zu protestieren. Der Mutter, die dies bemerkte, floß die Galle über; sie richtete sich, ohne etwas zu sagen, im Bett auf und warf Paul ihren Pantoffel an den Kopf. Der Bruder, der jetzt erst sah, daß Paul im Stillen Anstalt gemacht hatte, zu Bett zu gehen, faßte ihn bei der Brust, schüttelte ihn weidlich und rief: »Erkläre dich, ob du willst oder nicht!« – »Ich will!«, sagte Paul in weinerlichem Tone; »laß mich nur los!« Dann kehrte er sich um und rief der Mutter zu: »Gott wird richten! Du bist an meinem Unglück schuld! Der Mond ist nicht einmal ordentlich durch!« Tränen stürzten aus seinen Augen, doch sagte er jetzt kein Wort weiter, sondern zog schweigend und schnell die schon abgelegte Jacke wieder an, setzte die Mütze auf, steckte Tabakspfeife und Brief in die Tasche, griff zum Stecken und ging, dem Hunde pfeifend, aus der Tür. Eine kurze Weile machte er nur sehr langsame Schritte, weil er zurückgerufen zu werden hoffte. Dann setzte er sich mit einem Fluch in seinen gewöhnlichen Trab. Bevor er die Landstraße erreichte, kam er an einem vom Dorf abgesondert liegenden Hause vorbei, welches als eine Diebesherberge berüchtigt war und von einem alten Weibe samt ihren drei Söhnen bewohnt wurde. »Wenn die alle drei«, dachte Paul, »sind, wo sie sein sollen, so will ich mich beruhigen!«, und schlich sich mit leisen, leisen Schritten unter die erleuchteten Fenster, die nur schlecht mit einigen zerrissenen Schürzen verhängt waren und den Blick ins Innere gestatteten. Die Diebsmutter saß am Ofen und spann, zwei ihrer Söhne spielten Karten mit einem berüchtigten Herumstreifer, einem Musikanten, der dritte war nicht sichtbar, aber im Hintergrunde des Zimmers lag auf einer Streu ein Kerl, von dessen Gesicht man nichts erkennen konnte, als den starken schwarzen Backenbart, der sich verwegen von dem einen Ohr bis zum andern hinzog. »Der lange Hanns ist nicht zu Hause«, dachte Paul, und kalte Schauer liefen ihm über den Rücken; »der wird der erste sein, der mir unterwegs begegnet!« Er lauschte wieder hinein. »Wie grimmig der rothaarichte Marquard aussieht!«, sagte er und wußte nicht, daß er seinen Gedanken Worte gab. »Und der einäugige Jürgen, wie er die Zähne zeigt, wenn er lacht! Doch, was sind sie alle beide gegen den Hanns!« Ein Geräusch entstand, vorsichtig zog Paul sich zurück und setzte seinen Weg fort.

Er kam an einer Mühle vorbei, der Müllerhund, seine Kette schüttelnd, bellte ihn an. »Belle nur zu!«, rief Paul kühn und schwang seinen Stock. »Wie man doch zuweilen ein Tor ist!«, fuhr er nach einer Pause fort; »sonst fürchte ich mich, wie ein Kind, vor Hunden, jetzt möchten mir ihrer zwanzig in den Weg kommen, ich nähme es lieber mit ihnen auf, als mit einem einzigen Menschen!« Nun befand er sich auf der Landstraße. Wie eine ungeheure Riesenschlange dehnte sie sich mit den unheimlichsten Krümmungen und Windungen vor ihm aus; es war still, so totenhaft still, wie es nur in einer Winternacht voll Schnee und Frost sein kann; der Mond spielte Versteckens mit den Wolken und schien zuweilen hell, zuweilen gar nicht; die ringsum liegenden Dörfer waren in Nebel und Finsternis begraben; nur hie und da brannte in einem Hause noch ein trübes Licht, als trauriger Gesellschafter eines Kranken, der den Schlaf ruft und oft den Tod kommen sieht; eine dumpfe Kirchenuhr schlug in der Ferne und Paul zählte ängstlich ihre feierlichen elf Schläge.

Paul war kein Atheist, aber er schlief manchen Abend ohne sein Nachtgebet ein. Jetzt faltete er andächtig die Hände und betete ein Vaterunser. Eine Krähe flog mit häßlichem Geschrei dicht vor ihm auf. Er fluchte auf seinen unnatürlichen Bruder. Ein Kirchhof lag hart am Wege, auf dessen beschneite Leichensteine der Mond zwei Sekunden lang ein grelles Licht warf. Paul schwur, daß er des Morgens nie wieder vor seiner Mutter aufstehen und ihr den Kaffee kochen wolle. Ein Reiter sprengte stumm an ihm vorüber. »Wie glücklich«, rief Paul, der noch nie geritten war, »ist ein Mensch, der ein Pferd hat!« Schon floß ihm der Schweiß von der Stirne herab, denn seit ihm der Kirchhof im Rücken lag, war er wütend gelaufen. Jetzt wagte er zum ersten Male, sich umzusehen, er entdeckte nichts Bedrohliches und zündete deshalb, mit Ruhe Feuer schlagend, die Pfeife an.

»Hätt' ich doch«, dachte er, als er die ersten Züge tat, die ihn bis ins Innerste hinein belebten, »irgendeinen meiner Bekannten, der auch noch in die Stadt müßte, zur Seite! Wie angenehm ließe sich mit dem die Zeit verplaudern! Aber freilich, nachts zwischen elf und zwölf wandern nur Räuber und Mörder, und Toren, die beraubt und gemordet sein wollen. Wer ein Christ ist, der schläft zu dieser Stunde!«

Er sah sich wieder um, denn er hatte seinen Hund, der bisher nicht von ihm gewichen war, auf einmal verloren. Er rief, so laut er konnte: »Spitz! Spitz!« Da war es ihm, als ob er selbst laut beim Namen gerufen würde. Mit fieberischer Gespanntheit horchte er auf und fand, daß er sich nicht getäuscht habe, denn »Paul! Paul!«, erscholl es hell und deutlich hinter ihm, und in einer Entfernung von ungefähr fünfzig Schritten bemerkte er eine auf ihn zueilende hohe Mannsgestalt, die, wie zum Wink, ihren Knittel schwang. »Wer wird's sein?«, dachte Paul, »als der lange Hanns aus der Diebsherberge! Jedem im Dorf ist's bekannt, daß ich fürs Amt zuweilen Geld in die Stadt trage; nun denkt er, es sei auch heute der Fall und rennt hinter mir drein! Ja, ja, Ort und Zeit sind gelegen! Wenn er mich nicht bloß morden, wenn er mich gemächlich schlachten wollte, hier wäre der Platz dazu. Aber, man hat Beine!« Paul zog instinktmäßig sein Messer aus der Tasche und stürzte, wie rasend, fort. Sein Hund, der eine Weile in die Kreuz und Quer gerannt und wahrscheinlich einem Hasen auf der Spur gewesen war, folgte ihm und hatte das Mißgeschick, ihm vor übergroßer Eile zwischen die Beine zu geraten. Paul stolperte über ihn und wäre fast gefallen. »Verfluchter Köter!«, rief er aus, »morgen ersäuf' ich dich!« Dabei stieß er mit dem Fuß nach dem treuen Tiere, welches eben, um seine Ungeschicklichkeit wieder gut zu machen, schmeichelnd an ihm hinaufsprang. Einer seiner Handschuhe entfiel ihm, er nahm sich nicht die Zeit, ihn aufzuheben, doch der gut abgerichtete Pudel tat's für ihn mit dem Maul. Der Brief flog ihm aus der Jackentasche, er fluchte, während er sich aber notgedrungen nieder-bückte und ihn wieder aufnahm, blickte er zugleich scheu und ängstlich rückwärts, und bemerkte zu seinem Troste, daß dem Verfolger bereits ein sehr bedeutender Vorsprung abgewonnen sei. »Im Laufen«, dachte er, »nimmt's so leicht keiner mit mir auf; das wußte der Unhold, darum versuchte er's, mich durch Rufen zum Stehenbleiben zu verleiten. Ha, ha, als ob ich einfältiger wäre, wie ein Hase, der wahrhaftig nicht um-kehrt, wenn der Jäger ihm pfeift! Ich weiß gar nicht, warum ich die Pfeife nicht wieder anzünde, schon sehe ich die Türme der Stadt!«

Der Lange, der es bemerken mochte, daß Paul nicht mehr so eilte, wie vorher, rief abermals: »Heda! So warte doch!« – »Nimmt er nicht«, dachte Paul, »ordentlich eine fremde Stimme an? Das ist die seinige nicht, die ist durch den Branntwein längst verdorben. Aber ruf du, wie ein Engel ruft, mich fängt man nicht durch solche Künste!« Immer rüstig vorwärts schreitend gelangte er bald an das unverschlossene Tor der Stadt. Hier sah er sich wieder um, der Lange war ihm ziemlich nah, und er konnte im Mondschein deutlich bemerken, daß Spitz, dessen unge-wöhnliches Hin- und Wiederlaufen ihm längst verdächtig gewesen war, jenen liebkoste, an ihm hinaufsprang und ihm die Hand leckte. »Bei Gott!«, rief Paul grimmig aus und ging in die Stadt hinein, »morgen er-säuf' ich den Köter im ersten Wasser, ich glaube, ich schwur's schon einmal!« Hell brannten die Laternen auf den Straßen, drei bis vier Nachtwächter wanderten umher. »Hier ist man mehr, als sicher!«, dachte Paul und stellte sich hinter einen Laternenpfahl. »Wagt der Gesell sich in die Stadt«, dies gelobte er sich feierlich und blickte unverwandt nach dem Tore zurück, »so mach' ich die Wächter auf ihn aufmerksam, das bin ich jedem Schlafenden, den er bestehlen könnte, schuldig!« In diesem Augenblicke kam der Lange ins Tor. Paul eilte auf den ersten Nachtwächter zu und sagte in ängstlicher Hast: »Paßt auf den Menschen, der eben die Straße heraufkommt, er ist ein Räuber und Dieb, und hat mich über anderthalb Stunden verfolgt!« Der Nachtwächter zog, ohne zu antworten, eine Pfeife hervor und pfiff, alsbald sammelten sich um ihn seine Kameraden und umzingelten, nachdem er sie in höchster Kürze instruiert hatte, den angeblichen Räuber, ihn mit den sonderbarsten Fragen bestürmend. Auch Paul trat herzu, wie aber ward ihm, als er in der Person, vor der er, wie vor dem Teufel, geflohen war, statt des langen Hanns seinen guten Freund Jakob, einen Schmiedegesellen, erkannte. »Das ist er nicht!«, rief er den Nachtwächtern zu; »ich habe mich geirrt, laßt diesen los!« Schimpfend und brummend ließen die Wächter von ihrer Beute ab; Paul aber trat vor Jakob hin und fragte ihn mit großem Ernst: »Warst du es wirklich, der hinter mir herkam, mir winkte und mich beim Namen rief?« Jakob, der nicht wußte, was er aus dem wunderlichen Vorfall machen sollte, versetzte übellaunig: »Wer wäre es sonst gewesen? Ich soll für meinen Meister, der plötzlich erkrankt ist, zum Arzt und erkannte dich, als du deinen Hund locktest, an der Stimme!« – »Jesus!«, entgegnete Paul ruhig und hielt seinem Freunde den Tabaksbeutel hin, damit er sich eine Pfeife stopfe, »hätte ich das gewußt, so hätten wir zusammengehen können!«

Der Schneidermeister Nepomuk Schlägel auf der Freudenjagd

Wenn dir, lieber Leser, in der Augustinergasse der Stadt München um die Zeit, wo ein ordnungsliebender Bürger ins Bierhaus zu gehen pflegt, nämlich in der Winterabenddämmerung zwischen vier und fünf Uhr, ein Mann von untersetzter Statur begegnen sollte, an dem dir ein ungewöhnlich großer Mund mit trefflichem Gebiß und ein plötzliches Stehenbleiben nebst der damit verbundenen scharfen Musterung deiner Rückseite auffällt, so fürchte nur nicht etwa, daß es ein Gauner sei, dem dein sorgloses Schlendern böse Gedanken einflößte; es ist kein anderer als der ehrsame Schneidermeister Nepomuk Schlägel, der in dem Albrecht-Dürer-Hause zu Nürnberg geboren und erzogen, aber noch nie, sei es auch nur für eine Nacht, auf die Wache gesetzt, geschweige in ein Gefängnis gebracht wurde, und bloß um sich zu ärgern, bloß um sich zu sagen: was sind das Stiefel! welch ein Rock gegen den deinigen, Nepomuk, und ein silberner Knopf auf dem Stock! schenkt er dir seine Aufmerksamkeit. Langsam schreitet er die Straße entlang, und sein spürender Blick weiß an jedem Vorübergehenden einen Vorzug aufzufinden, der ihm die Galle rege macht; an dem alten Bettler dort, der sich ermüdet an die Ecke lehnt, wird ihm die blautuchene Hose, die dem fast Erstarrten zu Mittag ein mitleidiger Student zuwarf, gewiß nicht entgehen, wohl aber, daß sie einige Löcher hat; der Stelzfuß selbst, der eben pfeifend vorüberstapft, gibt ihm zu einem Fluch Grund genug, denn er denkt: es wäre die Frage, ob du ein hölzernes Bein bezahlen könntest, wenn du wie der da das fleischerne einbüßtest. Als er einmal vom Lande einen Dieb einbringen sah, verdroß es ihn sehr, daß der kränkliche Mensch, den der Arzt für den Fußtransport zu schwach befunden hatte, auf einen Leiterwagen gepackt war, und er fragte einen Bekannten giftig, ob er glaube, daß man ihn in gleicher Lage ähnlich behandeln würde; ich würde es für ein Wunder halten, wenn ihm nicht selbst der Raubmörder, der kürzlich durch Vermittlung des Scharfrichters das Zeitliche mit dem Ewigen gesegnete, durch irgend etwas zum Murren über die Ungerechtigkeit und Stiefmütterlichkeit des Glücks gegen ihn, den vernachlässigten, immer hintangesetzten Schneidermeister, Anlaß gegeben hätte. Eben begegnet ihm sein einziger Kunde, der Unteroffizier, dem er zuweilen die Zivilhose flickt, weil keiner seiner Kollegen sich aus gerechtem Kleidermacherstolz damit befassen will. Nepomuk grüßt ihn, aber unmöglich könnte ein Prinz von Geblüt den kahlen Hut des Schneidermeisters mit größerem Abscheu berühren als der Schneidermeister selbst, er scheint ihn nur abzuziehen und zu schwenken, um ihn von sich zu schleudern. Jetzt tritt er in einen Bäckerladen, nicht um Brot einzukaufen – Geld hat er nicht –, sondern weil er gehört hat, die reiche Tante des Bäckers, den er noch von seinen Gesellenjahren her kennt, sei gestorben und habe dem Manne ihr Vermögen hinterlassen; nun will er kondolieren und gratulieren und hofft dabei zu erfahren, daß alles, zum wenigsten das Beste, nämlich die Erbschaft, erstunken und erlogen sei. Bettelkinder könnt er durchprügeln, weil sie ihn nicht anbetteln; woher weiß das Gesindel – denkt er – daß ich ein Lump bin; könnte ich nicht auch ein Sonderling sein, ein Engländer, der sich aus Grillenhaftigkeit in nichtswürdige Kleider steckt? »Was hat der Kerl für Schultern und Fäuste«, ruft er aus, indem er in die laute, vom Steinkohlenfeuer lustig und hell erleuchtete Werkstatt eines Schmiedes hineinlauscht und auf den riesenhaften Gesellen, der eben den schweren Hammer schwingt, grollende Blicke wirft, »ich glaube, er könnte den Amboß zerschmettern wie Glas, wenn er wollte. Aus dir, Nepomuk, hätte nie ein tüchtiger Schmied werden können, denn du bist aus Lappen zusammengepfuscht; pfui über die Wirtschaft!« Dem liebenden Paare, das, innig in sein süßes Geschwätz verloren, vorüberschleicht, folgt er auf dem Fuß, nicht aus Neugier oder um es zu stören, sondern um sich bei Laternenlicht aus des Mädchens Gesicht die Impertinenz zu abstrahieren, mit der sie ihn würde ablaufen lassen, falls er sich zum Seladon antrüge; daß ich längst ein Weib habe, denkt er, sieht mir keine an, aber wohl, daß ich häßlich bin wie die Nacht. »Jung freilich, aber jungfräulich?«, ruft er dann und schießt vorbei. Einer alten Frau, die die Gosse zur rechten Hand hat, rennt er gegen den knöchernen Arm, damit sie ihm seine krummen Säbelbeine und den Ansatz zum Höcker vorwerfe oder doch wenigstens, falls sie wider sein Vermuten nicht zu dem streitbaren Korps gehört, das bei Tage Äpfel oder Fische feilbietet, seine Tölpelhaftigkeit. Wenn der Pudel, der, auf seiner Abendpromenade begriffen, eben, ein Bild der personifizierten Zufriedenheit, die Straße herunterkommt, dem Schneidermeister nicht beizeiten ausweicht, so versetzt er ihm gewiß einen derben Stoß mit dem Fuße, denn das wohlbeleibte Tier ist Schlägel, dem nichts der Art entgeht, schon eine Minute lang ein Dorn im Auge. Solch eine Kreatur – denkt er – die die Garderobe mit auf die Welt bringt, frißt und säuft und macht sich Pläsier und krepiert zuletzt ohne Qual und Krankenbett. Der Pudel stiehlt sich, geschickt und hurtig am herausgerückten Tisch in einer offenen Metzgerbude aufspringend, eine Groschenwurst; »heda, halt!«, ruft Nepomuk, »diebische Hunde«, brummt er dann mit einem Ingrimm, als ob er selbst bestohlen wäre, »sollten so gut aufgeknöpft werden wie Menschen, die das siebente Gebot nicht respektieren; warum haben sie mehr Recht zu einer schlechten Aufführung wie ich?« Dem Fleischer, der gerade, die messingne Brille auf der Nase, in der »Bayrischen Landbötin« liest, ist das crimen entgangen: Nepomuk macht ihm schleunige Mitteilung und lächelt, da jener verdrießlich die Nachtmütze ins Gesicht schiebt und einen Fluch ausstößt, an diesem Abend zum erstenmal. »Das Kind hat die Wassersucht!«, sagt er zu einer Magd, die einen blassen, weinerlichen, in dicke Tücher eingewickelten Knaben über die Straße trägt, »schützt der Doktor noch immer ein heilbares Übel vor? Drei Brüder verlor ich daran!« – »Also der ist richtig davongekommen!«, ruft er aus und biegt, um seinem ehemaligen Schulkameraden, dem schon aus der Ferne gutmütig mit der Hand grüßenden Seifensieder, nicht zu begegnen, in ein Nebengäßchen ab – ja, das sag ich ja nur, der Kerl, so schmächtig er scheint, ist aus Eisen gegossen, jeder andere, zum Beispiel ich, erliegt hitzigen Gallenfiebern, wenn sie ihn packen, ihn ficht's nicht an, er darf schon wieder in der Abendluft herumlaufen, obgleich sie wahrlich rauh und kalt ist; nun, ich will mich nicht erbosen, wenn ich mich auch nicht darüber freuen kann, daß der einzige Zeuge meines ersten und letzten Tuchdiebstahls, denn an die Wiederholung ist nicht zu denken, da niemand etwas Neues bei mir machen läßt, just ein Katzenleben hat! – Es ist ihm völlig recht, daß der rußige Schornsteinfeger mit seinen weißen Augen, der gerade, die lange schmutzige Leiter unterm Arm und den Kehrbesen in der Hand, aus einem Winkel hervortritt, ihm im engen Gäßchen beim besten Willen nicht auszuweichen vermag. Verfluchter Kittel – denkt er und wirft auf seinen Rock einen schnöden Seitenblick –, dir geschieht, was dir gebührt! Einem weinenden blondhaarigen Mädchen von sieben Jahren, das den Sechsbätzner, wofür es das Nachtbier holen sollte, verloren hat und sich nicht zum jähzornigen Vater zurückgetraut, gibt er statt der Münze, die das Kind für die Erzählung seiner Jammergeschichte erwartete, den Rat, ein andermal die Hand fester zuzuhalten und sich nicht wieder am Juwelierladen durch Betrachtung der blitzenden Goldsachen und Edelsteine zu zerstreuen; er möchte des Strafamts wegen wohl auf eine Viertelstunde Vater zum Mädchen sein. Einige Wonne würd er spüren, wenn einmal plötzlich unter seinen Augen ein großes Verbrechen – ein Totschlag wäre groß genug – begangen würde, er müßte aber zu spät kommen, um die Tat zu verhüten, und früh genug, um den Missetäter der Gendarmerie zu überantworten. So war, da einst in einem Dorf, wo er übernachtete, Feuer ausbrach, niemand geschäftiger, schrecklichen, d. h. erschreckenden, Lärm zu machen und die Sturmglocke zu läuten als Nepomuk, nachdem er sich vorher überzeugt hatte, daß das Löschen bei dem starken Winde und der Gebrechlichkeit der Spritzen unmöglich sei. Ebenso ist er jeden Sonnabend der erste, der der alten, halbblinden Tischlerswitwe, die neben ihm in einem elenden Dachkämmerlein wohnt und leidenschaftlich in der Zahlenlotterie spielt, weil sie Sarg und Leichenhemd gern herausbringen möchte, mit zuvorkommender Dienstfertigkeit es anzeigt, daß ihre Nummern wieder ausgeblieben sind. Die schöne Militärmusik beim Aufziehen der Hauptwache am Schrannenplatz ergötzt ihn zuweilen sehr, aber nur dann, wenn es grimmig kalt ist oder viel Schnee fällt, so daß den Spielleuten die Finger erstarren; jetzt – denkt er – wissen sie doch, wofür der König sie löhnt. An Theaterabenden versäumt er selten, sich vor dem Schauspielhause einzufinden. Es verdrießt ihn, daß das Haus nie bei einer Oper, wie es doch in anderen Städten schon geschah, in Flammen aufgeht, denn das wäre ein Schauspiel, das in seinen Augen jedes sonstige überträfe, und ein römisch-unentgeltliches obendrein. Auch ist es ihm nicht angenehm, daß so selten Ohnmächtige oder Epileptische herausgebracht werden. Doch entschädigt ihn manches, z. B. an einer Equipage junge, hitzige Pferde, die der Haber so sticht, daß sie nicht stehen oder gar durchgehen wollen, während die Herrschaft aussteigt; ein plötzlicher Regenguß, der Damen, die das Parapluie vergaßen, bis auf die Haut einnäßt; auch wohl ein leichtfüßiger Elegant, der die Stufen gar zu schnell und gar zu anmutig hinaufhüpfen will, weil die artige Cousine seine Grazie bewundern soll, und der dabei schmählich ausglitscht. Wenig beneidet er übrigens Standespersonen, die ins Schauspiel fahren, namentlich durchaus nicht den Hof, aus demselben Grunde, warum er dem Vogel seine Flügel und dem Himmel seine Sterne nicht mißgönnt, dagegen ergrimmt er gegen alles, was Parterre und Galerie füllt, denn – sagt er – da hinein gehörte ich so gut wie andere, wenn's in der Welt nicht so liederlich herginge. Von Mitleid empfindet er eigentlich so viel wie gar nichts, wenn ein armes Riegelhäubchen, dem der

Geliebte, ein Maler und Anstreicher, für den »Freischütz« ein Billett geschenkt hat, den kahlen Strickbeutel beim Eintritt ins Haus umsonst darnach durchsucht und zuletzt mit Entsetzen entdeckt, daß die Schatullenmäuse aus Hunger oder Langeweile ein Loch hineingefressen haben. Es empört ihn, daß Theaterbediente unsterblich sind, wie er sich hyperbolisch ausdrückt; der Wanst da mit der roten Nase, der an der Kasse sitzt – sagt er – wird wie ein Schwein mir vor den Augen von Tag zu Tag fetter, und doch verschluckt er mehr Zugluft als die Flöhe in meinem Ärmel! Wenn junge Herren, die nur ins Theater eintreten, um es in einer Szene, die alles spannt, mit Geräusch wieder zu verlassen, anbettelnden Gassenbuben die Kontermarke verweigern, weil sie sich keine geben ließen, so vergnügt's ihn einigermaßen. Ließe sich bei der Aufmerksamkeit des zahlreichen Aufsichtspersonals an ein Einschleichen nur irgend denken, so hätte Nepomuk es längst versucht, nicht, um sich an Schiller oder Kotzebue zu delektieren – er verlacht beide und das Publikum, das sich durch sie täuschen läßt, obendrein –, sondern um sich zu sagen: also die kleine geschminkte Wachspuppe da ist Mamsell die und die, die dafür, daß sie hopst oder das Gesicht verzieht und sich stellt, als ob sie weinte, dreitausend Gulden einstreicht, und der zum Barbier herausstaffierte Narr ist Herr der und der, dem man seine Triller und Läufer, seit ihm viertausend nicht mehr genug sind, mit sechstausend bezahlt! Festtage sind wahre Leckertage für ihn. Am heiligen Weihnachtsabend kann er sich's nicht versagen, stundenlang Gasse nach Gasse die freundliche, im Glanz der menschlich- und göttlich-schönsten Jahresfeier schimmernde Stadt, der Gustav Adolf einst Räder wünschte, um sie nach Schweden hinüberschaffen zu können, zu durchstreifen. Dann ergeht er sich in erheiternden Phantasien, denkt zuweilen: wie wär's, wenn jener Läufer dich suchte, weil er dich in die Residenz zur Tafel bitten soll, schämt sich aber bald des materiellen Gelüstes und malt sich's aus, wie es den Konditor, an dessen prangendem Laden ihn eben sein Weg vorbeiführt, überraschen würde, wenn er ihm plötzlich die Fenster einwürfe; wär ich der Teufel, denkt er, so mach ich mir doch den Spaß, in jedem Hause, sowie man sich zum Schmarotzen niedersetzte, die Lichter auszublasen und den Tisch umzustoßen, oder ich verwandelte auch den Wein in ein abführendes Dekokt und den Braten in unverdauliches Sohlleder; ja daraus, daß so etwas nie geschieht, schließt er fast, daß es gar keinen Teufel gibt. Neujahrs ermuntert er mutwillige junge Leute eifrigst zum Freudenschießen, teils weil es von der Polizei verboten ist, teils weil es den unvorsichtigen Schützen oft die Hand kostet oder doch einen Finger. Am Oktoberfest hält er sich am liebsten in der Nähe des sogenannten Rettungszelts für Verunglückende auf, hat aber selten die Satisfaktion, einen Erquetschten, vom Pferde Gestürzten oder sonst Beschädigten hineinbringen zu sehen, und schimpft darum das ganze Fest eine Lumperei. Am Tage Allerseelen besucht er das Grab seines Vaters, nicht um daran zu beten oder es gar zu bekränzen, sondern um daran zu fluchen und es dem Toten vorzuwerfen, daß er ihm nichts hinterlassen hat. Wer weiß – denkt er – wie weit die Macht der Toten geht und ob sie einem nicht Schätze anzeigen oder Glücksnummern eingeben können! Fleißigst besucht er die Kirchen und macht, da alle ihn auf gleiche Weise erbauen, keinen Unterschied zwischen protestantischen und katholischen. Da hocken sie alle – murrt er, indem er die vollen Sitzbänke und Betstühle mustert – dickbäuchig und mit strotzenden Vollmondgesichtern gleich gemästeten Hühnern auf der Latte; da stammeln sie wie Gäste, die vom Schmaus aufstehen, fürs genossene Gute den Dank heraus und bitten um ferneres gütiges Gedenken; da gehen sie selbstzufrieden und zuversichtlich davon und sind sicher, nicht wie ich, der Schneidermeister, vergessen zu werden! »Vater unser, gib ihr doch« – er faßt, während er dies sagt, ein tief in Gebet und Gebetbuch versunkenes schönes Mädchen mit auf die Seite geneigtem, gesund-blassem Madonnengesicht ins Auge, »gib ihr doch, was sie verlangt, gib ihr den Geliebten, und dann gib ihr auch etwas, was sie nicht verlangt!« Zuweilen geht er bei sich selbst zu Gast und beneidet sich, seiner früheren Jahre wegen. Da ich ein Knabe war – denkt er – und es nicht zu schätzen wußte, mangelte mir's an nichts; meine Hemden mußten immer etwas feiner sein als die der Nachbarskinder, kein Sonntagmorgen ging vorüber, wo ich nicht mit Lebkuchen vor die Tür oder ans Fenster treten und auf die rothaarichte Böttchertochter, die ihre trockene Semmel verzehrte, stolz herabschauen konnte, und wenn mir die Mittagskost nicht behagte, so buk die Mutter mir heimlich einen leckeren Pfannkuchen. Wurde nicht damals mein Geburtstag so gut gefeiert wie der des Königs und gab's dann nicht Gänse, mit Äpfeln und Rosinen gefüllt und mit herrlicher brauner Soße übergossen? O verflucht und dreimal verflucht sei jene Zeit! Hätt ich solche Gänse nie gefressen, so würde mir jetzt nicht das Maul darnach wässern! Bier- und Speisehäuser sind Bet-, d. h. Fluchhäuser für ihn; seine nah an den Atheismus streifende Überzeugung von der gebrechlichen Einrichtung der Welt hat er in dieser trüben Atmosphäre und im eigentlichsten Verstande aus Bierkrügen, aus solchen nämlich, die er nicht stürzen durfte, geschöpft. Was muß er aber auch nicht alles aushalten, ehe er nur dazu kommt, seine Andacht zu verrichten! Für dich, lieber Leser, der du, die Abendpfeife oder die Zigarre im Munde und das bare blanke Geld im Sack, dich nach einem Gespräch und einer Zeitung oder nach reelleren Dingen sehnst, ist der Eintritt in ein Wirtshaus freilich kein Heldenstück. Du gehst einem wahren Bombardement von Genüssen entgegen; devote Bücklinge, die dich an der Tür empfangen; interessante Neuigkeiten, die gerade, wie du eintrittst, erzählt werden; ein Herzensfreund, den du erst in acht Tagen von seiner Reise zurückerwarten durftest und der deiner mit Ungeduld harrt; ein anderer, der dir noch vor einer Stunde sagte, er könne den Akten heute gewiß keinen Augenblick abmüßigen, und der nun doch lächelnd hinter dem Tisch sitzt; dies und wieviel mehr noch verwirrt dir den Kopf und stürzt dich mitten in jenen süßen Taumel hinein, in dem alle Wollustknospen der Sinne und des Herzens aufbrechen, und bloß zur Erinnerung an die Unvollkommenheit alles Irdischen mischt sich der kleine Verdruß darunter, daß heute abend jeder Braten, nur kein Rehbraten, auf den du dich doch gerade gespitzt hattest, auf der Speisekarte paradiert. Wie anders verhält es sich mit Nepomuk! Es steckt etwas Rätselhaftes in einem Wirt. Er trieft von Artigkeit, wenn er von Schweiß trieft; quäle ihn bis aufs Blut, laß ihn hundert Dinge aus allen Ecken und Winkeln seines Hauses herbeischleppen, finde nichts gut genug, sondern verlange immerfort das Bessere und das Beste: ihm dünkt's nicht unverschämt, er wird nicht verdrießlich, er lächelt dazu, seine Heiterkeit steigt mit seiner Mühe, und er kreiert dich, ohne Pfalzgraf zu sein, zum Baron, zum Grafen, zu allem, was du nicht bist. Wehe aber stillen, genugsamen Leuten wie Nepomuk, die sich, mit einem Trunk Luft zufrieden, so gut oder so schlecht sie zu haben ist, bescheiden in eine Ecke drücken und sich ein Gewissen daraus machen, ihn oder den Kellner zu plagen. Sie sind ihm in tiefster Seele zuwider, und er hat des kein Hehl; da er sie durch Blicke nicht vergiften kann, so sucht er sie dadurch zu vertreiben, und die Römerseele, die dies Kleingewehrfeuer erträgt, halte darum den Sieg nur nicht für schon entschieden, sondern bereite sich auf die schnödeste Kriegslist vor, denn die Niederlage beugt den Feind nicht, sie macht ihn grimmig und tückisch. Wer hat dies schmerzlicher erfahren als der Schneidermeister Nepomuk Schlägel! Er hielt, man muß es sagen, im Stachusgarten aus, was Menschen aushalten können. Augen, aus denen die ganze Hölle flammte; schnödes Einpalisadieren mit leeren Krügen und Flaschen; verachtungsvolles Wegnehmen des Lichts von dem Tisch, an dem er, in fast kindlicher Unbefangenheit mit seinem Hut spielend, einsam saß; sogar ein Tritt des groben Aufwärters auf seine Leichdornen, dem keine Bitte um Entschuldigung folgte – standhaft ertrug und verbiß er alles, wie jener Holländer die Greuel der Französischen Revolution, und tröstete sich wie dieser: es hat ein Ende, und jeden Abend lebt ich noch, wenn ich zu Bett ging. Was half's? Einmal war er kaum eingetreten, da setzte der Wirt gräßlich-freundlich in eigner Person einen übermächtigen Braten samt Zubehör und zwei helle Festkerzen vor ihn hin und sah dann mit inhaltschwerem Gesicht auf seine Tasche. Als er den Mann gutmütig aufmerksam machte, er habe nichts bestellt, fuhr der Grobian ihn an, das wisse er wohl, und eben darum solle er sich zum Teufel scheren, er habe noch nie etwas bestellt. Seitdem schleicht er sich ins Wirtshaus wie eine Maus sich in die Speisekammer. Wenn's nur glücken will, mischt er sich als einzelnen bittren Tropfen in eine Welle willkommner Gäste, die hineinströmt. Geht das nicht, so gibt er sich beim Eintritt das Ansehen, als ob er jemanden suche, frägt auch wohl nach einem Herrn mit metallenen Knöpfen auf'm Rock oder mit rotem Schnurrbart und schlüpft dann mit der Geschwindigkeit einer Eidechse in den dunkelsten Winkel. Wahrlich, Nepomuk, wer dich so mit unendlicher Geschicklichkeit das Kunststück, dich in einer räucherigen Wirtshausecke unterzubringen, ausführen sieht, der ahnt nicht, daß es bloß darum geschieht, damit du jedem Gast die Bissen in den Mund zählen und dich dabei der kalten Kartoffeln, die dich zu Hause erwarten, mit Zähneknirschen erinnern kannst. Und wird dir, wenn du's aufrichtig bedenkst, etwas anderes zuteil? Ein zerbrochenes Glas kann dich wenig trösten, denn selten oder nie trifft das Unglück einen, der den letzten Heller schon ausgegeben hat und es nicht bezahlen kann; geschäh's aber auch einmal, so würde es dir zu nichts als zu der Überzeugung verhelfen, daß es, dich ausgenommen, niemandem bei Wirtsleuten an Kredit fehlt. Prügeleien entstehen freilich beim Bier ebensooft als ewige Freundschaften, aber wen verdrießt denn ein Faustschlag, da er zwei zurückgeben darf, wer macht sich viel aus einer geplatschten Nase, wenn er zu seiner Satisfaktion das abgerissene Ohr des Gegners in der Hand behielt? Im trunkenen Zustande wird allerdings manches ausgeschwatzt, was besser verschwiegen bliebe, aber ist jemals in deiner Anwesenheit von einer längst vergessenen Mordtat oder einer Brandstiftung etwas zum Vorschein gekommen, und was hattest du also von deiner Nüchternheit, deinem Aufhorchen? Das Bierhaus ist unstreitig der Boden, wo Wassersuchten und andere Todkrankheiten lustig wie Pilze zu Dutzenden aufschießen; ist aber, frage dich einmal, deine Phantasie flügelkräftig genug, dir, wenn du irgendeinen Hansohnesorgen frisch und wohlgemut das sechste Glas hinunterstürzen und das siebente fordern siehst, flink als niederschlagendes Pulver das Krankenbett vorzuführen, wo ihm ein Arzt kopfschüttelnd das Bier als Wasser wieder abzapft und im Stillen das Leben abspricht? Nichts bleibt dir als das wohltuende Gefühl glücklich überwundener Hindernisse und der Triumph, doch auch da zu sein, nichts als der leidige Trost, daß, sowie die Polizeistunde eintritt, jeder fortgewiesen wird gleich dir und daß dann dir das Gehen besser fleckt als den meisten. Und nun zu Hause! Freilich sollst du aus dem Munde deiner Frau noch die erste Klage über die bittre Armut hören, die sie mit dir teilen muß; sie wartet geduldig auf dich in der ungeheizten Kammer, solange du auch ausbleiben magst, sie geht, wenn du endlich mit leeren Händen kommst, hungrig zu Bette, wie sie hungrig aufgestanden ist, und beschwert sich mit keinem Wort über ihr Schicksal. Aber nie wirst du sie dahin bringen, daß sie sich ihre schönen schwarzen Haare abschneiden läßt, und da du, seit dein Nachbar, der Friseur, dir zwei Kronentaler dafür bot, keinen Gedanken mehr spinnst, der nicht an diese Haare geknöpft wäre, so hast du ebensoviel Qual und Pein von ihr, als wenn sie tobte und lärmte. Umsonst ziehst du sie schmeichelnd auf deinen Schoß, nennst sie dein Täubchen und frägst sie, indem du ihre Locken kosend durch die Finger gleiten lässest, ob sie dich glücklich machen will; umsonst suchst du sie durch den Triumphzug von gebratenen Gänsen, dampfenden Nudeln und schäumenden Bierkrügen, den du mit dichterischer Glut und Kraft vor ihre Phantasie heraufbeschwörst, zu betäuben, um dann gleich einem Stoßvogel die Bemerkung: und das alles kann man für zwei Kronentaler haben! hintendrein fliegen zu lassen; umsonst machst du's ihr plausibel, daß man ohne langes Haar leben kann, aber nicht ohne Geld. Sie erwidert sanft, aber bestimmt: im Sarg magst du mich scheren, früher nicht! und da sich, wie du versucht hast, im Schlaf nichts bei ihr ausrichten läßt, so wirst du durch dieses Hauskreuz vielleicht dein ganzes Leben lang für die Freuden, die du dir auf der Straße erjagst, den Zoll abtragen müssen. Und ist's denn so ganz ungerecht?

Herr Haidvogel und seine Familie

»Nun, warum laßt ihr die Köpfe so hängen? Lustig, wie ich es bin!« Mit diesen Worten trat Herr Haidvogel, an einem Winterabend aus der Stadt zurückkommend, in seine enge Stube, in der seine Frau, von den beiden durch die Dunkelheit geängstigten Kindern endlich dazu gedrängt, eben die Lampe angezündet hatte. »Warum siehst du mich nicht an?«, fuhr er fort und stellte sich vor seine Frau hin, die allerdings ihr kleines, frierendes Mädchen streichelnd, keinen Blick für ihren Mann zu haben schien; »ziehst du wieder, wie gewöhnlich, im Stillen einen Vergleich zwischen mir und dem Quacksalber von Doktor, der auch einmal hinter dir herlief? Danke Gott, daß du mich statt seiner bekommen hast, denn ich lebe doch wenigstens noch. Ihn hat heute Mittag der Teufel geholt, und eine halbe Stunde darauf, als ich gerade an seinem Hause vorbeikam, nagelte der Vergolder, der noch von nichts wußte, den neuen Schild mit den ellenlangen Buchstaben, das ihm die Kundschaft verdoppeln sollte, über seiner Tür fest.« – »Er ist –?«, fragte die Frau, ihr Auge zum erstenmal ein wenig erhebend, während ihre Hand von dem Haupte des Kindes herabglitt. »Tot!«, versetzte Herr Haidvogel schadenfroh schnell, »so gewiß tot, als ob er einen seiner eigenen Dekokte verschluckt hätte. Ja, der wird mich mit seinen ostindischen Taschentüchern nicht mehr ärgern, die er, wenn er des Morgens hier vorüberging und mich am Fenster stehen sah, immer im Winde flattern ließ! Sicher hat er sich zu Weihnacht wieder einen neuen Rock bestellt, denn bloß meinetwegen schaffte er sich dreimal so viel Kleider an, als er brauchte. Möchte der Schneider ihn doch schon zugeschnitten haben! Die Rechnung wär' ein hübsches Christgeschenk für sein hochmütiges Weib, die es ganz zu vergessen scheint, wie gern sie, als mein Vater noch lebte, mit mir getanzt und wie oft sie mir dabei die Hand gedrückt hat.« – »Mein Gott! Achtunddreißig Jahr!«, sagte die Frau, ohne sich um ihren Mann zu bekümmern, und starrte vor sich hin. »Und auch ihr«, begann Herr Haidvogel aufs neue und wandte sich zu den Kindern, »warum hockt ihr immer in der Stube, warum springt ihr nicht herum, wenn's euch friert, warum find' ich euch nie auf der Eisbahn, wie die andern? Munter, Junge, tanz' mit der Schwester, ich will pfeifen!« – »Sie haben den ganzen Tag noch keinen Bissen gegessen«, unterbrach die Frau ihn bitter, »die paar Kartoffeln, die du zu Hause brachtest, liegen noch da, es fehlte an Holz sie zu kochen!« – »Und war da nicht zu helfen?«, erwiderte Haidvogel, indem er zugleich einen der beiden um den Tisch stehenden alten Stühle bei der Lehne packte und mit ihm so stark gegen den Boden stieß, daß er fast zerbrach, »ich sollte doch meinen!« – »So machtest du's stets«, versetzte die Frau, »und nur darum sind wir soweit heruntergekommen! Den letzten Stuhl, der noch für einen Einsprechenden übrig blieb, denn den andern füllst du aus, und den Kindern gehört ohnehin nicht mehr, als mein Schoß und deine Lende! Warum nicht auch die Bettlade! Ein Glas Wasser konnten wir längst keinem Menschen mehr anbieten, weil das Glas uns mangelt! Wenn's nach dir ginge, so würde morgen auch niemand mehr einen Sitz bei uns finden.« – »Wär' das ein Unglück?«, entgegnete Herr Haidvogel, »läßt sich ein Hund bei uns sehen, als wenn er etwas von uns zu fordern hat? Und trollt sich so einer nicht um so eher wieder, wenn er sich nicht breit zum Predigen niederlassen kann? Doch, gleichviel! Es gibt andere Mittel! Wir wollen uns heut abend etwas zugute tun! Es geht ein Gerücht über mich – – leider ist es falsch, du siehst – –« Er unterbrach sich, nahm den Hut, den er bisher aufbehalten hatte, ab und deutete auf eine Beule am Kopf. »Woher hast du die?«, fragte die Frau und erhob sich. »Woher!«, versetzte Herr Haidvogel und bedeckte sich schnell wieder. »Herausgeworfen bin ich einmal wieder beim Onkel. Alles beim alten!« – »Mensch! Mensch!«, fuhr die Frau erschreckt auf, »willst du uns noch um das Letzte bringen? Was mein Onkel uns jährlich zufließen läßt, ist ohnehin wenig genug. Aber wir erhalten es nur unter der Bedingung, daß du nie sein Haus betrittst, daß du bei Tage nicht einmal daran vorbei gehst! Und nun! – – Ich zittre! Ich zittre!« Sie preßte ihre Kinder an sich. »Ei was!«, sagte Herr Haidvogel, »Mit dem Tode hat jede Dummheit ein Ende. Eine Pflicht hab' ich erfüllt, als ich hinging, eine Pflicht gegen die da und gegen dich! Ich hörte, den Alten habe der Schlag gerührt, und er sei gestorben, ohne ein Testament zu hinterlassen. Wenn das sich so verhalten hätte, würdest du doch wohl die Erbin gewesen sein, nicht wahr?« – »Aber es verhielt sich nicht so!«, versetzte die Frau, »und das konntest du wissen!« – »Das konnte ich nicht wissen!«, fuhr Herr Haidvogel gereizt auf, »es unterhielten sich zwei davon auf offener Straße, die es gar nicht sahen, daß ich in einer Ecke stand und an meinen Stiefelriemen knöpfte, die es also auf einen Spaß mit mir auch nicht abgesehen haben konnten. Als ich zum Vorschein kam, zogen sie den Hut vor mir, und der eine sprang sogar gleich herzu und hob mir den Stock auf, den ich noch überflüssigerweise zur

Probe fallen ließ. Das war mir Beweis genug, und ich eilte ins Sterbehaus, um die aussichtslosen Schurken, die Köchin und den Bedienten, am Verschleppen der Sachen zu verhindern. Gleich auf der Diele kam mir auch die Köchin mit dem Silberzeug entgegen. – Wohin damit? fuhr ich die Person an. Nicht von der Stelle! Oder – Und Er da – rief ich dem Schlingel, dem Johann zu, der eben, einen Rebhuhnflügel in der Hand, aus der Küche herauf kam – warum war Er noch nicht bei mir? Hat Er den Kalender vielleicht erst verbrannt, worin der Tote die Vorschüsse notierte, die Er ihm abzuschwatzen wußte? Das wird Ihm übel bekommen!« – »Gott! Gott!«, seufzte die Frau, »der ist zehn Jahre und die acht! Was wird aus den armen Kindern, wenn –« – »Was würde aus ihnen«, unterbrach Herr Haidvogel sie mit Unwillen, »wenn sie einmal eine Erbschaft machten, und ihr Vater wäre weniger eifrig, ihre Rechte wahrzunehmen, als ich es bin! Diesmal freilich war ich etwas zu voreilig, denn kaum hatte ich meine letzte Drohung ausgesprochen, als der Alte erschien und zornig fragte, wer einen solchen Lärm erhöbe. Da nun die Köchin, boshaft, wie sie ist, erwiderte, daß ich ihr verböte, das Silberzeug zum Aufputzen für die bevorstehende Geburtstagsfeier des gnädigen Herrn zum Goldschmied zu bringen, und der Bediente noch ärgere Dinge hinzufügte, ereiferte er sich natürlich gewaltig, sein Gesicht wurde blau, seine Hände flogen und – – Genug, der tückische Wunsch, den er mir nachrief, daß ich auf der Treppe den Hals brechen möchte, ist nicht in Erfüllung gegangen, so gut der Johann seinen plumpen Auftrag auch ausführte, und wir wollen von dem Gerücht Vorteil ziehen, solange wir es noch können! Flink, Theodor, spring du zum Schlachter hinüber und hole einige Pfund Fleisch, und du, Auguste, lauf zum Krämer und besorge die Butter. Wenn sie uns noch nie geborgt haben, so borgen sie uns jetzt! Nicht diese Stirnfalten, Weib! Es gibt mehr Kinder, die nach sieben über die Straße geschickt werden und doch keinen Husten mit zu Hause bringen! Wasche du inzwischen die Kartoffeln ab, ich will Holz schaffen! Vater zahlt morgen, er ist beim Onkel!« Mit diesen Worten trieb er den Knaben und das Mädchen, die sich nur zögernd zum Gehorchen anschickten, weil sie solche Botschaften nicht zum erstenmal ausrichten sollten und den Erfolg schon kannten, aus der Tür und folgte ihnen nach, während die Frau in ein Gelächter, halb der Verachtung, halb der Verzweiflung ausbrach und sich nicht von der Stelle rührte. Er tat aufs Geratewohl einen Gang durch das abgelegene Quartier, wo er wohnte und musterte manchen Zaun und manche alte Hecke, sogar hie und da einen Fensterladen, der im Winde klapperte, weil er nicht gehörig befestigt war. Aber, wenn er eben Hand anlegen wollte, schien ihm bald der Mond zu hell, bald gingen ihm zuviel Leute über die Straße, bald störte ihn ein Hund, der ihn anbellte. Endlich sagte er zu sich selbst: ich will mir die Mühe gar nicht machen, denn es ist doch immer noch sehr zweifelhaft, ob wir Fleisch und Butter erhalten, und wenn, so liefert der Stuhl Holz genug. Sogleich nahm er seine gewöhnliche stolze Haltung, deren er sich als angehender Dieb bereits abgetan hatte, wieder an und kehrte um. Kaum aber hatte er einige Schritte gemacht, als er mit dem Fuß an etwas Hartes stieß; er hob es auf und siehe da, es war ein Beutel mit Geld. Vorsichtig sah er sich nach allen Seiten um, ob ihn jemand bemerkt habe, dann steckte er den Beutel zu sich und setzte, jedoch nicht eben schneller, als vorher, seinen Weg fort. Als er zu Hause wieder anlangte, fand er seine Frau nicht mit Zurichtung eines Bratens beschäftigt, sondern mit Entkleidung ihrer Tochter. Der Knabe kam ihm entgegen und richtete ihm eine Impertinenz vom Schlachter aus; auch das Mädchen wollte sprechen, doch die Mutter unterbrach sie und sagte: »Euer Vater weiß alles, was ihr ihm melden könnt, nun zu Bett mit euch, damit ihr hinein kommt, bevor die Lampe erlischt!« – »Nichts da! Ihr bleibt auf!«, rief Herr Haidvogel jetzt und warf den Beutel mit Geld auf den Tisch. Blanke Taler rollten, die Kinder jubelten, und die Frau sah ihren Mann mit dem Ausdruck des höchsten Erstaunens an. »Mensch«, sagte sie endlich langsam, und ein schlimmer Verdacht stieg in ihr auf, »woher kommt dir dies Geld?« – »Wenn's nun ein Lotteriegewinn wäre«, erwiderte er, »würdest du dann endlich einräumen, daß ich recht tat, als ich die zwölf Kreuzer, die ich Montag fand, zum Kollekteur trug, statt sie zu Brot herzugeben?« – »Nein«, versetzte sie, »aber ich würde mich freuen, daß eine Schlechtigkeit ausnahmsweise einmal gute Folgen gehabt hätte. Ist es denn so?« – »Laß uns weiter reden«, rief Herr Haidvogel, »wenn wir satt sind! Dann fördert's die Verdauung. Wir leben in einer Welt, worin einem Menschen plötzlich eine Königskrone auf den Kopf fallen kann, der bis dahin kaum eine wollene Mütze besaß, sich ihn damit zu bedecken. Das sagte ich dir schon oft, erinnere dich daran und mach' Feuer, jetzt wird dir der Stuhl wohl nicht mehr zu kostbar scheinen! Ich selbst hole, was sonst nötig ist, ich muß die Hunde ärgern, die mir den Kredit versagten, sie sollen glauben, daß ich bloß ihre Gesinnungen gegen mich auf die Probe gestellt habe, und da sie von meinen guten Zeiten her wissen, wieviel ich daraufgehen lasse, wenn ich nur kann, so wird sie's verdrießen, in dieser nicht besser bestanden zu sein!« Jetzt setzte die Frau sich emsig in Tätigkeit, während Herr Haidvogel sein Geld wieder einstrich und ging. Er kam an einer Schenke vorbei; es war die nämliche, in der er den größten Teil seines väterlichen Erbteils mit dem Leichtsinn und der Liederlichkeit eines verhätschelten einzigen Sohns verpraßt hatte, denn er war keineswegs immer ein armer Schlucker gewesen, er hatte ein für seine Verhältnisse ganz ansehnliches Vermögen hindurchgebracht und sich eben dadurch die Verachtung des Enkels, seiner Frau aber, die aus Pflichtgefühl nicht von ihm lassen wollte, den Haß desselben zugezogen. »Da sitzen nun«, dachte er, »die meisten von denen, womit ich sonst zusammen zu sitzen pflegte, da schwatzen sie, wenn ihnen nichts Besseres einfällt, von mir, da lachen und spotten sie auf meine Kosten oder bedauern mich, wenn's gut geht, zucken die Achseln und – ich muß hinein!« Er legte die Hand auf die Tür. »Was sie sagen werden, wenn ich so plötzlich erscheine, wie sie anfangs vor mir zurückweichen, dann, sowie sie Geld sehen, mir zunicken und vertraulich näher rücken werden! Ha, ginge einer von ihnen so weit, mich um ein Darlehn anzusprechen, ich würde es hergeben, wär's auch nur, um ihnen von der Größe der Summe, die mir zu Gebote steht, einen guten Begriff beizubringen.« Er trat ein. Drinnen war eine lärmende Gesellschaft beisammen, die alten Kameraden grüßten gleich freundlich und wisperten dann miteinander, es war offenbar, daß das Gerücht von Herrn Haidvogels plötzlicher Erbschaft bereits zu ihnen gedrungen war, und daß sie es jetzt für vollkommen bestätigt hielten, selbst der Wirt war höflich. Herr Haidvogel, der in der allgemeinen Aufmerksamkeit, die er erregte und in dem Geflüster, das rings umher entstand, eine hinreichende Genugtuung für alle Entbehrungen der letztverstrichenen Jahre fand, durchschritt, um seinen Triumph vollständig zu genießen, den Saal seiner ganzen Länge nach, ehe er sich niederließ, dann setzte er sich an einen Tisch, an dem der einzige Mensch saß, den er nicht kannte und der keine Notiz von ihm nahm. Dies verdroß ihn fast, und er faßte ihn darum scharf ins Auge; es schien nach dem ledernen Gurt, den er um den Leib trug, ein reisender Viehhändler zu sein, er hatte den Kopf auf den Tisch gestützt und starrte trübsinnig vor sich hin. »Dem ist ein Ochse gefallen!«, dachte Herr Haidvogel, »und nun erinnert er sich mit Verdruß der vielen Schlachter, bei denen er das Tier um leidlichen Preis hätte anbringen können. Gebührende Strafe für die übertriebene Habsucht!« Dann forderte er sich mit lauter Stimme ein Glas Wein.

Der Wirt brachte es eilig in eigener Person und putzte zugleich das Licht, das etwas trüb vor dem Fremden brannte; nun erst sah man's ganz deutlich, wieviel Niedergeschlagenheit in den an sich so mannhaft trotzigen Zügen desselben lag. »Ist Euch nicht um Eure Zeche bange«, fragte Herr Haidvogel den Wirt halblaut und deutete auf den Fremden, »der scheint darüber nachzugrübeln, wie er Euch darum bringen will!« – »Das wäre noch ein Ding der Unmöglichkeit«, versetzte der Wirt lustig, »denn sie beläßt sich noch auf nichts, das Glas Bier, das er sich geben ließ, steht unberührt vor ihm.« – »Damit Ihr das nicht auch von mir sagen könnt«, sagte Herr Haidvogel, »will ich meinen Wein trinken!« Er tat's und zog dann eine Handvoll Taler hervor, die er hastig nach kleiner Münze zu durchsuchen begann, weniger, weil er so eifrig aufs Bezahlen erpicht war, als weil es ihn kitzelte, seinen Reichtum zu zeigen. »Ei du mein Himmel«, versetzte der Wirt abwehrend, »als ob das nicht Zeit hätte! Ihr denkt doch nicht schon wieder zu gehen? Von einem alten Freund, der sich so lange nicht mehr bei mir sehen ließ, würde mich das beleidigen, und noch mehr als das, es würde mich kränken!« – »Nun«, erwiderte Herr Haidvogel, »ich werde bleiben! Aber schickt schnell ein gutes Nachtessen zu den Meinigen hinüber! Sie wollen sich selbst was bereiten, wozu die Umstände!« – »Freilich, freilich, wozu? Ich kochte ja gern für die ganze Stadt! Was – soll's nur sein? Hier ist die Speisekarte, beliebt's Euch, auszuwählen?« – »Schickt alles, was darauf steht«, versetzte Herr Haidvogel, »dann schickt Ihr jedenfalls das rechte mit! Bildet Euch übrigens nicht ein, daß Eure Küche die meinige übertrifft. Pah! Wenn ich den Schneider, der dort in der Ecke sitzt - heda, Meister, Ihr habt nun genug genickt und am Käppel geschoben, kommt morgen früh zu mir herüber und nehmt mir Maß! – wenn ich den zuweilen durch ein Loch im Ärmel oder den Schuster durch einen zerrissenen Stiefel ärgerte, so geschah das ja bloß, weil ich meinem Magen nichts abgehen ließ, denn wenn mein Onkel auch nicht alle Tage Verlangen trug, mich zu umarmen, so fiel es ihm doch noch weniger ein, mich hungern zu lassen, und wenn er mir auch einmal in seinem bekannten Jähzorn verbot, zu ihm zu kommen, so kam er dafür reuig bei nächtlicher Weile zu mir. Betrachtet den da! Ist er magerer geworden, seit ich keine Bratwürste mehr bei Euch aß?« Hierbei klopfte er sich auf den Bauch, der allerdings trotz der nüchternen Atzung mit Kartoffeln und trockenem Brot die ehemalige Ründung bewahrt und ihm auch immer für einen Ableiter erniedrigender Gedanken über die Beschaffenheit seines Tisches gegolten hatte. »O, sicher nicht«, entgegnete der Wirt, obgleich trotz seiner Geschmeidigkeit nur mit mühsam unterdrücktem Lächeln, »was fällt Euch ein! Doch, ich will dem Kellner Auftrag geben!« Er sprang fort, um nicht zu bersten. »Ob wirklich nichts Kleines mehr darunter ist?«, sagte Herr Haidvogel mit einem langen Blick auf den Fremden, der noch dasaß, wie vorhin, und dessen Unempfindlichkeit und Gleichgültigkeit gegen alles, was um ihn her vorging, ihn förmlich zu empören anfing. »Freilich, das Bettelgesindel.« Er warf mit diesen Worten das Geld mit Geräusch auf den Tisch und schickte den Rest in der Tasche Handvoll nach Handvoll hinterdrein, fortwährend zwischen den Talern rührend und mit ihnen klappernd. Jedermann wurde aufs neue aufmerksam auf ihn, der Wirt rief dem Kellner einmal über das andere »hurtig! hurtig!«, zu, zwei von den ehemaligen Kameraden, die ihr schnödes Benehmen gegen ihn in der Zwischenzeit in Vergessenheit zu bringen wünschten, stießen, scheinbar unbekümmert um ihn, aber laut genug, daß er es hören konnte, auf sein Wohl miteinander an, nur der Fremde verharrte in seiner vorigen Lage. Herr Haidvogel wollte aber durchaus auch von ihm beneidet werden, er trat ungeduldig zu ihm heran und bat um Erlaubnis, sein Licht einen Augenblick nehmen zu dürfen, weil das seinige so düster brenne und zwei überhaupt heller leuchteten, als eins. Der Fremde bewilligte es durch eine Kopfbewegung und sah nun endlich auf. Doch kaum hatte er auf den im Glanz der Lichter flimmernden und schimmernden Schatz des Herrn Haidvogel einen Blick geworfen, als er wie besessen auffuhr, den bisherigen Besitzer mit einem mächtigen Stoß beiseite schleuderte und mit einer Donnerstimme ausrief: »Des Todes ist, wer dies Geld berührt, es ist mein! Hundert Taler! Die russische Schaumünze, an der ich mein Eigentum erkenne! Und ein lederner Beutel! Zähle nach und vergleiche, wer zweifelt!« Der Wirt, die ganze Gesellschaft, vor allem aber Herr Haidvogel selbst, standen einen Moment, wie versteinert, der letztere faßte sich jedoch gleich wieder, weil er fühlte, daß er in den allerschnödesten Verdacht geraten werde, wenn er lange im Stillschweigen verharre, und antwortete dem Fremden, der unwillkürlich sein breites Schlachtermesser gezogen und sich mit halbem Leibe über das Geld hingelehnt hatte, kalt und spöttisch: »Ihr habt die Lumperei verloren, und ich habe sie gefunden! Könnt Ihr das nicht ruhig sagen? Da ist der Lederbeutel, den Ihr wohl noch vermißt! Eine Schaumünze! Ei, die hatte ich noch gar nicht bemerkt! Hübsch! Der Übergang über die Beresina! Ein Andenken?« Der Fremde maß Herrn Haidvogel mit einem zweideutigen Blick, und da er entdeckte, daß der Rock desselben etwas kahl war, zählte er sein Geld sorgfältig nach. Als er fand, daß an der Summe nicht das geringste fehle, reichte er ihm die Hand und sagte: »Verzeiht mir meine Heftigkeit und setzt Euch zu mir, daß wir zusammen trinken!« – »Trinkt mit wem Ihr wollt«, entgegnete Herr Haidvogel vornehm, »aber haltet Euch ein andermal auf bessere Taschen!« Stolz, wie ein Sieger den Wahlplatz, verließ er nun die Gaststube und überrannte in der Tür fast den schwer bepackten Kellner, der, bei einer so unerwarteten Wendung der Dinge vom Wirt eiligst wieder umgerufen, eben hineintrat. »Ich will's selbst mitnehmen!«, rief er diesem zu und griff nach dem Eßkorb, den der verblüffte Mensch, der den Zusammenhang nicht kannte, auch ohne Widerstand fahren ließ, den der Wirt Herrn Haidvogel aber wieder entriß. »Ah, so war's gemeint«, sagte dieser, »gut, da ist hier denn auch für mein Glas Wein!« Er warf die letzten vier Groschen hin, die er besaß und die er zum Ankauf von Glanzwichse bestimmt gehabt hatte, versuchte den Wirt durch einen Puff, den er ihm im Vorbeischießen beibrachte, umzustoßen, was ihm freilich nicht gelang, und eilte fort. Leise, leise stahl er sich in sein Haus und in seine Wohnstube hinein. Seine Frau war in der Küche, wie er durch ein kleines, in der Tür angebrachtes Fenster sehen konnte, mit dem Abkochen der Kartoffeln beschäftigt, das Feuer brannte lustig auf dem Herd und die Kinder standen mit heiteren Gesichtern umher. »Ich kann's nicht ändern!«, fluchte er und begann, sich schleunig zu entkleiden. Er war damit glücklich zu Ende gekommen, und stieg eben ins Bett, als seine Frau, die schon mit Ungeduld auf ihn wartete, in die Stube trat. »Mein Gott!«, rief sie, aufs höchste verwundert, aus, »du gehst zu Bett?« – »Tu' du es auch«, entgegnete er und setzte, indem er die Decke über sich hinzog, gähnend hinzu: »Ehrlich währt am längsten!« Die Frau hatte aber noch kaum die Zeit gehabt, ihr Erstaunen durch einen unartikulierten Laut auszudrücken, als an die Tür gepocht wurde. »Riegel vor!«, rief Herr Haidvogel, und als er sah, daß die Tür bereits aufging, griff er nach seinem Stock, der zu Häupten des Bettes stand. Der Kellner trat mit seiner Last herein; die Gesichter der Kinder, die sich schon verfinstert hatten, klärten sich wieder auf, denn der leckere Duft, der sich im Zimmer verbreitete, und das fröhliche Klappern der Schüsseln verkündete ihnen den Inhalt des Korbes. »Reue? Gewissensbisse?«, fragte Herr Haidvogel den Menschen, der den Korb stillschweigend auf den Tisch stellte, »hätt's kaum erwartet.« – »Mich schickt der Viehhändler«, entgegnete dieser,

»er hat alles bezahlt!« – »Der!«, rief Herr Haidvogel. »Was untersteht der Kerl sich! Mir, der ich schon an einem Abende mehr verspielt habe, als er in einem Jahr gewinnt! Nun wohl! Ein Finderlohn! Aber wohl gemerkt, nur für die Kinder! Ich berühre nichts davon! Ehrenwort!« Der Kellner wollte sich wieder entfernen, die Frau trug ihm eine herzliche Danksagung auf. »Kein Wort von Dank!«, fuhr Herr Haidvogel dazwischen, »er hat seine Schuldigkeit getan, und kaum! Aber deinem Herrn kannst du melden, daß ich ihm mit den Schüsseln, wenn er sie etwa zurückverlangt, die Fenster einwerfen werde!« In diesem Augenblick wurde abermals gepocht. »In Europa nimmt man im Bett keine Visiten an!«, rief Herr Haidvogel, aber die Tür wurde trotzdem langsam geöffnet, und mit verstörtem Gesicht trat etwas verlegen der Bediente Johann herein. »Nun, Halunke«, schrie Herr Haidvogel ihm entgegen und schwang seinen Stock, »willst du die Zahlung haben für –?« Er berührte hiebei mit einer unzweideutigen Gebärde seinen Rücken. »Herr Haidvogel«, stotterte Johann, »Sie wissen, daß ich nichts tat, als was der Herr mir befahl, dessen Brot ich aß!« – »Aß?«, fragte Herr Haidvogel gespannt. »Ja«, fuhr Johann fort, »der gnädige Herr ist am Schlag –« – »Am Schlag?«, unterbrach ihn Herr Haidvogel verdrießlich und enttäuscht, »Kerl, bist du verrückt? Es war ja eine niederträchtige Lüge, mit eigenen Augen überzeugte ich mich davon!« – »Heute nachmittag, ja«, versetzte Johann, »aber jetzt nicht mehr! Leider!« – »Leider?«, rief Herr Haidvogel, »Gott Lob!« – »Freilich, Gottlob!«, entgegnete Johann geschmeidig, »denn es war nicht mehr zum Aushalten! Wenn Sie wüßten, wie oft ich Fußtritte vom Alten erhielt, weil ich eine Fürbitte für Sie einlegte. Noch dieses Loch im Kopf – –« – »Hast du vor sieben Stunden von dem Türpfosten bekommen«, unterbrach ihn Herr Haidvogel, »an den du dich stießest, als du mit mir bosseln wolltest. – Was kümmert's mich noch! Hast du gehört, Frau?« – »Ist es denn wahr, Johann?«, fragte sie schüchtern und schob dem Bedienten einen Stuhl hin, auf den er sich aber nicht niederließ, weil die Dame, die er schon lange nur noch über die Achsel angesehen hatte, plötzlich wieder eine Respektsperson für ihn geworden war. »Wie kannst du nur noch fragen«, eiferte Herr Haidvogel, dem dies nicht entging, »siehst du nicht, daß er mit krummem Rücken und eingeknickten Beinen vor dir steht? Aber, wie kam's denn?« – »Wahrscheinlich«, entgegnete Johann zögernd, »von dem Ärger, den –« – »Den ich ihm machte?«, fragte Herr Haidvogel jubelnd. »Ja? Ist's so? Das freut mich! – das freut mich! Maß für Maß! Kerl, ich schenke dir alles, was du heute abend gestohlen hast! Verbeugst dich? Bravo! Nun, Frau, war's gut, daß ich da war? He, was sagst du?« – »Laß ihn doch zu Wort kommen«, erwiderte sie unwillig, »noch wissen wir ja von nichts!« – »Der Auftritt mit Ihnen«, begann Johann wieder, »hatte ihn in die furchtbarste Aufregung versetzt, er schäumte vor Wut –« – »Das sah ich noch!«, warf Herr Haidvogel ein, »o, das sah ich!« – »Und er schrie: gleich mach' ich mein Testament, ich warte meinen Siebzigsten, Geburts-tag meinte er vermutlich, nicht ab, und ich enterbe sie vollständig!« – »Es war also noch nicht geschehen«, versetzte Herr Haidvogel, »wie ihr Hunde ausgebracht hattet! Niederträchtig! Das gab meinem Kredit den Todesstoß!« – »Wir sagten«, erwiderte Johann kleinlaut, »was wir hörten und glaubten! Hätten wir das Gegenteil gewußt – –« – »So hättet ihr«, unterbrach die Frau ihn bitter, »meinen Theodor zur Kirschenzeit zuwei-len in den Garten gelassen, wenn der Onkel abwesend war, und er darum bat, weil die roten Beeren ihn so lockten!« – »Gewiß!«, entgegnete Johann mit einem dummen Gesicht, »das hätten wir getan!« – »Weiter!«, drängte Herr Haidvogel. »O«, sagte Johann, »es ist gleich aus! Ich mußte zum Advokaten springen, und als ich zurückkam, lag er schon sprachlos da. Dann – genug, es ist vorbei!« – »Für ihn!«, versetzte Herr Haidvogel, »und für uns fängt's an. Hast du Geld bei dir?« – »Zu Befehl!«, entgeg-nete Johann und griff dienstfertig in die Tasche. »So bezahl' dem Men-schen da, der Maulaffen an der Tür feil hält, das Essen! Heda, Kellner, dem Viehhändler seinen Taler, oder sind's zwei? zurückgebracht und über alles, was du hier gehört hast, auf deine gewöhnliche Weise reinen Mund gehalten! Ah, sieh! hättest du deine Mütze gleich beim Eintritt abgezogen, wie sich's gebührt, so könntest du sie jetzt wieder aufsetzen! Nun mußt du's freilich umgekehrt machen! Gute Nacht!« Der Kellner ging, auch Johann schickte sich zum Fortgehen an, vorher aber sagte er noch, die Köchin habe sich ins Bett gelegt und stelle sich krank, es sei aber nicht wahr, ihr fehle nichts, dann entfernte er sich. »Nun Frau«, rief Herr Haidvogel und zog sich an, »kann ich mein väterliches Haus jetzt wieder kaufen, von dem ich den Kindern einst, als wir mit ihnen daran vorbeigingen, zu deinem Verdruß weismachte, es sei noch mein, und ich hätte nur den Türschlüssel verloren, sonst würde ich sie hinein-führen? Kann ich –« – »Nichts kannst du«, versetzte die Frau, die inzwi-schen ihr dünnes Umschlagetuch umgenommen und sich zum Fortgehen angeschickt hatte, »nichts ohne mich, ohne meine Einwilligung kommt kein Pfenning in deine Hände, und ich werde dafür sorgen, daß das

Jammerleben, das jetzt zu Ende ist, nicht wieder anfangen kann!« – »Wie? Was?«, rief Herr Haidvogel mit offenem Munde, und war so überrascht, daß er den schon halb angezogenen Rock ganz anzuziehen vergaß und mit dem possierlich an der rechten Seite seines Leibes niederbaumelnden Kleidungsstück wie eine Vogelscheuche dastand. »Gewiß«, fuhr die Frau im bestimmtesten Ton fort, »du sollst mir tun, was dir gefällt, wenn dir mittags jemals wieder ein guter Braten auf dem Tisch fehlt, und wenn du des Abends wieder kalte Kartoffeln essen mußt!« – »Pah«, erwiderte Herr Haidvogel giftig, »wenn man nicht selbst Bankerott macht, so tun's andere, und man verliert sein Geld. Das ist das beste!« – »Darauf lass' ich's ankommen!«, versetzte die Frau und ging. »Schöne Aussichten!«, rief Herr Haidvogel und wandelte einige Male stillschweigend die Stube auf und ab. »Schmeckts?«, rief er dann den Kindern zu, die sich längst über das Essen hergemacht hatten und setzte sich zu ihnen. »Galle macht Appetit! Ein neuer Beweis dafür!«, murmelte er nach einer kleinen Pause der Untätigkeit und griff auch seinerseits zu. »Was ist's auch weiter?«, monologisierte er nun kauend fort, »ich bedinge mir ein Monatliches, das taten andere auch, und ehe sie's ins Wochenblatt setzen läßt, daß sie für meine Schulden nicht haftet, kann ich genug auf ihren Namen zusammenborgen! Heisa! Lustig! Was für Not?«

Der Brudermord

Es war eine mondhelle Winternacht. Eduard ritt langsam durch den Wald; alle die Bäume, welche ihm ihre Zweige entgegenstreckten, schienen ihm Denkmäler einer schönern Vergangenheit zu sein. Haben sie doch alle – dachte er bei sich selbst, – freundlich gegrünt und vielleicht manchem Wanderer erquicklichen Schatten gewährt, und stehen jetzt so starr, so trübe, als wären sie schon als Särge in die kalte Erde hinabgesenkt und eine ekle Behausung der Würmer geworden. »Tröstet euch mit mir, ihr traurigen Bäume«, rief er aus, »nicht euch allein ist der Frühling dahingeschwunden, auch mir ist er entflohn; aber ihr habt doch trinken dürfen seinen himmlischen Anhauch, mir indeß ist er ungenossen vorüber gezogen mit all seiner Wonne und hat mir den gräulichsten Winter gebracht, ein Hochzeiter, der einer Leiche vorausging.«

Der arme Eduard weinte Tränen des Kummers; aber die Tränen vermogten es nicht, seine brennende Seele zu kühlen. Und es war ein großer, ein gerechter Schmerz, der sie ihm entpreßte. Er hatte ein Wesen gefunden, das ihn verstanden, das alle Qualen unbefriedigter, namenloser Sehnsucht, wie Nachtvögel der Tag, von ihm verscheucht, das ihm zu sich selbst zurückgeführt und ihm das unfruchtbare leere Leben mit einem Himmel geschwängert hatte. Mit ganzer Seele hatte er dies Wesen umschlungen, fest unablöslich, wie der Schiffbrüchige das Brett umklammert, welches ihn erretten kann aus Todesgefahr, ach und dieses Wesen war – er wußte nicht, ob hinausgerissen oder freiwillig gezogen in die weite Welt, daß er nun wiederum alleine stand, kalt und freudlos, wie Helvetiens Gletscher, welche von der Sonne vergoldet, aber nimmer erwärmt werden. Darum hatte er das Schloß seiner Väter verlassen – darum ritt er in der kalten Winternacht einsam durch den Wald – darum weinte er Tränen des Kummers.

Auf einmal vernahm er ein Geräusch, wie von einem nahenden Wagen. Er hatte sich nicht betrogen; eine Kutsche rollte eilig daher. Er begab sich hinter ein Gebüsch. Wie aber die Kutsche an ihm vorbei kam, schien es ihm, als höre er ein leises Gewimmer. Er sprengte nach und rief dem tief vermummten Kutscher ein donnerndes »Halt!«, zu. »Glück auf die Reise zur zweiten Welt!«, entgegnete dieser und drückte eine Pistole ab. Der Schuß fehlte, Eduard aber streckte den Kutscher zu Boden. Die

Pferde standen. Der Kutschenschlag öffnete sich. »Dank Ihnen, mein Erretter –« – »Himmel, Du, Laura?« – »Eduard, mein Eduard!«

Die Liebenden lagen einander in den Armen – zwei morgenrote Wolken, die in eine zergehen. »Und wer war der Ruchlose, dessen freche Hand es gewagt, die Rose aus dem Kranz meines Lebens zu stehlen?«

»Himmel, wo blieb er? Dein Bruder, Dein eigener Bruder –«

»Laura, mein Bruder? O Gott, sage nein!«

In Hast der Verzweiflung flog er auf den Kutscher zu, der entseelt am Boden lag, und riß ihm die Larve ab. Der Mond senkte einen gelblichen Strahl hernieder auf das kalte bleiche Gesicht, die Bäume schüttelten sich, als könnten sie den entsetzlichen Anblick nicht ertragen, Eduard stürzte mit dem gräßlichen Schrei: »Brudermord!«, zur Erde.

*

Fragst du mich, Leser, was aus Ihnen geworden? Frage die Totenglocke dort oben im einsamen Turm, für welche drei Leichen ihr ernstes Geläute erschollen, frage das morsche Kreuz auf dem Friedhof, zu wessen Andenken es gesetzt ist. Du liesest: »einen fremden Herrn, eine fremde Dame und einen Bedienten, über welche keine Auskunft zu erlangen war, hat man im nahen Walde, elendiglich umgekommen, gefunden.«

Weine, Leser, und setze hinzu: Ruhe ihrer Asche!

Der Maler

Versuch in der Novelle

1.

In Frankfurt am Main lebte einst ein alter Maler, namens Dietrich, der so groß in seiner Kunst, als seltsam in seiner Lebensweise war. Sechzig Jahre, die an ihm vorübergegangen, hatten sein schwarzes Haar, welches sich in vollen üppigen Locken um seinen kurzen kräftigen Nacken ergoß, nicht bleichen können, und sein Gesicht war, wenn auch blaß und eingefallen, des höchsten Ausdrucks fähig und ließ es zweifelhaft, ob finstrer Gram oder heiße, glühende Künstlersehnsucht nach dem Überirdischen und Unerreichbaren die tiefen Züge darin gezeichnet habe. Er trug beständig einen weiten Mantel von dunkelroter Farbe, und ein kleiner spitziger Dolch, der aus seinem Gürtel hervorblinkte, konnte den wunderlichen Eindruck nur vermehren, den seine sonderbare Erscheinung bei Jedermann hervorzubringen pflegte. Er wohnte in einer dunklen, abgelegenen Gasse, und seine ganze Hausgenossenschaft bestand in einem alten, fast lahmen Pudel, der ihn immer begleitete, wenn er je zuweilen einen Gang durch die Stadt machte; er verkehrte mit keinem Menschen; sein Haus war beständig verschlossen, wie eine Beinkammer, und er schien ein ruheloses Gespenst zu sein, welches aus Augenblicke daraus hervor wandelte. Zuweilen hörte man in der Mitternachtsstunde aus dem dunkeln schauerlichen Hause einen wunderschönen Gesang erschallen; der alte lahme Hund bellte und heulte aber so häßlich dazwischen und der Meister lachte so laut und widrig, daß die lieblichen Töne schon in der Geburt erstickt wurden und daß jeden, der von ungefähr ein solches Konzert anhörte, Furcht und Entsetzen überlief.

2.

An einem schönen hellen Nachmittag durchwanderte ein flinker zarter Bursche des großen Frankfurts lange Straßen und erkundigte sich eifrigst nach dem berühmten Malermeister Dietrich.

»Ho! ho!«, erwiderte ein Handwerksmann auf des Jünglings stürmische Frage; »Ihr kommt immer noch früh genug, um von Herrn Dietrich abgewiesen zu werden; seine Wohnung will ich Euch aber wohl bezeichnen.«

»Ist nicht nötig!«, rief eine dumpfe Stimme.

Der Handwerksmann sah sich um, lispelte dem Jünglinge zu: »Meister Dietrich steht vor Euch«, und ging fort.

»Folge mir«, sagte der alte Maler zu dem Jünglinge, und dieser folgte dem Meister in sein Haus.

Schauerlich ward ihm zu Mute, wie er die weiten Gemächer des großen Gebäudes mit dem langsam voranschreitenden Meister durchwandelte, ihm war, als umfinge ihn eine Totenhalle.

Endlich gelangten sie in einen großen, seltsam verzierten Saal, der keine Fenster hatte und durch eine Ampel, die vom Boden herabhing, spärlich erleuchtet ward.

Der Meister stellte sich vor den Jüngling hin und sagte: »Wer bist, was willst Du?«

»Was ich bin«, entgegnete dieser, »kann ich Euch in wenig Worten melden; ich bin der Sohn eines armen Malers aus Urbino, heiße Raphael und habe von meinem Vater nichts geerbt, als den glühenden, unwiderstehlichen Trieb, alles, was ich Schönes und Herrliches um mich her erblicke, durch Pinsel und Farbe nachzuahmen und abzubilden. Schon Vielerlei hatte ich verfertigt, als mir durch glücklichen Zufall Euer köstliches Gemälde von Christus, wie er die Kinder tauft, zu Gesichte kam. Da wurde es mir klar, daß, wenn ja ein Funke der göttlichen Kunst in meinen Busen gesenkt ist, derselbe nur durch Eure Anweisung zur Blume entfaltet werden kann. Dies hat mich aus den jungfräulichen Armen meines milden Vaterlands an die Greisesbrust des rauhen winterlichen Nordens geführt, und wenn Ihr mich freundlich als Schüler bei Euch aufnehmt, so habe ich im vollsten Maße erreicht, was ich gewünscht und gewollt.«

»Raphael«, sagte der alte Maler mit tiefem Ernst, »hast Du Dich auch geprüft? Fühlst Du Dich auch stark genug, am heiligen Altar der Kunst ohn' Unterlaß zu dienen? Schwer wurde bei den alten Heiden die Priesterin des reinen Elements bestraft, wenn sie nicht alle ihre Gedanken abgewendet hielt von der Welt und ihrer Lust; schwerer ist die Strafe, welche den Frevler trifft, der in das heitere Reich der Kunst sich eindrängen und zugleich die Freuden des Staubes genießen will. Er schwebt ewig, wie der Paradiesvogel, zwischen Himmel und Erde, kein Tropfe kühlt seine brennende Seele und die Verzweiflung wird ihn zermalmen.«

»Die Kunst ist mein Eines und Alles«, beteuerte Raphael.

»Wohlan«, sprach der Meister, »Du bist mein Schüler.«

3.

Raphael ging nun täglich bei Meister Dietrich aus und ein. Sein Talent entfaltete sich auf das Herrlichste, und der alte Maler war wohl mit ihm zufrieden. Auch der Jüngling hatte sich bald an die Eigenheiten und die geheimnisvolle Lebensweise des Letzteren gewöhnt; nur blieb es ihm unerklärlich, warum er jeden Abend gerade mit dem letzten Schlag der elften Stunde das Haus verlassen mußte. Dann schien ein böser Geist in den Meister zu fahren: er brach den Faden des eifrigsten Gespräches ab, riß dem wißbegierigen Schüler, wenn er nur irgend säumte, den Pinsel aus der Hand und brachte ihn fast gewaltsam bis vor die Tür, welche er darauf sogleich sorgfältig verschloß. Raphael hatte auch wohl hie und da gehört, daß zuweilen um Mitternacht aus dem Hause seines Meisters ein wunderschöner Gesang erschallen solle; sein Verstand hatte solche Erzählungen freilich stets als alberne Märchen zurückgewiesen; von seiner Phantasie waren sie aber nur desto begieriger eingesogen und zu allerlei seltsamen Gebilden verarbeitet worden, so, daß er es sich zuletzt nicht länger versagen konnte, einmal zu untersuchen, ob Wahres an der Sache sei. Er begab sich daher, als er eines Abends von dem Alten auf die gewöhnliche Weise entlassen, oder vielmehr vertrieben war, nicht in seine Herberge, sondern kehrte, sobald jener die Tür verschlossen hatte, nach dessen Hause zurück.

Die Turmuhr verkündigte bald in dumpfem Tone den Anbruch der zwölften Stunde; mächtig pfiff der Nachtwind durch die hohen Bäume, welche, wie eine dunkle Geisterschar, das alte Gebäude umstanden; die sturmzerfetzten Wolken durchjagten pfeilschnellen Flugs den ungeheuren Himmelsraum, und der Mond war bleich, wie die Wange eines gestorbenen Menschen.

Raphael legte sein Ohr dicht an die Tür und horchte mit gespannter Aufmerksamkeit, aber alles war und blieb still im Hause; er schalt sich selbst einen Toren und konnte sich doch nicht überwinden, fort zu gehen.

Da auf einmal erschallte ein zarter, wehmütiger Gesang, der ungern einer verlaßnen Brust zu entfliehen und sich in Himmelssehnsucht aufzulösen schien. Raphael sog die sanften Töne begierig in sich; aber nun fing plötzlich der alte Hund an zu bellen und zu heulen, und er konnte deutlich vernehmen, daß der alte Maler aus Leibeskräften häßlich dazwischen lachte. Eisiges Entsetzen durchrieselte seine Adern; unwillkürlich erhob sich sein Fuß zur schnellen Flucht; aber er konnte nicht von der Stelle; es schien ihm, das Rätsel müsse gelöst werden in demselben Augenblick, da es sich schürzte, wenn sein Lebensfriede nicht für ewig im verborgensten Keim, in unbegrenztem Vertrauen auf seinen Meister, vergiftet werden solle. Er erinnerte sich, im Hinterteil des Hauses eine alte, fast vergessene Tür gesehen zu haben, die möglicherweise zu öffnen sei; er schlich sich durch den öden Garten dahin, und die Tür gab seinen Bemühungen nach. Nun war sie geöffnet. Ein kalter Luftzug, wie aus Grabesnacht, wehte ihm entgegen. Seine Knie schlotterten. Ihm war, als hätte er den sichern Kreis, den ein mächtiger Zauberer um ihn gezeichnet, leichtsinnig überschritten und sich selbst den finstern Gewalten der Hölle preisgegeben. Noch wollte er zurückgehen, aber es schien ihm, als ob er nun keine Wahl mehr habe, und er schritt in das Haus hinein. Bald gelangte er vor das Zimmer, woraus der Gesang erschallte: es war ihm wohlbekannt, er pflegte dort mit dem alten Dietrich zu arbeiten. Die Stimme sang, der Hund bellte, der Meister lachte. Raphael blickte durch einen schmalen Spalt, der in der Türe befindlich war. Der Meister ging auf und ab in der Stube, und auf dem Arme trug er den Pudel, welchen er fortwährend zwickte, daß er beständig vor Schmerz bellte und heulte. Tief in der Ecke des Zimmers saß ein Mädchen, blaß, wie eine Lilie, aber schön, wie ein Engel. Fromm hatte sie ihr Auge nach oben gewandt, aus ihrem Munde kam der schöne Gesang, und sie selbst schien eine verkörperte Himmelsmusik zu sein.

Raphael war, als sei ihm im Augenblick des ersten Anschauns alles Leben vor Entzücken entflohn, und als müsse er hin an ihren Busen und ihren Lippen neues Leben entsaugen.

Da näherte der alte Maler sich der Tür, und der Jüngling eilte fort.

4.

Fünf Wochen waren seit jener Nacht vergangen. Raphael hatte von dem Mädchen nichts weiter gesehen, noch gehört. Fast allnächtlich hatte er vor Dietrichs Hause gewacht; aber alles war still darin geblieben, wie in einer Menschenbrust, woraus das Leben gewichen ist. Ihm war, als hätte er einen Tropfen Himmelswonne genossen und sei nun hinausgestoßen, in eine ewige, unendliche Hölle. Leer und öde lag das Leben vor ihm, selbst die Kunst schien ihn nur brennen, nicht mehr mild erwärmen zu können. Er wollte verzweifeln. Da beschloß er, sich dem Meister zu entdecken.

Es war ein heller Nachmittag. Er saß an Dietrichs Seite. Die Sonne blickte freundlich, wie eine zärtliche Mutter, in die hohen Fenster, und der Alte war ungemein sanft gestimmt. Da warf der Jüngling sich ihm zu Füßen und sagte ihm, was er in jener verhängnisvollen Nacht getan und gesehen: er müsse sterben oder das Mädchen besitzen. Tiefer Schmerz schien den Meister mit jedem Worte des Jünglings zu fassen; stumm wandte er sich ab, als dieser sein Geständnis vollendet hatte. »Meister, ich will, ich muß sie wieder sehen!«

»Wehe Dir«, sagte der Alte, »wenn Du die Liebe zu einem Weibe, die immer betrügt, nicht aufzulösen vermagst, in der Liebe zu Deiner hochherrlichen Kunst! Sie«, setzte er hinzu, »die Du in jener Nacht gesehen, wird niemals Deinem Auge wieder begegnen!«

»Meister!«, rief Raphael aus, in sprachlosem Entsetzen und stürzte aus dem Zimmer.

5.

Raphael war in sein Quartier zurückgekommen, er wußte selbst nicht, auf welche Weise. Er fiel in eine schwere Krankheit. Die Ärzte zweifelten an seiner Wiedergenesung: er sprach nur von seiner Hoffnung auf einen baldigen Tod, von schönen Engeln, die ihn in den Himmel einführten, von einem Mädchen, welches alle Engel verdunkelte, so daß ihn niemand verstand. Aber seine Natur half sich selbst; was keinem möglich geschienen, geschah: der zarte, bleiche Jüngling genas.

Es war schon spät im Herbste, als er die Krankenstube zum ersten Male wieder verlassen konnte. Die Vernichtung hatte die ganze leblose Natur an ihren Busen gedrückt; kahl standen die Bäume; der Wind jagte hinter den welken, abgefallenen Blättern her, und ein kalter, feuchter Nebel war, wie eine Wolke des Schlafes, über die Erde gebreitet.

Raphael fühlte sich wunderbar durch den Anblick der Natur gestärkt; das glanzlose, trübe Gewand, welches sie trug, harmonierte mit seinen Empfindungen und goß den Balsam der Beruhigung in sein blutendes Herz. Er dehnte den kurzen Spaziergang weiter aus, als seine Absicht gewesen war; unwillkürlich hatte sein Fuß sich nach dem Hause des alten Malers gewandt, den er seit jenem Nachmittage nicht mehr gesehen.

Nun stand er vor der Tür. Sie war, wie niemals zuvor, nur angelehnt, nicht verschlossen. Dies befremdete ihn. Er trat in das Haus; der alte Meister war nirgends zu finden.

Ihm ward unheimlich zu Mute, und er beeilte sich, das Haus wieder zu verlassen.

Ein alter Mann, der in derselben Straße wohnte, saß vor seiner Tür. Raphael frug nach dem Maler und erfuhr, daß er eines Morgens sehr frühe ausgegangen sei, und daß man ihn seitdem nicht wieder gesehen habe. Alle Erkundigungen, die Raphael nach ihm anstellte, blieben vergeblich; niemand wußte über sein Schicksal etwas zu sagen, nur ein dunkles Gerücht wanderte von Mund zu Mund. Darnach hatte der alte Maler eigentlich Pietro Perugino geheißen und früher in Perugia gewohnt. Sein Weib war minder treu als schön gewesen und hatte den Huldigungen eines jungen Patriziers unziemlich Gehör gegeben. Beide hatten unter Peruginos Dolch ihr Leben ausgeblutet, und dieser, mit glühender Rache von der mächtigen Familie des Patriziers verfolgt, war mit seiner einzigen Tochter, einem Kinde von fünf Jahren, unter dem angenommenen Namen Dietrich nach Deutschland entflohen. Düstre, stets an Wahnsinn streifende, oft in Wahnsinn ausartende Schwermut, hatte seine Seele umflort, niemals, seit seinem Abgange aus Italien, war er wieder froh und heiter geworden. Nur die Kunst hatte seinen Geist geletzt, daß er nicht gänzlich verschmachtet war. Seine Tochter hatte er fern von allen Menschen in tiefster Einsamkeit erzogen und man mutmaßte, daß er mit ihr in ein Kloster gegangen sei.

Von dem alten Meister hat man nie wieder etwas erfahren; dem Jünglinge aber ist der Schmerz eine läuternde, keine verzehrende Flamme gewesen, er ist der große Maler Raphael Sanzio geworden und lebt im Munde aller Zeiten und aller Völker. Kein Erdenmädchen hat ihn je wieder so gerührt; er ist verglüht in Sehnsucht nach dem Himmel, wo ihm gewiß zu Teil geworden, die er hier unten so treu geliebt, und all seine schönen Bilder, die ihm ein Engel vorgezeichnet zu haben scheint, sind Abschriften der Einzigen, die er im Herzen trug.

Barbier Zitterlein

Novelle

1.

Es war Abend, und der Barbier Zitterlein saß an seinem Tisch. Eine helle Lampe brannte auf demselben und beleuchtete das Gesicht des langen, dünnen Mannes, der sich um das Abendbrot, welches seine Tochter Agathe auftrug, wenig bekümmerte. Die Tochter setzte sich an den Tisch und klimperte, um den Vater aus seinen Gedanken zu wecken, mit den zinnernen Löffeln; endlich sagte sie leise:

»Vater, wollt Ihr nicht essen?«

»Jawohl«, antwortete Zitterlein und rückte näher zum Tische.

»Eine Biersuppe? Ach, du liebes, treues Kind!«

Beide fingen an zu essen. Zitterlein fiel in sein vorheriges Stillschweigen zurück und aß nur wenig; Agathe sah ihn zuweilen mitleidig an, bald legte auch sie den Löffel nieder und begann, den Tisch abzuräumen.

»Bist du schon satt, Agathe?«, fragte der Vater und heftete einen glühenden Blick auf sie.

»Ihr wißt, ich esse zur Nacht nicht viel«, antwortete Agathe, »aber Ihr, Vater, Ihr solltet die schöne, kräftige Suppe nicht so verschmäht haben, denn Ihr eßt sie gern, und sie tut Euch wohl.«

»Du hast recht, mein Kind, und ich sollte es um so weniger getan haben, als dies der letzte Abend ist, wo wir so recht innig beisammen sind!«

»Der letzte Abend?«, fragte Agathe und sah ihren Vater erstaunt an.

»Freilich der letzte«, antwortete dieser, »du weißt, morgen hole ich den Gesellen, und dann ist das vorbei!«

»Mein Gott, Vater, ich versteh' Euch nicht. Ich meine, der Gesell soll die Stütze Eures Alters werden; Ihr sollt Ruhe haben, und ein junger Mann, wie der Gesell, kann in die einförmige Stille unsers Hauses recht gut passen: Ihr werdet nicht so oft sitzen und grübeln, und ich –«

»Du wirst weniger Langeweile haben, nicht wahr?«, unterbrach Zitterlein sie heftig, »das ist recht, mein Kind, quäle du mich auch!«

»Vater, was meint Ihr?«, antwortete Agathe ihm sanft, indem sie sich vor ihn hinstellte. »Ihr wißt, daß ich Euch liebe, und daß ich, wenn Ihr so tiefsinnig zu grübeln sitzt, nicht Langeweile, sondern nur das tiefste Mitleid, ja Grausen empfinde.«

Zitterlein ergriff ihre Hand und drückte sie an die Brust. Dann sagte er:

»Vergib mir, liebe Tochter, ich weiß das ja alles, es kann ja nicht anders sein, denn du bist das einzige Gut, was mir ist, was von Tage zu Tage inniger mit mir verwächst. Aber eben darum – sieh, liebes Kind, ich bin nicht wie ein Baum, der in der Erde wurzelt und sich von Luft und Sonne ernährt; er braucht sich um seinesgleichen nicht zu bekümmern, aber ich bin ein Mensch, ich muß mit Menschen leben, ich liebe sie sogar, weil sie unglücklich sind. Doch, sie sind mir in der tiefsten Seele verhaßt, wenn sie mir näher treten, ich möchte sie ermorden, wenn sie in mein Haus kommen. Ich will nur dich, nur dich; warum kommen sie denn? Haben sie nicht auch Weib und Kind? Gehe ich zu ihren Weibern, ihren Kindern? Und nun muß ich mir selbst den Gesellen holen; ich muß, denn ich bin alt, und der Vogt glaubt, meinen zitternden Händen das Egelsetzen und Aderlassen nicht mehr anvertrauen zu dürfen. Der wird nun mit kalter Teufelsfaust in meine heiligsten Gefühle hineingreifen, er wird mir überall störend und zerstörend in den Weg treten, er wird mit uns in einem Hause schlafen, an einem Tische mit uns essen, und ich kann es nun einmal nicht dulden!«

»Lieber Vater«, sagte Agathe, »Ihr seid krank! Und doch« fügte sie leise mit herzzerschneidender Wehmut hinzu, »doch ist er nicht anders, wie immer!«

»Nein, Tochter, ich bin nicht krank, ich sehe bloß voraus, wie alles kommen wird. Ach, ich fürchte mich vor meinem Gesellen! Gibt es nicht Gesichter, die mich anstarren, wie Larven der Hölle, Augen, deren feindlicher, vernichtender Strahl mich tötet? Hast du nie ein Lächeln gesehen, welches dir jede Freude, jede Lebenslust zusammenschnürte, wie eine Schlange?«

2.

Am andern Morgen war Zitterlein früh aufgestanden und hatte sich nach der nahgelegenen Stadt – er wohnte in dem Kirchdorf Müntzen – aufgemacht, um sich dort auf der Herberge der Bader nach einem Gesellen umzutun. Auf seine Frage, ob etwa ein Gesell angekommen sei, antwortete der Herbergsvater: dies wäre allerdings der Fall; es sei am gestrigen

Abend ein stiller, netter Bursch zugereist gekommen, und er zweifle nicht, daß er mit Vergnügen in Arbeit treten werde; der Winter sei nahe und dann tue das Wandern nicht wohl. Es dauerte auch nicht lange, so kam der junge Gesell von der Polizei, woselbst er seine Papiere hatte in Ordnung bringen lassen, zurück; er war von ansehnlicher Statur, hatte blondes Haar, blaue Augen und viele Freundlichkeit im Benehmen.

»Es ist Arbeit für Euch in Müntzen«, rief ihm der Herbergsvater entgegen, »das Dorf liegt eine halbe Stunde von hier.«

»Das ist mir sehr lieb«, antwortete der Gesell und trat auf Zitterlein zu, auf den der Herbergsvater ihn verwies.

»Ich gebe aber nur zwanzig Groschen Wochenlohn«, sagte Zitterlein, ohne ihn anzusehen.

»Das ist wenig«, antwortete der Gesell, »ich bin vierundzwanzig gewohnt. Aber, ich nehme Euer Anerbieten an. Seht hier meine Kundschaft und meine Arbeitszeugnisse.«

»Steckt sie nur ein«, entgegnete Zitterlein, »das ist mir einerlei. Nennt mir Euren Namen, laßt Euch einen Schnaps geben und kommt mit mir!«

»Mein Name ist Leonhard Ziegler; Schnaps trink' ich nicht.«

»Wein ist doch für einen Barbiergesellen, der wöchentlich nur zwanzig Groschen verdient, zu kostbar!«, sagte Zitterlein mit einem höhnischen Lächeln, indem er selbst den Schnaps austrank, den er sich hatte einschenken lassen.

Zitterlein und Leonhard machten sich bald auf den Weg; sie gingen schweigend nebeneinander her, denn Leonhard mochte sprechen, was er wollte, er erhielt immer eine kurze, oft bittre Antwort und verlor so am Ende die Lust, ein Gespräch fortzuspinnen, was so sichtlich vermieden wurde. Als sie nahe vor Müntzen waren, fing es an zu regnen. »Wir werden noch naß!«, sagte Leonhard.

»Daran muß ein reisender Gesell gewöhnt sein!«, entgegnete Zitterlein und ging langsamer, wie bisher. Leonhard wußte nicht, was er aus ihm machen sollte; er hatte zuweilen ein scharfes Wort auf der Zunge, aber er hielt es zurück, wenn er in das blasse, schmale Gesicht des Mannes sah, der alle seine Freundlichkeiten so schnöde abwies. »Vielleicht ist er krank!«, dachte er, »und jedenfalls kannst du nach einer Woche deinen Bündel wieder schnüren, wenn es dir nicht bei ihm gefällt!« Sie kamen zu Zitterleins Haus und traten hinein. Agathe trat ihnen aus der Küche, wo sie mit Zubereitung des Mittagessens beschäftigt war, entgegen; sie sagte herzlich: »Guten Tag, lieber Vater!«, aber dieser schob sie, nachdem sie den Gesellen kaum gegrüßt hatte, fast unsanft in die Küche zurück und rief ihr zu: »Bekümmere du dich nicht um uns!« Dann zeigte er Leonhard die für ihn bestimmte Kammer und sein Bett, gab ihm den Schlüssel zu einem dort aufgestellten Schrank und bat ihn, sich einzurichten, worauf er zu seiner Tochter in die Küche ging.

3.

Agathe hatte das Essen aufgetragen und fragte Zitterlein, ob sie den Gesellen rufen solle. Zitterlein antwortete ihr nicht, sondern stand schnell auf, um dieses selbst zu tun. Stumm kam er mit Leonhard zurück, setzte sich mit ihm zu seiner Tochter an den Tisch und nötigte ihn einsilbig, zuzulangen. Während des Essens wurde fast kein Wort gesprochen, obgleich dies ängstliche Schweigen Agathen fast eben so sehr drückte, wie Leonhard; der letztere entfernte sich bald. Kaum hatte er das Zimmer verlassen, als Zitterlein seine Tochter fragte: »Warum wurdest du rot, als der Gesell in das Zimmer trat?«

»Gott, Vater«, antwortete sie, »das bin ich selbst gar nicht gewahr geworden, und wenn es wäre, so ist es ja wohl etwas so Unerhörtes nicht, vor einem Menschen zu erröten, den man nie gesehen hat.«

»Ganz recht, liebe Tochter«, sagte Zitterlein beruhigt, »einen andern Grund kann das ja auch nicht haben; aber du weißt, mir liegt das Nächste immer am fernsten. Jetzt will ich mir die Papiere des Gesellen geben lassen, ich muß sie zum Vogt tragen. In einer Stunde bin ich wieder hier.«

Er nahm aus einem Kasten einige Rasiermesser hervor und ging damit zu Leonhard in die Kammer.

»Ich muß Euch bei dem Vogt melden«, sagte er zu diesem, »und bitte Euch jetzt um die Papiere. Mittlerweile seid Ihr wohl so gut, diese Messer für den morgenden Gebrauch ein wenig zu wetzen.«

Leonhard gab ihm die Papiere, und er ging.

Leonhard wollte beginnen, die Messer zu wetzen; da merkte er, daß Zitterlein vergessen hatte, ihm einen Wetzstein zu geben. Er ging daher in das Wohnzimmer, woselbst er Agathen vorfand.

»Entschuldigt, wenn ich Euch störe. Ich soll diese Messer wetzen, und Euer Vater hat mir keinen Wetzstein gegeben!«

»Ach«, antwortete Agathe, »mein Vater ist zuweilen etwas zerstreut; kehrt Euch nicht daran, er ist sonst gut!«

Diese im Ton der herzlichsten Bitte vorgebrachten Worte rührten Leonhard tief; er schaute das Mädchen, welches den seltsamen Vater so einfach und doch so eindringlich zu verteidigen wußte, näher an. Da klingelte die Haustür, und Zitterlein, der einen für den Vogt aus der Stadt mitgebrachten Brief vergessen hatte, trat ins Zimmer, um diesen zu holen. Sein Auge flammte von heftigem Zorn, als er Leonhard bei seiner Tochter erblickte.

»Ihr seid wohl ein Meister im Messerwetzen«, rief er diesem zu, »daß Ihr schon jetzt Muße zu plaudern habt; und du, Agathe – –«

»Verzeiht«, unterbrach ihn Leonhard, der nur durch einen Blick auf das schöne, schüchterne, von tiefer Scham übergossene Mädchen von der Äußerung seines heftigen Unwillens abgehalten wurde, »verzeiht, ich wollte nur einen Wetzstein holen, den Ihr vergessen hattet.«

»Einen Wetzstein?«, entgegnete Zitterlein. »Ach so, da, nehmt, nehmt, hier ist er!«

Leonhard nahm ihn und kehrte in seine Kammer zurück.

4.

Am andern Morgen, früh, als Leonhard kaum aufgestanden war, trat Zitterlein zu ihm in die Kammer, brachte ihm sein Frühstück und ging dann mit ihm aus im Dorf, um ihn den Kunden vorzustellen, die er künftig zu bedienen hatte. Als dieses geschehen war, kehrte er selbst in sein Haus zurück, Leonhard aber ließ er bei dem Bierbrauer des Orts, an dessen starkem Bart er sich zuerst versuchen sollte.

»Das ist hohe Zeit, junger Gesell«, sagte Herr Tobias zu Leonhard, »daß Ihr kommt. Mit Eurem Meister wurde es wirklich zu arg, er würde keinen einzigen Kunden behalten haben, wenn im Dorf nur ein anderer Barbier vorhanden gewesen wäre. Ich wenigstens ging in der letzten Zeit lieber in die Stadt, als zu ihm.«

»Er ist alt und seine Hände mögen zittern«, versetzte Leonhard.

»Dies würde noch so viel nicht gemacht haben«, antwortete Herr Tobias, »aber er ist verrückt, und der Teufel mag einem verrückten Bartscherer seinen Hals anvertrauen. Ich hatte vor vierzehn Tagen in seiner Barbierstube einen Auftritt mit ihm, an den ich zeitlebens denken werde. Ich ging den Sonnabends Abend nach meiner Gewohnheit zu ihm, um mich rasieren zu lassen. Er verrichtete sein Geschäft anfänglich still und emsig; plötzlich aber fühlte ich einen heftigen Schmerz, mein Blut floß, und ich bemerkte, daß er mir eine Warze, die ich am Kinn trug, abgeschnitten. Dies konnte nun freilich angehen, um so eher, da er mich bei Licht rasierte; als ich ihn aber fragte, ob er nicht sehen könne, antwortete er mir mit einem häßlichen Lachen: »Dankt Gott, daß es der Hals nicht ist!«, und damit hob er sein Messer, als ob er es nun auch auf den Hals abgesehen habe. Natürlich sprang ich schnell auf und hielt ihm die Hand. Da aber war er auf einmal ganz wieder, wie im Anfang, er fragte mich, ob ich keinen Spaß verstehen könne, bat mich um Verzeihung wegen seiner Unvorsichtigkeit, und brachte sein Geschäft ruhig zu Ende. Aber mir war's durch Mark und Bein gedrungen, jenes häßliche Lachen konnt' ich nicht wieder vergessen; daher ging ich sogleich zum Vogt, meinem Nachbar, und dieser, der so gut für seine Kehle zitterte, wie ich für die meinige, befahl ihm, sich einen tüchtigen Gesellen zu halten, widrigenfalls ihm das Handwerk gelegt werden solle.«

»Das ist alles seltsam«, antwortete Leonhard, »und Ihr könntet mir fast die Lust verleiden, länger, als die ersten acht Tage, bei Herrn Zitterlein zu bleiben.«

»Ich könnte es Euch so sehr nicht verdenken, junger Mann«, entgegnete Herr Tobias, während Leonhard ihn einseifte, »dieser Zitterlein ist in jedem Betracht der sonderbarste Mensch von der Welt. So hat er da ein junges Ding von Tochter – Ihr werdet sie gesehen haben – von ganz leidlichem Gesicht und angenehmer Figur; meint Ihr, daß das arme Mädchen zu Tanz und Kirmse gehen darf, wie andere? Ein oder zweimal im Jahr darf sie an einer Lustbarkeit teilnehmen, und dann ist der alte verrückte Vater dahinter her, als ob er, verzeih mir's Gott, sie selbst heiraten könnte oder möchte. Ist das Raison? Alle Donnerwetter, wohin meine Tochter und des Vogts Tochter kommen, da ist es für die Barbiermamsell auch gut genug!«

»Da ist das Mädchen ja sehr zu bedauern«, sagte Leonhard.

»Allerdings ist sie das!«, versetzte Herr Tobias. »Sie zählt 17 oder 18 Jahr, und für so junges Blut ist Glas und Rahmen drückend. Und doch ist der Vater eben so sehr zu bedauern. Ja, wär' er von jeher so ein Tückmäuser gewesen!«

»Also war er nicht immer so?«, fragte Leonhard.

»Nein, wahrhaftig nicht!«, entgegnete Herr Tobias. »Ein Narr war er freilich immer, aber desungeachtet ein guter Barbier, ein lustiger Mann in Gesellschaft. Er wollte zwar immer zu hoch hinaus, vertrieb sich die Zeit mit unsinnigem Zeug, mit Büchern z. E., statt Kugel zu schieben, war auch nie damit zufrieden, daß er dem Pastor den Bart abnehmen mußte, wär' lieber für ihn auf die Kanzel gestiegen – aber, was war das gegen seine jetzigen Albernheiten!«

»Und diese auffallende Veränderung – weiß man denn nicht, worin sie ihren Grund hat?«, unterbrach ihn Leonhard.

»Schicksal! Schicksal!«, antwortete Herr Tobias, »So geht's! Mein Knecht trägt zwei Tonnen Weizen, mancher sinkt unter einer zusammen. Als hier vor ungefähr zwanzig Jahren das große Viehsterben war, verlor ich dreizehn Ochsen und einige Pferde, prächtige, wohlgenährte Tiere; doch, ich dachte: der Himmel will's, und rauchte ruhig meine Pfeife. Dem Barbier starb vor fünf, sechs Jahren sein Weib, und er wurde verrückt. So geht's!«

Leonhard war mittlerweile mit dem Bart des Herrn Tobias fertig geworden und reichte ihm jetzt das Handtuch zum Abtrocknen. Als Herr Tobias sich abgetrocknet hatte, sagte er zu Leonhard, der sein Geschirr wieder einpackte:

»Ihr gefallt mir; es soll mir lieb sein, wenn Ihr hin und wieder einen Abend bei mir verplaudern wollt, Ihr werdet bei Eurem Meister Langeweile genug haben.«

5.

Zitterlein saß eines Abends mit seiner Tochter einsam in seinem Zimmer, da trat Leonhard in seinem Sonntagsrock herein und sagte:

»Meister, Ihr werdet nichts dagegen haben, wenn ich ein wenig ausgehe; Herr Tobias, der Brauer, hat mich schon mehrere Male eingeladen.«

»Daran tut Ihr recht, sehr recht«, versetzte Zitterlein mit Freundlichkeit, »ich habe nicht das geringste dagegen, Ihr könnt ausgehen, wenn Ihr wollt, wiederkommen, wenn es Euch beliebt; ich wünsche Euch viel Vergnügen!«

»Auch ich!«, setzte Agathe hinzu, die sich durch das peinliche Verhältnis gedrückt fühlte, in welchem sie sich zu dem jungen Mann befand, der in ihr Haus gekommen war und mit dem sie kein freundliches Wort reden durfte.

Leonhard ging, Zitterlein aber nahm sogleich Gelegenheit, ihr die wenigen Worte zu verweisen, die sie sich erlaubt hatte.

»Sieh, liebe Tochter«, sagte er, »als ich diesen Gesellen annahm, da versprach ich ihm zwanzig Groschen Wochenlohn, Essen und Trinken und eine Kammer zum Schlafen. Alles dieses habe ich ihm gegeben und vollkommen gehalten, was ich ihm versprach. Freundlichkeiten aber habe ich ihm nicht versprochen, und ich sähe es gern, wenn du die deinigen besser zu Rate hieltest. Es schneidet mir durch die Seele, wenn du ihn ansiehst, ich möchte dich schlagen, wenn du mit ihm redest.«

»Ihr verlangt das Unmögliche von mir, Vater«, erwiderte Agathe. »Ich kann doch gegen den Gesellen nicht steif und abgemessen sein, als wenn ich von Stein wäre.«

»Sollst es auch nicht!«, unterbrach sie Zitterlein. »Bewahre, wenn er dich grüßt, so dankst du ihm, wenn er sagt: es ist schönes Wetter! so sagst du: jawohl. Aber dann eilst du schnell in dein Zimmer zurück und setzest, wenn die Zunge nicht ruhen kann, das Gespräch fort mit dem Kanarienvogel. Teuerste Tochter, wenn du wüßtest, welche entsetzliche Pein du mir dadurch erspartest – du würdest gewiß alles tun, was ich von dir verlange. Wird es dir denn so schwer? Fühlst du dich nicht ebenso fest und unauflöslich an mich gebunden, wie ich mich an dich? Bist du nicht mein Fleisch und Blut? Mir kommst du vor, wie ein Teil meiner selbst; was du denkst und empfindest, ist mein, ich kann mein Eigentum nicht mit einem andern teilen; und auch du, Tochter, sei überzeugt, nur meine Brust versteht das Leben, welches die deinige bewegt.«

Eine Träne trat dem alten bleichen Mann ins Auge. Agathe warf sich in seine Arme. Plötzlich faßte er ihre beiden Hände, schaute ihr ins Gesicht und sagte:

»Agathe, willst du mir etwas schwören? Willst du mir schwören, dich nie einem Manne zu ergeben?«

Agathe sah ihren Vater lange an, dann legte sie ihre Hände kreuzweis vor die Brust und sprach:

»Vater, ich lieb' Euch, so sehr, wie jemals eine Tochter ihren Vater geliebt hat. Das weiß der allmächtige Gott; was soll ich mehr? Ihr quält mich!«

»Schlaf wohl, liebes Kind!«, sagte Zitterlein und verließ schnell das Zimmer.

Agathe stand lange regungslos, dann trat sie ans Fenster und schaute hinaus in die Nacht. Der Mond schien hell und klar. Sie faltete die Hände und betete.

6.

Es gibt Menschen, die jenen Bäumen zu vergleichen sind, welche auf fremde Stämme gepfropft werden müssen, wenn sie gedeihen sollen; auf die Art dieser fremden Stämme kommt es denn gar nicht an, sie kommen fort auf jedem, aber sie werden schlechte Früchte tragen, wenn sie sich unmittelbar aus der Erde selbst Saft und Nahrung saugen. So senken jene Menschen sich mit jeder Faser ihrer Seele in das Wesen hinein, welches sie zufällig am ersten erreichten, sei dieses ein Freund, eine Geliebte, eine Mutter, oder was es sei; sie sind glücklich und sanft, aber jenes Wesen soll sich ihnen dafür auch ganz und gar zu eigen geben, und man hat es auch wohl erlebt, daß dieses im vollsten Maße geschieht. Solch ein Mensch war der Barbier Zitterlein. Von Jugend auf still und verschlossen, hatte er beständig mit sich selbst gelebt, aber auch beständig eine innere Unbehaglichkeit empfunden, die er sich nicht zu erklären wußte, und die er, seiner Armut halber, durch Wissenschaft, auf die sein Sehnen ging und in der er Befriedigung zu finden gehofft, nicht hatte vertreiben können. Erst spät, nachdem er längst schon seine eigene kleine Wirtschaft eingerichtet, zog die Liebe in seinem Herzen ein, als er ein anspruchsloses Mädchen fand, welches ihn mit all der Innigkeit umfaßte, deren er bedurfte; nun aber liebte er auch grenzenlos, er fühlte sein eigenes Ich in der Braut und nachherigen Frau ergänzt, sie war ihm gewissermaßen ein neuer Sinn, durch welchen ihm Welt und Leben aufgingen in voller Bedeutung und Herrlichkeit. So lebte er manche Jahre mit ihr fort, heiter und in Frieden; sie gebar ihm eine Tochter, aber das Kind trug kaum dazu bei, sein Glück zu vermehren, denn seine Liebe war eine unteilbare, und die kleine Agathe erfreute ihn eigentlich nur dann, wenn er sah, daß sie die Mutter erfreute. Als das Mädchen dreizehn Jahr alt war, brach eine hitzige Krankheit in seinem Wohnorte aus; viele wurden davon ergriffen, auch Zitterleins Tochter Agathe; diese genas, aber die durch sie angesteckte Mutter starb, unter allen Erkrankten fast die einzige. Zitterlein versank in tiefe Schwermut, er schlich wie ein Schatten umher, er würde sich selbst den Tod gegeben haben, wenn er eine kräftigere Natur gewesen wäre; vor allem aber vermied er seine Tochter Agathe, in der er nichts mehr sah, als die Todesursache seines Weibes. Das arme Mädchen war sehr bemitleidenswert, in jener Periode, wo die Jungfrau sich, wie ein süßes Geheimnis, leise, leise aufschließt, wo sie der Mutter mehr, wie jemals, bedarf, lag die ihrige im Grabe, und der Vater, der jene ohnehin niemals ersetzen kann, stand ihr schroff und kalt gegenüber, wie der fremdeste Mensch. Dies konnte sie nicht ertragen, sie verzehrte sich in tiefem Schmerz, sie fiel ab und wurde krank. Zitterlein bekümmerte sich wenig um sie, er holte ihr einen Arzt, und der verschrieb seine Tropfen.

Eines Abends raffte sie ihre letzten Kräfte zusammen und stand auf; sie empfand eine wunderbare Beruhigung darin, das Grab ihrer Mutter noch einmal zu besuchen; sie hatte zum Kirchhof nicht weit und schlich sich dahin. Sie setzte sich auf dem kalten, feuchten Grabe nieder, sie faltete die Hände, sie betete: Mutter, erscheine mir doch nur noch einmal und sage mir, was ich meinem Vater getan habe, daß er mich haßt!

Da fühlte sie sich plötzlich heftig umschlungen, ihres Vaters Stimme rief: »Vergib mir, Tochter, vergib mir!«, seine heißen Tränen benetzten ihre Wange. Er führte sie nach Hause, er setzte sich an ihr Bett, er erschöpfte sich in Aufmerksamkeiten. Einmal faßte er ihre Hand und sagte: »Agathe, der Satan hat mich verblendet, daß ich heute zum ersten Male sehe, daß deine Mutter mir in dir noch immer nahe ist. Spricht nicht ihre Treu' und Milde aus deinen Augen? Ist es nicht ihre Stimme, die so holdselig aus deinem Munde tönt? Agathe, ich bin von heute an dein Vater, sei du meine rechte Tochter!«

7.

Eines Morgens, als Leonhard eben aus seiner Kammer trat, hörte er einen schweren Fall, wie vom Boden herunter; erschreckt sprang er hinzu und fand Agathe, ohnmächtig und blutend auf dem Hausflur liegend. Sie hatte auf der Treppe einen falschen Tritt getan und war diese heruntergestürzt. Leonhard hob sie schnell auf, er war ganz blaß geworden und hielt sie noch in seinen Armen, als Zitterlein herzugeeilt kam. Ohne sich um den Zustand Agathens zu bekümmern, fuhr dieser den Gesellen mit rauhen Worten an: »Was soll's? Wer hat Euch gerufen?« Dieser erwiderte ihm im heftigsten Unwillen: »Was ich in diesem Augenblick getan habe, ist so natürlich, daß Ihr toll sein müßt, wenn Ihr etwas Auffallendes darin finden könnt. Ihr solltet, statt mich zu schelten, den Schnepper holen; seht Ihr nicht, wie Eure Tochter bleicher und bleicher wird, wie sie ganz zusammensinkt?«

»Gebt mir meine Tochter, und holt Ihr den Schnepper«, antwortete Zipperlein, »sie hätte vorsichtiger sein sollen, dann würde sie Eurer Hilfe nicht bedurft haben!«

Dabei riß er mit Ungestüm Agathen aus Leonhards Armen. Dieser eilte schnell fort und holte den Schnepper.

»Haltet ihren Arm«, rief er Zitterlein zu, nachdem er zurückgekehrt war, »daß ich die Ader nicht verfehle!«

Zitterlein tat es, und zum erstenmal durfte Leonhard des Mädchens weiche, warme Hand berühren. Die seinige zitterte merklich, und als er am Ende die Ader öffnete, hatte er es wohl mehr dem Glücke, als seiner Geschicklichkeit zu danken, daß er die rechte traf. Ihr helles, rotes Blut strömte, er schaute zugleich mit Wollust und zugleich mit Grausen hinein in den rinnenden Strahl. Bald öffnete sie die Augen, und sie blickte ihn freundlich an, als sie ihn so ängstlich um sich besorgt sah. Zitterlein, ohne sich weiter um Leonhard zu kümmern, führte sie sogleich ins Wohnzimmer, um sie dort selbst zu verbinden; sie aber wandte sich an der Tür um und sagte: »Ich danke Euch, lieber Leonhard, für Eure Hilfe.«

Leonhard kehrte mit sehr gemischten Gefühlen in seine Kammer zurück. Das feindliche Entgegentreten des Alten hatte ihn besonders heute im Tiefsten verletzt, aber zugleich war ihm Agathe noch niemals in einem solchen Licht der Schönheit aufgegangen, wie eben heute. Er verhehlte sich nicht länger, daß er eigentlich nur ihretwegen über acht Wochen bei seinem unheimlichen Meister ausgehalten hatte; er fühlte das Erwachen einer rasenden Leidenschaft für sie in seiner Brust, die er bekämpfen zu müssen glaubte und, wie es denn die Art und Weise des Menschen ist, in solchen Augenblicken gerade denjenigen Entschluß zu fassen, dessen Ausführung mit den größten Opfern verbunden sein würde, er entschloß sich, die Arbeit bei seinem Meister aufzugeben, und es ihm noch an demselben Abend zu sagen. Als seine Geschäfte beendigt waren und die Dämmerung anbrach, ging er in das Wohnzimmer. Zitterlein war nicht da, aber Agathe sagte ihm, der Vater werde bald zu Hause kommen, und nötigte ihn zum Bleiben. Er setzte sich ans Fenster. Agathe nahm zum erstenmal Gelegenheit, ihn zu fragen, wie es ihm in dem Ort gefalle; sie setzte hinzu, daß der Sommer nicht ganz so langweilig verstreiche, wie der Winter, und daß die Kirmse gewiß auch ihn in den Wirbel muntrer Tänze hineinreißen werde.

»Dies«, antwortete Leonhard, indem er aus dem Fenster sah, »wird schwerlich geschehen; ich denke, in der nächsten Woche weiter zu wandern, und will dies Eurem Vater nach Handwerksgebrauch noch heute sagen.«

Agathe wurde sichtlich erschreckt, als sie dieses hörte; sie sagte:

»Das tut mir sehr leid, daß Ihr unser Haus so bald wieder verlassen wollt!«

Es tat Leonhard unendlich wohl, als er diese Worte aus Agathens Munde vernahm. Er schaute sie an. Sie stand in Gedanken. Dann trat sie auf ihn zu und sagte mit bittender Stimme:

»Tut's nicht, betrachtet meinen Vater wie einen Kranken, habt Geduld mit ihm; ich will ihn bitten, freundlicher gegen Euch zu sein. Freilich«, setzte sie leise hinzu, »habe ich ihn schon oft genug gebeten!«

»Habt Ihr? Agathe, habt Ihr wirklich?«, fragte der Jüngling.

»Gewiß!«, antwortete Agathe und errötete.

Da faßte er ihre Hand und sagte: »Agathe, bist du mir gut?«

Agathe schwieg, aber sie ließ ihm ihre Hand. Die Haustür ging auf; sie wollte ihm die Hand entziehen. Leonhard fragte noch einmal:

»Agathe, bist du mir gut?«

»Ja, ja«, antwortete sie, »aber laßt mich los, der Vater kommt ja!«

8.

Es war ein kalter, stürmischer Abend, es schneite heftig; Zitterlein saß mit seiner Tochter und seinem Gesellen zu essen, als die Tür langsam aufgemacht wurde. Agathe ging hinaus, um zu sehen, wer da sei; die Stimme eines alten Weibes wurde vernommen, welches sehr dringend um ein Nachtlager bat. Zitterlein wollte gerade aufstehen, als Agathe mit der Fremden ins Wohnzimmer trat.

»Vater«, sagte sie, »hier ist eine arme, alte Frau, die fast erstarrt ist und kein Obdach zu finden weiß. Ich habe ihr versprochen, daß sie bei uns bleiben soll.«

»Ich will ihr lieber einige Groschen geben«, antwortete Zitterlein, »damit kann sie ins Wirtshaus gehen.«

Die Alte unterbrach ihn: »Stoßt mich nicht wieder in die gräßliche Kälte hinaus, gönnt mir einen Platz hinter Eurem warmen Ofen, ich will mich morgen mit dem Frühsten wieder aufmachen.«

Zugleich setzte sie sich mit der Zigeunern und reisenden Hausierweibern, zu welcher letzteren Klasse sie zu gehören schien, eigentümlichen Zudringlichkeit auf die Ofenbank, schob den Korb, den sie auf dem Rücken getragen und gleich beim Eintritt ins Haus heruntergenommen hatte, vor sich hin, und nahm einige zusammengebettelte Lebensmittel heraus, bei welcher Gelegenheit auch ein altes Spiel Karten zum Vorschein kam.

Als Zitterlein dieses erblickte, wurde er plötzlich aufmerksam. Er sagte: »Ihr seid wohl gar eine Kartenlegerin? Legt Eure Karten auf den Tisch, packt Eure Lebensmittel aber nur wieder ein; habe ich Euch einen Platz hinter meinem Ofen eingeräumt, so will ich Euch auch zu essen geben.«

»Ich danke Euch, lieber Herr«, erwiderte die Alte und blinzelte ihn an, »und wenn Ihr kein Verächter meiner edlen Kunst seid, so sollen auch die prophetischen Blätter noch heute abend reden.«

Agathe hatte ihr mittlerweile einen Teller voll warmer Suppe hingesetzt, und sie begann zu essen. Sie aß mit einer ekelhaften Gierigkeit. Zitterlein setzte das Gespräch mit ihr fort:

»Ich bin keineswegs ein Verächter Eurer Kunst; warum sollte das Schicksal, das sich des Mundes manches armseligen Käfers bedient, das sich den nächtlichen Uhu zum Herold aussah, nicht auch durch das geheimnisvolle Spiel der Karten dem Menschen, der immer sieht und nimmer glaubt, reden? Ich weiß, was ich von Eurer Kunst zu halten habe, denn ich selbst habe einmal eine merkwürdige Erfahrung gemacht; von mir werdet Ihr nicht verspottet.«

Die Alte mischte ihre Karten; sie murmelte nicht, sie gab sich nicht das gewöhnliche Possenreißeransehen und verbreitete dadurch einen größeren Schein der Wahrhaftigkeit um sich, als durch allen Hokuspokus hätte geschehen können.

Sie wandte sich zu Agathe. »Tretet Ihr zuerst heran, schöne Jungfrau«, sagte sie. »Euch steht das ganze reiche Leben noch bevor, Euch werde ich gewiß viel Angenehmes zu verkünden haben, und dies kann ich so selten.«

Agathe zog auf ihr Geheiß eine Karte heraus. Es war Cœur-Dame. Die Alte breitete die Karten auf den Tisch und fing an zu zählen.

»Ei, ei«, rief sie dann, wie erstaunt, aus, »dies übertrifft meine kühnsten Erwartungen. Seht Ihr? hier ist der Bräutigam, dort ist Geld, noch mehr Geld, noch mehr Geld – will denn das kein Ende nehmen? Ich gratuliere Euch«, sagte sie zu Zitterlein, »zu Eurem Schwiegersohn!«

Zitterlein antwortete ihr nicht, sondern sah sie fest an.

»Wollt Ihr nun Euer Glück versuchen«, rief sie Leonhard zu, »so zieht eine Karte aus.« Leonhard tat es mit Lächeln.

Die Alte wiederholte das vorige Manöver.

»Die Braut, die Braut«, fuhr sie dann mit dem Schein der Überraschung auf, »seht Ihr die Braut? Und bemerkt Ihr wohl?«, setzte sie mit einem vielbedeutenden Blicke auf Agathe hinzu »daß es Cœur-Dame ist?«

»Was?«, rief Zitterlein ergrimmt dazwischen.

Die Alte ließ sich nicht stören. »Hier wohnen wohl lauter Glückliche«, fuhr sie fort, »seht Ihr hier Treff-Aß und wißt Ihr wohl, daß diese Karte eine reiche Erbschaft bedeutet?«

»Alte«, antwortete Leonhard, »du sorgst dafür, daß ich über Nacht angenehm träume.«

Zitterlein war kreideweiß geworden. »Packt Eure Sachen zusammen«, rief er der Alten zu, »es ist Zeit, zu Bett zu gehen.«

9.

Agathe hatte dem alten Hausierweibe frisches Öl in die Lampe gegossen, ihr Holz und Torf hingelegt, um das Feuer im Ofen damit zu unterhalten, und sie dann, wie ihr Vater schon vorher getan hatte, verlassen. Die Alte, wie sie sich allein sah, horchte an der Tür, ob vielleicht noch jemand im Hause wach wäre; darauf setzte sie sich an den Tisch und zog aus ihrer Tasche ein schmutziges ledernes Beutelchen hervor, dessen Inhalt sie ausschüttete und eifrig überzählte. Dann steckte sie, mit dem Verdienst des Tages nicht besonders zufrieden, den Beutel verdrießlich wieder ein, und fing an, zur Zerstreuung in den Karten, die noch auf dem Tische lagen, herumzublättern. Mit einem Male ging die Tür auf, und Zitterlein trat leise herein.

»Seid Ihr noch wach, Alte?«, sagte er, indem er einen starren Blick auf die Karten warf.

»Ach Gott«, antwortete sie und zuckte heuchlerisch die Achseln, »Sorge und Kummer sind unruhige Schlafkameraden!«

»Es freut mich, daß Ihr noch wach seid«, fuhr Zitterlein fort, »denn ich muß Euch etwas fragen. Hört, Alte, ich hab' es wohl bemerkt, daß Ihr heute abend mit meiner Tochter und meinem Gesellen bloß Euer Spiel getrieben habt; nicht wahr, es ist so? Gesteht es nur!«

Die Alte wurde sehr verlegen und schielte Zitterlein von der Seite an, indes sie zugleich, wie unwillkürlich, die Karten durcheinander mischte; Zitterlein wurde nun ihre Verlegenheit nicht gewahr, sondern vertiefte sich in die magischen Blätter, die durch die knöchernen Finger des Weibes in immer veränderten Kombinationen hindurchliefen. Als die Alte dieses bemerkte, fühlte sie sich ermutigt; sie bezweifelte nicht länger, daß Zitterleins Glaube an ihre magischen Künste keineswegs so gering sei, als er sich den Anschein gab. Sie antwortete daher auf seine Frage nur mit einem Seufzer.

Zitterlein blickte zu ihr auf, als er den Seufzer hörte. Ihm wurde unheimlich zumute, und er mußte sich förmlich zusammennehmen, als er in hartem Ton zu ihr sagte:

»Willst du mir nicht antworten, alte Hexe?«

»Lieber Herr«, antwortete die Alte, »ich bin alt und arm, Ihr habt ein Recht, mich zu schimpfen.«

»Vergib mir«, erwiderte Zitterlein nach einer langen Pause, »vergib mir meine Härte, aber sieh mir ins Gesicht und gestehe mir, was ich ja doch schon weiß. Sieh, dein warmer Platz hinter dem Ofen soll dir bleiben, und überdies geb' ich dir morgen ein gut Stück Geld; gib du mir dann Wahrheit!«

Zitterlein ergriff ihre Hand und sah ihr, fast flehend, ins Gesicht; der Alten lief eine Regung von Mitleid durch die Seele, aber sie konnte der Lust, wenigstens einem Menschen als Repräsentantin der Geisterwelt zu erscheinen, nicht widerstehen. Sie antwortete:

»Ich kann Euch die geheimnisvolle Schrift nicht lehren, die von unsichtbarer Hand auf diese unscheinbaren Blätter geschrieben ist; ich kann Euch nicht einmal sagen, woher mir das seltsame Verständnis dessen kam, was Tausenden ewig dunkel bleibt, aber Gott weiß, daß ich keine Lügnerin bin!«

»Was? Was?«, schrie Zitterlein laut auf, »Ihr habt meine Tochter wirklich als Braut gesehen, wirklich als Braut?«

»Dankt Gott dafür«, entgegnete die Alte, »ich sah schon manches Mädchen als Leiche!«

»Ich sähe sie lieber als Leiche!«, antwortete Zitterlein fast tonlos und ging schnell aus dem Zimmer.

Er kehrte in seine Schlafkammer zurück. In einem daranstoßenden Alkoven schlief seine Tochter. Er setzte sich auf einen Stuhl und stützte den Kopf auf den Tisch. »Also auch verloren!«, rief er mit einem gräßlichen Lächeln vor sich hin. Auf dem Tisch lag sein Messerbesteck; er zog ein Messer heraus – es funkelte scharf und blank im Strahl der flackernden Lampe. Er stand auf und blickte auf die Alkoventür, er tat einen Schritt vorwärts, aber da warf er das Messer schaudernd zu Boden und schlug sich mit geballter Faust ins Gesicht.

10.

Agathe lag in ihrem Bett, ohne zu schlafen. Sie litt an einem großen Schmerz. Zwei Gestalten drängten sich unaufhörlich vor ihre Seele: Leonhard, mit seinem treuen, blauen Auge, und ihr Vater, ihr armer, mit dem seltsamsten Fluche behafteter Vater. Unglückliches Mädchen, dem Tod und Leben aus *einer* Quelle fließen: die Liebe, die sich sonst, wie ein sanfter Faden, durch alle Kräfte und Bestrebungen einer jugendlichen Seele schlingt, und sie in holder Eintracht zusammenfaßt, ist für dich eine rasende Petarde, die die Grundpfeiler deiner stillen, milden Natur erschüttert und den Abgrund des Lebens vor dir aufwühlt, statt ihn zu verschleiern!

Agathe faßte einen Entschluß. Am andern Morgen trat sie zu Leonhard und sagte zu ihm:

»Ihr wolltet vor einigen Wochen unser Haus verlassen, und ich bat Euch, zu bleiben; ich bitte Euch nicht mehr!«

Leonhard schwieg lange still, dann erwiderte er: »Agathe, ich begreife und verstehe Euch, und werde gehen. Möge Euch die Kraft zuteil werden, die mir fehlen wird.«

»Ich hoffe auf Gott«, antwortete sie.

»Wohlan denn«, sagte Leonhard und ergriff ihre Hand, »so sag' ich Euch Lebewohl. Euren Vater kann ich nicht mehr sehen, er ist mir zuwider, wie ein teuflisches Gespenst. Lebe wohl, Agathe!«

Er wollte ihr seine Hand entziehen, aber sie hielt sie fest. Er riß sich los, da warf sie sich ihm laut weinend an die Brust und rief: »Lebe wohl, lebe wohl!«

In diesem Augenblick trat Zitterlein aus seiner Schlafkammer. Er hatte seine Waschkumme in der Hand, wütend warf er sie nieder und ergriff Leonhard. Aber ebenso schnell ließ er ihn wieder los und bat ihn um Verzeihung. Gegen Agathe aber ballte er die Hand. »Du! Du!«, rief er mit wuterstickter Stimme und faßte sie bei den Haaren. Leonhard, als er dieses sah, packte ihn bei beiden Schultern und warf ihn zur Erde.

Zitterlein, mit glühendem Gesichte, ohne einen Versuch zu machen, sich an Leonhard zu rächen, stürzte zur Tür hinaus.

Agathe hatte sich, bleich und zusammengesunken, an die Wand gelehnt.

»O Gott«, rief Leonhard aus, »warum bin ich in dieses Haus gekommen!«

»Ja, warum, Leonhard!«, sagte fast tonlos Agathe.

»Leb' wohl, Agathe«, rief Leonhard dumpf, »ich weiß nicht, wer von uns beiden der Teufel ist, ich oder dein Vater!«

»Leonhard, Leonhard, verlaß mich jetzt nicht!«, schrie Agathe laut auf, als jener mit raschen Schritten zur Tür ging, und fiel erschöpft zu Boden.

11.

Zitterlein aber eilte fort, als ob er aus der Hölle entflöhe. Ohne Rast und Ruhe, mit unbedecktem Kopf, schlug er den ersten, besten Weg ein, der aus seinem Dorf hinausführte; er war keines Gedankens fähig und wanderte ohne Aufenthalt fort. Es war der erste heißere Märztag, die Sonne brannte, und die schwere, dumpfe Atmosphäre verkündete ein Gewitter. Zitterlein gelangte bald in ein, seinem Dorfe nahegelegenes Gehölz; er irrte zwecklos und planlos umher, und als die Nacht hereinbrach, zwang ihn wildes Gesträuch, sich unter einem Baum niederzulegen. Donnergeroll ertönte, schlängelnde Blitze schossen durch die Gipfel der Bäume, die unheimlich die Ouvertüre eines aufkommenden Sturms zu brausen begannen. Zitterlein hatte sich zusammengekauert; die Furcht seiner Kindheit gegen die Schauer der Gewitternacht und die Schauer eines Waldes wurde wieder lebendig in seiner Brust, und er brach in die herzzerreißenden Worte aus:

»Und ich bin verbannt aus dem Hause, das ich zwanzig Jahr lang bewohnte: ich muß übernachten bei Schlangen und Kröten, während meine Tochter ruhig ihre Biersuppe ißt und vielleicht gar mit dem Gesellen fluchwürdige Liebesscherze treibt. – Gott, ist es denn wirklich wahr, was ich schon so lange gefühlt habe – du bist nichts als ein wahnsinniges Traumbild, und selbst die Natur ist eine Lügnerin? Baum und Blatt hält sie zusammen, aber Menschen nimmermehr?«

Er verlor sich in diese Gedanken an eine grenzenlose Abgeschiedenheit von allem, was er geliebt, gehofft und geglaubt; seine Seele konnte sie nicht ertragen, und er fiel in einen tiefen, fieberhaften Schlaf. Aber das Bild seiner Tochter zog ihm in marternden Träumen vorüber. Er sah sie lächeln zu seinem unendlichen Schmerz, er sah sie lustwandeln mit Leonhard in einem schönen Garten, während er selbst als verachteter Bettler an der Pforte stand; er sah sie mit ihm, Braut und Bräutigam, zur Kirche wallen, überglücklich und höhnisch auf ihn, der sich in den Kreis der Zuschauer gedrängt hatte, herabsehend; die Orgel, der Chorgesang verstummte, der Prediger trat vor den Altar, er wollte die Einsegnungsworte sprechen. Da sprang er selbst, Zitterlein, mit einem gräßlichen Fluch auf die Braut zu, und zog ein Messer, um sie zu ermorden; doch, er hatte das Messer ungeschickt gezogen und das Heft gegen seine Tochter gekehrt, die Klinge aber in der Hand behalten; die Tochter war unbeschädigt geblieben, sich selbst hatte er in den Finger geschnitten. Und Leonhard lachte und seine Tochter lachte, das ernste Gesicht des Predigers verzog sich zur höllischen Fratze, von der Orgel, vom Chor meckerten häßliche Stimmen herüber, seltsam gefärbte Flammen ringelten sich durch die Kirche. Aber Zitterlein ergriff mit der linken Hand das Messer, und schrie: »Ich will dich doch töten, doch töten – –«

Da erwachte er. Alles um ihn her war still, nur rauschten über seinem Haupt die Bäume. Der Mond schien hell. Zitterlein schaute sich um, ob er nicht den Fußsteig, der zu seinem Dorf zurückführte, auffinden könne, und als er ihn gefunden, verfolgte er ihn eilig. Der Nachtwächter rief eben zu eins, als er im Dorfe anlangte; vorsichtig, scheu sich in eine Ecke bergend, sobald er Fußtritte vernahm, schlich er die Straßen entlang; bei seinem Hause sprang er über die niedrige Gartenhecke und nahte sich mit leisen Schritten dem Fenster, welches aus dem Schlafalkoven seiner Tochter in den Hof hinausging. Ehe er noch das Fenster erreicht hatte, zog er sein Taschenmesser hervor, dann lauschte er hinein. Eine Lampe stand auf dem Tisch, Agathe saß an demselben. Sie hatte den Kopf gestützt, und ihre verweinten Augen waren auf das nämliche Fenster geheftet, hinter welchem der unglückliche Vater, über dessen Ausbleiben sie sich ängstigte, lauschend stand. Zitterlein wollte klopfen, aber ein Blick in das Auge seiner Tochter lähmte ihm die Hand; er glaubte, daß aus der Tiefe dieses Auges ihm noch ein anderes Auge kalt und drohend entgegenstarre, das Auge seines toten Weibes; eiskalte Schauer durchrieselten ihn. »Auch dies kann ich nicht, auch dies nicht!«, rief er aus, »bin ich denn tot?« Und mit gespenstischer Eile verließ er den Garten, stürzte durch die Straßen und rannte fort, wie am Morgen, um nicht wieder zurückzukehren.

12.

Ein volles Jahr später ging in dem Hause des Barbiers Zitterlein zum erstenmal wieder ein Festtag auf. Agathe und Leonhard wandelten Hand in Hand zur Kirche, der Prediger legte ihre Hände zusammen, und rief auf diejenigen, die den Segen des verschollenen Vaters entbehrten, den Segen Gottes herab. Agathen stürzten die hellen Tränen aus den Augen, als der würdige Geistliche sie mit ergreifenden Worten ermahnte, sich nun endlich dem heitern Genuß der Gegenwart hinzugeben und nicht mehr unter den Gräbern der Vergangenheit zu nachtwandeln.

Als sie nach Hause kam, fiel sie Leonhard weinend um den Hals. »Ach«, rief sie aus, »mir ist, als hätten wir in diesem Augenblick eine schwere Sünde begangen!«

Leonhard führte sie sanft zu einem Stuhl und erwiderte nichts; er stellte sich ans Fenster und sah gedankenlos hinaus. Ihm war, als müßte er sich verfluchen, weil er ihren Schmerz nicht genug geehrt und sie in wilder Begier zu einem Schritt beredet hatte, der sonst wohl menschlich und rein war, diese zarte Natur aber ins Verderben stürzen mußte. Doch Agathe, als sie die Bewegung bemerkte, die in seinem Innern vorging, trat auf ihn zu und sagte: »Mein Leonhard, sei ruhig, wir dürfen nur *einen* Gedanken haben: Gott!«

13

»Friede, Friede,
Ach, für Müde,
Welch ein süßer Klang!
Wenn ich dich nur nenne,
Mein' ich, ich erkenne
Deinen leisen Gang,
Fühle deinen Odem,
Der mich sanft umspielt,
Und den Schmerz beschwichtigt,
Der mein Herz durchwühlt!
Friede, Friede!
Ach, du süßer Klang!«

»Noch einmal, noch einmal!«, rief ein armer, alter Mann in ganz zer-lumptem Rock, dem die Tränen über die Backen flossen.

Aber der Orgelspieler, der dieses Lied an einem stillen Abend aus dem Marktplatz zu F. ableierte, musterte beim Schein der Laternen die Ge-sichter seiner Zuhörer, und als er bemerkte, daß sein rührender Hymnus diese gelangweilt hatte, kehrte er sich wenig an jenes *da capo* des gerühr-ten Bettlers, sondern begann eine gar grausige Romanze:

»Es war ein Mädchen, wohl stolz und schön,
Doch nimmer zur Liebe geneigt,
Es kam manch blühender Freiersmann,
Doch keiner von allen erlangen kann,
Daß sie sich freundlich bezeigt.

Da klopft es einmal um Mitternacht
An Mägdleins Fensterlein an;
Es war ein Jüngling in dunkler Tracht,
Sie zittert, doch hat sie ihm aufgemacht,
Als wär's ihr eigner Mann.

Er schließt sie stumm in den dünnen Arm,
Er raubt ihr Kuß auf Kuß,
Sie weint, doch kann sie nicht widerstehn,

Sie glaubt, in Ketten und Banden zu gehn,
Er schreitet zum letzten Genuß.

Er legt sie schweigend aufs weiche Bett,
Sie wehrt ihm mit keinem Laut,
Und als er sein frevelhaft Tun vollbracht,
Da ruft er höhnisch: ›Gut' Nacht, gut' Nacht,
Du bist des Teufels Braut!‹«

Als der Orgelspieler geendigt hatte, und das alte Weib, welches neben
ihm stand, mit ihrem Teller herumging, drängte der Alte sich durch die
Menge; wahnsinnig, mit fast starrem Gesicht, griff er nach der Hand des
Orgelspielers und rief: »Ich bitte Euch, sagt mir um Gottes willen – ist
das wahr? Hat sich das ereignet?«

Der Orgelspieler erwiderte nichts, er schaute den Alten verwundert
an; aber das alte Weib, welches die seltsame Frage ebenfalls gehört hatte,
kehrte sich um, und sagte mit ihrer unangenehmen, krächzenden Stimme:

»Allerdings hat sich dies gewiß und wahrhaftig zugetragen in der
Schweiz, in dem Lande, wo die hohen Berge und die tiefen Abgründe
sind, und wo die arme Jungfrau noch sitzen soll, zu Eis erstarrt, auf einer
der höchsten Alpspitzen. Was in unsern Liedern steht, ist alles wahr.«

Zitterlein – eben dieser war der Bettler – fühlte sich wie von einem
Todespfeile getroffen, als er die Stimme des alten Weibes vernahm; sie
war ja die Zigeunerin, die er einst in seinem Hause beherbergt und die
ihm sein grauenhaftes Schicksal vorausgesagt hatte. Er wagte nur einen
Blick in ihr gelbes, schmutziges Gesicht, und als er sah, daß sie die
häßlichen, vertrockneten Lippen bewegte, eilte er mit schnellen Sprüngen
von dannen, denn es schien ihm, als ob eine ganze Legion böser Geister
in ihren stechenden Augen laure, und als ob sie jetzt im Begriff wäre,
ihn zu ermorden durch gräßliche Worte.

Er setzte sich nieder auf eine Bank, die in einer öffentlichen Allee
stand; der einförmige Orgelklang und die Romanze des Orgelspielers,
die er vor einem andern Hause wiederholte, schollen gespenstisch zu
ihm herüber. Aber, als er sie noch einmal gehört hatte, war es ihm, als
wäre er selbst, die Welt, alles, was ihn umgab, verwandelt, als dürfte er
einen tiefen Blick tun ins innerste Getriebe des Lebens. Fromme Gefühle
des Glaubens, ja sogar der Sehnsucht und Hoffnung erwachten in seiner
Brust; er blickte zu den ewigen Sternen auf, und es war ihm, als riefe

der kühle Nachtwind, der seine glühende Wange streifte, ihm zu: »Es waltet ja doch ein Gott, der die armen Menschen, und auch dich, lieb hat und ihre Wunden gern heilte; aber der Teufel ist mächtiger als er: fühlst du das denn nicht?«

»Ja, ich fühl' es«, rief Zitterlein aus, »vergib mir, du gütiger Gott, daß ich mich so grausam an dir versündigt! Ich fühl' es auch, daß meine arme, unglückliche Tochter unschuldig ist – der Teufel hat sie, wie jene Jungfrau in der Schweiz, in Bande geschlagen, und was vermag menschliche Kraft gegen diesen? O, ich Tor, der ich dies nicht längst empfunden, der ich es nicht einmal geahnt habe, als ich mit ruchlosem Mordgedanken vor ihrem Fenster stand und durch eine unsichtbare Macht mich abgehalten sah, die gräßliche Tat zu vollführen. Mein Gott war mir nah; Heil mir, daß ich ihn jetzt erkenne!«

Der Orgelspieler ging mit der Alten an ihm vorüber. Zitterlein nahm den letzten, zusammengebettelten Groschen aus der Tasche, er drückte ihn der Alten in die Hand und sagte:

»Vergebt mir die Sünde, die ich heute abend gegen Euch begangen habe; Ihr waret mein Engel, und ich konnte Euch für einen Dämon halten. Aber der Teufel hatte mit mir sein Spiel!«

»Was ist das für ein Mensch?«, fragte der Orgelspieler seine Begleiterin, indem sie weitergingen.

»Ein Verrückter!«, antwortete die Alte und lachte.

Zitterlein hörte diese Worte und erstarrte. »Bin ich ein Verrückter?«, fragte er und schwieg dann, als ob er von sich selbst die Antwort erwartete. »Aber nein, nein!«, rief er nach einer Pause, »ich bin verrückt gewesen, darin mag die Alte recht haben, vollkommen recht; doch jetzt erkenn' ich ja meinen Gott und weiß, was ich tun muß!«

14.

Agathe saß eines Abends am Tisch und strickte. Sie wartete auf ihren Mann. Da ging die Haustür, und ehe sie vom Stuhl aufstehen konnte, wurde auch die Stubentür aufgemacht. Ein alter Mann in zerrissenem Rock trat herein. Agathe schrie laut auf: »Mein Vater!«

»Dein Vater, liebe Agathe«, antwortete Zitterlein, »den du gewiß nicht vergessen hast!«

Dabei setzte er sich auf einen Stuhl.

Agathe schaute ihn an, sie konnte für die Gefühle, die sie bestürmten, keine Worte finden.

»Du bist verheiratet, liebe Tochter?«, fuhr Zitterlein fort, »ich hörte es eben und hatte es erwartet.«

»Ja, Vater«, sagte Agathe und senkte die Augen zu Boden.

»Fürchte keine Vorwürfe«, begann Zitterlein nach einer Pause, »du konntest nicht anders; du fühltest bloß die Schlingen, aber du kanntest den nicht, der sie dir legte.«

Durch diese Worte wurden die Hoffnungen, welche in Agathens Brust bereits erwacht waren, völlig wieder zerstört. Sie seufzte tief.

»Aber ich zittere gar nicht für dich«, sagte Zitterlein mit Zuversicht, und ein letzter Anflug von Röte kehrte auf seine Wangen, »denn du bist auf ewig geschieden von dem furchtbaren Verführer in dem Augenblick, wo ich dir ihn nenne. Fürchte dich nicht, liebe Tochter, Gottes Gnade ist unendlich. Du bist des Teufels Weib!«

»Vater!«, rief Agathe und starrte ihn an in sprachlosem Entsetzen.

»Des Teufels Weib!«, wiederholte Zitterlein ruhig, »aber nun komm, meine Tochter, nun komm mit mir, daß nicht Leib und Seele verloren gehen, hier zeitlich und dort ewiglich!«

In diesem Augenblick trat Leonhard in die Stube. Zitterlein stürzte wütend auf ihn zu, aber, nachdem er einige Schritte vorwärts getan, stand er plötzlich still, als ob er sich besonnen hätte. Er bekreuzigte sich schnell und rief:

»Im Namen des Vaters, des Sohnes und des Heiligen Geistes, hebe dich weg, Satan!«

Leonhard, der Zitterlein erst jetzt erkannte, blieb regungslos an der Tür stehen; er wußte nicht, ob er träume oder wache.

»Siehst du«, rief Zitterlein seiner Tochter zu, »siehst du, daß er nicht näher treten darf?«

Er trat dicht vor Leonhard hin und sagte: »Dein Grinsen, dein Zähne-fletschen erschreckt mich gar nicht, obgleich die menschliche Larve, die du angenommen hast, es nur schlecht verbirgt. Im Namen des Gekreu-zigten, der die Hölle überwand, hebe dich fort von hier!«

Agathe warf sich auf die Knie nieder und betete mit lauter Stimme zu Gott, daß er ihrem Vater die verwirrten Sinne erhellen möge.

»Was betest du da, Agathe?«, fragte Zitterlein sie und schauerte zusam-men.

Ein Kind schrie. Agathe stand auf und ging zur Wiege.

»Ein Kind, Agathe«, sagte Zitterlein, »hast du ein Kind?«

»Ja, Vater, seht mein Kind!«, antwortete Agathe ihm und nahm das kleine holde Wesen aus der Wiege, dem noch der süße Traum um die Wange spielte, aus dem es eben erwacht sein mochte.

»Ein Kind!«, wiederholte Zitterlein fast tonlos und wandte den Blick von Leonhard ab, der sich noch immer an die Tür lehnte, verloren in den unermeßlichen Jammer.

»Ein Kind! Ewige Natur!«, wiederholte Zitterlein noch einmal und schaute dem Kind ins Auge. Das kleine Kind erschrak vor dem fremden, wilden Manne, dessen Blicke es zu durchbohren suchten.

»Ein Kind, wie andere Kinder«, sagte Zitterlein dumpf vor sich hin, »keine höllische Flamme im Blick, keine satanische Züge, und Kinder kommen von Gott. Bin ich denn verrückt? – – Ja, ja, ich bin verrückt, die Alte sagte es ja auch! Schickt mich ins Irrenhaus!«

Ohnmächtig sank er zu Boden.

Die Obermedizinalrätin

»Bon soir, Hauptmann. Was fehlt dir heute abend? Gibt's kein l'Hombre, kein Whist? Ist die Zeitung ausgeblieben? Unwohl kannst du dich nicht fühlen, Krankheiten sind gegen deine Grundsätze!«

»Ich denke eben an dich, Obermedizinalrat!«

»An mich? – Erlaube, daß ich mir eine Zigarre anzünde; kann ich dir dienen? Es sind echte Havanner, ein Geschenk aus Hamburg. An mich denkst du? Weißt du auch, daß das feierliche Gesicht, womit du mir das sagst, mir Schrecken einjagen könnte? Was ist's denn mit mir, erzähl' mir etwas Neues von mir, Freund!«

»Oder, wenn du lieber willst, an deine Frau!«

»An meine Frau? Immer besser. Du bist in sie verliebt gewesen, früher als ich, das war vor dreißig Jahren. Ich lief dir den Rang ab, weil ich ein impertinentes Nasenbluten, das sich auf einem Ball einstellte – weißt du noch, der alte Bankier Jagemann gab den Ball – zu vertreiben verstand. Ich erinnere mich, du gratuliertest mir mit ungefähr solch einem Gesicht. Ist doch kein Rezidiv eingetreten? Julie hat jetzt graue Haare, ehrwürdiger Seladon, obgleich sie es selbst nicht weiß.«

»Ich möchte ein ernsthaftes Wort mit dir reden, Ludwig!«

»Ein ernsthaftes Wort? Ganz meine Passion nach dem Abendessen. Erlaube nur noch einen Augenblick, das Sofakissen ist heruntergerutscht; und das entbehre ich ungern hinter dem Rücken. Nun kannst du immerhin beginnen.«

»Man spricht allerlei über deine Frau.«

»Also, man spricht noch von ihr? Das wird sie freuen, das ist ein seltnes Glück im achtundvierzigsten Jahr.«

»Ich bitte dich, laß die Possen und schenke mir einige Aufmerksamkeit. Der Lizentiat Beckendorf besuchte dein Haus in der letzten Zeit sehr häufig.«

»Und dafür bin ich ihm sehr dankbar. Der junge Mann ist mein Blitzableiter, ich kann ihn nicht genug schätzen. Du denkst dir gar nicht, wie unliebenswürdig die einst so liebenswürdigen Launen meiner Julie in meinen Augen geworden sind, seit sie unter die Haube und in die Jahre gekommen ist. Ich hab' dir aus Edelmut nie davon erzählt, ich kenne dein mitleidiges Herz, aber das sei dir im Vertrauen gesagt, wenn ich meinen Ehestand wohl zuweilen mit einem warmen Sommerabend verglich, so geschah es nur, weil man sich an einem solchen Sommerabend vor Mückenstichen nicht zu lassen weiß. Freund, man wird mir nach meinem Tode keine Altäre errichten, und doch bin ich ein Märtyrer, wie einer.«

»Ich sehe nicht, in welcher Verbindung dies dein Märtyrertum mit dem Lizentiaten Beckendorf steht.«

»Doch, doch, gestrenger Herr Hauptmann. Seit meine Julie gemerkt hat, daß der Lizentiat sie noch zu den Lebenden zählt – du weißt am Ende gar nicht, daß die neuste Nummer des Journals für praktische Arzneikunde sich die Freiheit nimmt, alte Frauen und ägyptische Mumien generisch zusammenzustellen! – seit dieser Zeit ist sie wie umgewandelt, sie liest Gedichte und lernt sie auswendig, sie bekommt selten oder nie Vapeurs, sie bringt mir selbst den Hut, wenn ich ausgehen will, ja, sie war in Anwesenheit des Lizentiaten schon mehr, als einmal, naiv, und verstand den Pfiff noch recht gut. Soll ich mich eines Menschen, der solche Wunder tut, nicht erfreuen?«

»Die Leute sprechen nicht viel Gutes, das heißt, sie sprechen recht viel Schlimmes über das zwischen Beckendorf und deiner Frau bestehende Verhältnis.«

»Freund, meine Frau ist alt.«

»Aber nicht jeder glaubt, wie du, sie sei *zu* alt.«

»Freilich, freilich, das hat seine Gründe.«

»Und kurz und gut, Obermedizinalrat, sie steht im Begriff, im achtundvierzigsten Jahre ihren Ruf zu verlieren, – du siehst ein, das ist etwas spät.«

»Ich erschrecke. Der Lizentiat ist bei ihr, sie hatten's heimlich, wie ich fortging; er entführt sie mir doch wohl nicht? Es ist neblig und kalt, ohne Schnupfen würd's nicht abgehen.«

»Ich habe als dein Freund zu dir gesprochen; wenn es dir gleichgültig ist, ob deine Frau zweideutig oder lächerlich erscheint – auf eins von beiden muß es zuletzt doch wohl hinauslaufen – so werd' ich mich darin finden können.«

»Tritt nicht ans Fenster, Bruderherz, ich weiß deine redliche Teilnahme zu schätzen. Du hast recht, die Komödie muß ein Ende haben. Nun, das ist schnell herbeigeführt, vielleicht noch heute abend. Gute Nacht, Hauptmann, ich muß noch in einige Läden gehen.«

»Ach, Herr Lizentiat«, lispelte die Obermedizinalrätin, »das ist gar zu schön, das müssen Sie mir noch einmal vorlesen. Aber, vorher trinken Sie doch Ihren Tee, bitte, er wird sonst ganz kalt!«

Der Lizentiat seufzte, er blickte wehmütig vor sich hin. Dann goß er den Tee hinunter und las sein Sonett zum zweitenmal.

»Ja, ja« seufzte die Obermedizinalrätin, die letzten Verse mit schwelgender Stimme wiederholend:

Wie manche Saite darf erst im Zerspringen
Zum erstenmal in Melodie erklingen.

»Glauben Sie mir, teurer Freund, ich fühle Ihr Gedicht, wenn ich's auch nicht verstehe.«

»Was ist Verständnis?«, wollte der Lizentiat, die Hand aufs Herz legend, zart erwidern, als, sehr zur Unzeit, der Obermedizinalrat eintrat.

»Bist du schon wieder da?«, rief ihm seine Frau, fast im Ton des Vorwurfs, entgegen.

»Ich habe dir auch was mitgebracht!«, versetzte er und zog ein kleines, zierliches Schächtelchen hervor.

»Was denn, was denn?«, rief sie und fuhr mit der Ungeduld, die jungen, hübschen Mädchen so gut steht, darauf zu. Sie öffnete hastig die Schachtel. Da fielen die schönsten, elfenbeinernen Zähne heraus. Sie wurde rot über und über, der Obermedizinalrat aber faßte, als ob nichts vorgefallen wäre, ihre Hand und sagte:

»Deine Zähne taugen nichts, lieber Engel, das sah ich neulich mittags, als sie plötzlich auf deinen Teller herunterkugelten. Eigentlich wollt' ich dir mit diesen da ein Geburtstagsgeschenk machen; meine Julie« – er wandte sich freundlich zum Lizentiaten – »feiert Sonntag ihren neunundvierzigsten, und Sie sind herzlichst eingeladen; aber« – er drückte seiner Frau zärtlich die Hand – »ich dachte, du hättest sie vielleicht gern schon vorher, und so hab' ich denn die besten, die aufzutreiben waren, erhandelt. Deine Finger fliegen ja so, du hast doch nicht wieder Rheumatismus? Ja, Herr Lizentiat, das ist auch eine von den Süßigkeiten des Alters, davon wissen Sie noch nichts, Sie Glücklicher. Kind, Kind, du pressest meine Hand, als ob du in den fürchterlichsten Krämpfen lägest: wie steht's mit deiner Fontanelle? Sie eitert doch noch regelmäßig? Vernachlässige sie um Himmels willen nicht, wenn dieser Abzugskanal der unreinen Säfte eintrocknete, so könnte das in deinen Jahren die gefährlichsten Folgen haben.«

Der Lizentiat, der die Szene zu begreifen anfing, empfahl sich.

»Das vergesse ich dir niemals! Ich kann mich nicht wieder vor ihm sehen lassen!«, schrie, sobald er fort war, die Obermedizinalrätin und fiel in Ohnmacht.

Der Obermedizinalrat wußte, daß solche Ohnmachten am schnellsten vorübergehen, wenn man die unglücklichen Weiber, die damit behaftet sind, ganz sich selbst überläßt. Er schenkte sich, stark mit der Kanne klappernd, eine Tasse Tee ein; stopfte sich eine Pfeife und las zugleich mit lauter Stimme und vielem Ausdruck das auf dem Tisch liegende, in der Eile vom Lizentiaten zurückgelassene Sonett. Er war aber noch nicht halb damit zu Ende, als seine Frau, vom Sofa wie wütend auffahrend, es ihm aus der Hand riß und in den Kamin warf.

»Wie zuvorkommend du bist!«, sagte, gutmütig lächelnd, der Obermedizinalrat, und zog das brennende Papier wieder heraus, »errietest du's, daß ich die Pfeife dabei anstecken wollte?«

Die beiden Vagabonden

Ein Fragment

Es war in der alten guten Zeit. Noch saß der Teufel so ruhig und unangefochten auf seinem Thron, wie der liebe Gott; wenn es zu dunkler Nachtzeit in den Lüften rumorte, schrieb man es nicht den wilden Gänsen zu, sondern dem wilden Jäger, und griff nicht zur Kugelbüchse, sondern zum Rosenkranz; so armselig war keine Hütte, daß nicht zuweilen ein Gespenst, ein Toter, der nach Erlösung seufzte, in ihr einsprach, so winzig kein Berg, in dessen Klüften nicht irgend ein Geist sein Wesen trieb.

Ziemlich spät an einem rauhen Herbstabend trafen zwei junge Leute in einem Dorfe ein. Der Eine war lang von Person, hatte ein schmales, ausgedörrtes Gesicht und häßliche lange Arme, die ungeschickt an seinem, wie auf der Folter, ausgereckten Körper herunter hingen; der Andere war klein und in seinem jetzigen Aufzug auch mehr abstoßend, als anziehend, aber ein neuer Rock und ein Paar gute Beinkleider hätten vielleicht etwas für ihn tun können. Beide gehörten einem Stande an, für den die Sprache bis jetzt keinen anständigen Namen aufzufinden gewußt hat; wollen wir uns're Freunde nicht Lumpen, Vagabonden und Landstreicher nennen, so müssen wir sie einstweilen ungenannt lassen. »Hör' einmal, Hanns« – sagte der Kleine zum Langen – »weißt Du auch, was das ewige Hungern für Folgen hat?« – »Ich habe Erfahrung genug, Jürgen, um das zu wissen« – versetzte der Lange mit einer Art von Lachen – »bei Tage Mattigkeit in allen Gliedern, so daß man die schönste Dirne erblicken kann, ohne Wohlgefallen an ihr zu finden; bei Nacht Schlaflosigkeit und am Ende den Tod!« – »Brav geantwortet, Junge«, sagte der Kleine, »aber, hörst Du nicht Gänse schreien? Ich denke, das siebente Gebot ist nicht gemacht, daß es Menschen töten soll. Wie wär's, wenn wir irgend einen Hühnerstall mit unserm Besuch beehrten?« – »Ich trau' unserm Glücksstern nicht«, erwiderte der Lange ernsthaft und verdrießlich, »haben Deine falschen Würfel uns etwas Anderes, als Ohrfeigen und Rippenstöße, die ich noch fühle, eingebracht? Wollte ein Mensch den Kater mit dem großen Bart, den Du für ein Wunder in seiner Art auszugeben dachtest, sehen? Brachte es Dir eine Krume Brot ein, daß Du jenem alten griesgrämlichen Hökerweibe von geträumten

Nummern erzähltest?« – »Die Talente uns'rer Finger haben wir noch nicht ausgeübt«, versetzte der Kleine, »man muß nicht alles so schwarz ansehen, vielleicht sind sie einträglicher, als mein Witz.« – »Verlaß Dich darauf«, entgegnete der Lange, »uns gelingt nichts.« – »Pfui, Heide«, fuhr in der Kleine lustig auf, »Du bist ein Christ und kannst so kleinmütig sein? Bei meinem Gewissen, nie werd' ich schlechter von meinem himmlischen Vater denken, als von meinem irdischen, der, obgleich er nur ein armer Schuster war, sich doch Tag und Nacht plakte und plagte, um seinem Jungen täglich den Bauch zu füllen. Die Gänse sind ordentlich ungeduldig, daß wir nicht kommen; folg' mir, Kamerad, aus Religion folge mir!« Sie gingen weiter, der Kleine pfeifend und singend, der Lange einige Mal hustend und dazu fluchend, und kamen vor die Schenke des Dorfes, wo die Bauern sich regelmäßig alle Abend einfanden, um sich zu prügeln oder zu langweilen. In der räuchrigen Stube verbreitete ein flatternder Kienspan, der in einen Soden Torf gesteckt und auf den Ofen gestellt war, ein unbeständiges Licht; der vierschrötige Wirt stand mit auf den Rücken gelegten Händen vor dem großen Kachelofen; die Gäste saßen auf hölzernen Bänken umher mit Pfeifen im Munde, die bei einigen noch dampften, bei andern schon ausgegangen waren. Der Kleine hielt an und lauschte. »Hanns«, rief er dann aus und tat einen Sprung, »mir kommt ein besserer Einfall; wir gehen in die Schenke.« – »Und lassen uns wieder hinaus werfen, wie damals«, sagte der Lange. »Ist heute der Todestag Deiner Mutter, daß Du so melancholisch bist, wie einer, der gehenkt werden soll? Sieh doch nur einmal ins Fenster und betrachte Dir diese Gesichter. Sehen sie nicht alle aus, als sollten sie vor Langeweile zerspringen?« – »Und was folgt daraus?« – »Wir wollen ihnen die Langeweile vertreiben und Geschichten erzählen, und nenne mich Deinen Bruder, wenn das uns nicht was zu essen einbringt.« – »Ich weiß nichts zu erzählen!«, brummte der Lange. »Das ist schlimm«, versetzte der Kleine, »Du siehst so interessant aus, als müßten Dir die Geheimnisse aller Gefängnisse in einem Umkreis von hundert Meilen bekannt sein. Nun, laß mich nur machen; Du kannst den Versteckten spielen, den Mann, der hinter dem Berge hält. Hier ist die Tür, Gott gebe nur, daß sie nicht verschlossen sei, wenn sie uns erst lange beleuchten, so lassen sie uns nicht ein, denn ein Wirt ist nicht, wie der liebe Gott, vor dem kein Ansehen der Person gilt.« Der Kleine öffnete die Tür mit möglichst wenig Geräusch. »Hör' Du«, flüsterte ihm der Lange grimmig ins Ohr, »die Tracht Prügel, der ich vermutlich entgegen gehe, geb' ich Dir doppelt

zurück, sobald wir wieder allein sind. Wärst Du nicht gewesen, so wär'
ich bei meinem Meister geblieben und nun bald Gesell!« – »Auf die
möglichen Grobheiten und Handgreiflichkeiten des rothaarigen Schurken
drinnen«, versetzte der Kleine, »baue ich eben meine letzte Hoffnung.
Vergreift er sich an mir, so fall' ich sogleich, wie tot, nieder, und werd'
es schon einrichten, daß irgendwo Blut läuft. Dann steht es bei Dir, wie
bejammernswürdig Du den Zustand Deines armen, gemißhandelten
Freundes finden willst; ich will dem Kerl Schreck genug in die Glieder
jagen, und bevor er sich zu einem Nachtessen und allem Übrigen be-
quemt hat, erwecken mich drei Eimer Wasser nicht aus meiner Ohnmacht.« Sie traten in die Gaststube und wurden von den Bauern neugierig, von dem Wirt finster betrachtet. Jürgens erste Frage war, ob nicht
der berühmte Doktor Paracelsus im Dorfe wohne. Die Frage wurde
verneint. Ob sie denn nicht im Dorf Theofrastica wären? Das Dorf
führte einen ganz andern Namen. »O mein Freund«, rief Jürgen nun
aus, und fiel Hanns mit Leidenschaft um den Hals, »wie recht hast Du,
wenn Du sagst, das Unglück verfolge uns. Alle bösen Geister durchkreu-
zen unsern Weg, und warum? Weil wir einem Geheimnis auf der Spur
sind, dessen Besitz sie doch dem König Salomon willig gönnten. Gewiß
ist der Ziegenbock, der sich nachher in einen großen schwarzen Hund
mit glühenden Augen und dann in einen langen finstern Schatten verwandelte, niemand, als der Teufel selbst, gewesen, und nur unserm eifri-
gen Gebet haben wir es zu danken, daß er uns kein Leid zufügen konnte.«
– »Ein Ziegenbock? Was ist Euch mit diesem Ziegenbock passiert, mein
Freund?«, frug mit heiserer und vor Alter zitternder Stimme des Wirtes
achtzigjährige Schwiegermutter, die, das weiße Haupt in die Hände gelegt
und die welken Arme auf die Knie gestützt, in einem Winkel kauerte.
»Das Abenteuer ist wunderbar, oder vielmehr grauenhaft genug«, entgegnete Jürgen und ließ sich hinter einem Tisch nieder, »aber gegen uns're
übrigen Abenteuer verlohnt es sich kaum der Mühe, es zu erzählen. Besonders das Leben meines Freundes besteht aus einem Gewebe von fast
lauter Unbegreiflichkeiten; aber freilich, wer, wie er, bei seiner Seelen
Seligkeit den Schwur unverbrüchlichen Stillschweigens hat ablegen
müssen, der wird nichts verraten.« Aller Blicke richteten sich bei diesen
Worten auf Hanns; er seufzte und legte sein Gesicht auf den Tisch, was
große Wirkung tat. »Übrigens«, fuhr Jürgen fort, »hört man Begebenhei-
ten, wie sie mir zugestoßen sind, auch nicht jeden Tag, und wenigstens
bis heute habe ich mir das Recht zu bewahren gewußt, sie den Bösen

zum Trotz unter Freunden mitzuteilen. Aber, Gott sei bei uns, da ist er, da ist er wieder!« Er deutete mit der Hand auf's Fenster; ein Ziegenbock schaute gravitätisch durch die dunklen Scheiben hinein. Der Bock gehörte dem Wirt; er hatte die Tür seines Stalls offen gefunden und war hinaus spaziert. Daran dachte aber kein Mensch, und selbst am folgenden Morgen, als das Rätsel sich aufklärte, bestand die Alte darauf, der Bock müsse geschlachtet und mit Haut und Haar an einem Kreuzweg verscharrt werden, denn der Teufel habe ihn gemißbraucht; sie ruhte auch nicht, bevor es geschah. Alle, Jürgen nicht ausgenommen, dessen Lügen das Tier so unerwarteter Weise unterstützte, schraken zusammen, als sie den Bock erblickten. Wenigen entging es, daß seine Augen glühten, wie Feuerräder, einer hatte, wie sich später ergab, sogar bemerkt, daß er sich hinten in einen Hund verlor. Jürgen sah Hanns, der ganz blaß geworden war, triumphierend an, sobald der Bock sich wieder vom Fenster zurückgezogen hatte. Die Bauern dachten nicht daran, zu ihren Weibern zurückzukehren, obwohl die gewöhnliche Aufbruchsstunde schon gekommen war; sie mußten zuvor die Geschichte des Fremden hören, auch zitterten sie, draußen einen zu treffen, dem sie nicht gern begegneten, und der vielleicht wegen Grenzpfahlsverrückungen und anderer Kleinigkeiten ein Sträußchen mit ihnen zu pflücken haben mogte. Sie ließen sich frisches Getränk bringen; dies nahm dem Wirt die letzte Wolke des Unwillens gegen uns're Freunde von der Stirn, zuvorkommend setzte er ihnen Bier, Brot und kaltes Fleisch vor, und versprach ihnen ein Nachtlager obendrein, verlangte dafür aber von Jürgen, seinen merkwürdigen Lebenslauf zum Besten zu geben. – Jürgen begann ohne weitere Vorrede: »Ich bin das uneheliche Kind eines armen, aber schönen Mädchens, und kann in Wahrheit nicht angeben, wer mein Vater ist, sonst würd' ich ihn aufsuchen und ihn unterstützen, oder nach Befinden der Umstände mich von ihm unterstützen lassen. Daß der reiche, vornehme Kaufmann, auf den meine Mutter aussagte, mein Vater sei, kann ich nicht glauben; denn das eine Mal, daß ich ihn mit dem teuren Namen begrüßte, traktierte er mich mit Ohrfeigen, und so spricht kein Vaterherz! Meine Mutter glaubte, als sie mich geboren hatte, nichts Besseres tun zu können, als mit mir in einen Bach zu springen; an der Ausführung dieses schnöden Vorhabens hinderte sie ein alter Doktor, der im Ruf eines Schwarzkünstlers stand und für sie und ihr Kind zu sorgen versprach, falls sie ihm den Knaben in seinem siebenten Jahre übergeben wolle. Der Doktor hielt sein Versprechen, meine Mutter das ihrige auch, und so kam ich, als ich mein siebentes Jahr erreicht hatte, in des Doktors Hände. Anfangs fürchtete ich mich entsetzlich vor dem Doktor und wollte durchaus nicht bei ihm bleiben; er war ein kleiner, unheimlich dünner Mann, und trug beständig einen schwarzen bauschigen Rock von wunderlichem Zuschnitt, in welchem er sich mit seinem unveränderlichen leichenblassen Gesicht ausnahm, wie ein vor der Zeit aus dem Grabe zurückgekehrter Toter. Der Doktor wußte aber mit Kindern umzugehen; er gab mir Mandeln und Rosinen, machte mir allerlei Spielwerk, schenkte mir bunte Bilderbücher und spielte sogar Versteckens und Hukebok mit mir, so, daß ich ihn bald von Herzen lieb gewann. Wie ich älter wurde, lehrte er mich Vielerlei, gab mir auch große Bücher zum Studieren, woraus ich vornehmlich die Pflanzen und ihre verborgenen Eigenschaften und Kräfte kennen lernte; nachdem ich diese Wissenschaft erlangt hatte, schickte er mich auf die Berge, um in gewissen Stunden, die er mir genau bezeichnete, gewisse Kräuter und Moose zu pflücken, dabei schärfte er mir auf's Dringendste ein, mich aller Gedanken ans zweite Geschlecht zu entschlagen, sonst würden die Geister, die jene Kräuter bewachten, Macht über mich bekommen, mich überwältigen und töten. Die Wahrheit ist, daß die Kräuter ihre wunderbaren Kräfte verlieren, wenn eine unreine Hand sie pflückt, ich glaubte meinem Herrn aber alles, und hielt mich vollkommen überzeugt, daß an einen Kuß, ja an etwas noch Geringeres, unmittelbar mein Tod geknüpft sei; daß ich mich bei dieser Überzeugung wenig zum Küssen aufgelegt fühlte, kann man sich denken. Dies Leben führte ich lange fort, ohne mich nur darum zu kümmern, wozu denn mein Herr die Kräuter, die ich oft mit so viel Beschwerde und Mühseligkeit einsammeln mußte, gebrauche; ich dankte dem Himmel, wenn er sich in sein Laboratorium einschloß, weil ich wußte, daß er mir dann in einigen Tagen nichts befehlen würde; ich aß und trank und war vergnügt. Eines Tags, als mein Herr sich wieder zurück gezogen hatte, ging ich zufällig in sein Studirzimmer und bemerkte dort ein kleines schwarzes Kästchen, das ich noch nie bemerkt hatte; ein Schlüssel steckte darin, ich konnte meiner Neugierde nicht widersteh'n, ich mußte es aufschließen. Ich fand nichts darin, als ein altes Buch; wie erstaunte ich aber, als ich, wie ich das Buch aufschlug, sah, daß es die Anleitung enthielt, auf nächstem Wege den Stein der Weisen zu gewinnen. Ich fing an, in dem Buche zu lesen, es ward mir aber dabei ganz peinlich zu Mut, mir war, als ob ich unsichtbar von einer fürchterlichen Gesellschaft umgeben sei, ich hätte das Buch gern wieder weggelegt, doch ich vermogte es nicht. Nach wenigen Minuten trat mein Herr herein, er warf einen fürchterlichen Blick auf mich und riß mir das Buch aus der Hand, er wurde aber gleich wieder freundlich, sagte: wir sprechen uns nachher, schloß das Buch ein und entfernte sich. Mein Herr beobachtete jedoch seinem Versprechen zuwider zu meinem größten Verdruß über das Vorgefallene das tiefste Stillschweigen; er setzte nicht einmal mehr den Unterricht über die natürlichen Dinge mit mir fort, und ich sah wohl, daß er nicht geneigt war, mir etwas von dem anzuvertrauen, was ich zu erfahren brannte. Er hätte mich gewiß von Herzen gern fortgejagt, wenn er meiner nicht zur Erlangung der ihm unentbehrlichen Kräuter bedurft hätte; da er aber alt und gichtbrüchig war, so konnte er nicht selbst die Berge besteigen und mußte sich, so schwer es ihm ankommen mogte, freundlich gegen mich bezeigen. Ich nahm jetzt aber Zeit und Gelegenheit besser wahr, wie vorher; ich sah meine Bücher mit ganz andern Augen an und studierte nicht, wie sonst, bloß deswegen darin, um den Vorwürfen und Ohrfeigen des Doktors zu entgehen. Ich machte mich über seine Papiere her, so oft ich nur konnte, und schrieb mir die wunderbaren Rezepte ab; es gelang mir sogar, mittelst eines falschen Schlüssels, mich tagelang in den Besitz jenes alten Buchs zu setzen und (hiebei sah Jürgen mit stolzen Blicken im Kreise seiner Zuhörer, die aufmerksam und ehrfurchtsvoll an seinen Lippen hingen, herum) ich las es nicht ohne Frucht. Gar bald drang ich vor zur Kenntnis der vier Erden, die sich in der heiligen Nacht bei einer durch die Knochen eines unschuldigen Lammes genährten Flamme begatten müssen, der güldene Löwe konnte sich meinen spähenden Blicken nicht länger verbergen, und wie nah' ich dem letzten Geheimnis war, das zeigten mir die tückischen Streiche der immer wachsamen Geister, die mich irre zu machen suchten, weil sie mich fürchteten. Da hatte ich das Unglück, mich zu verlieben. Ich nenne es ein Unglück, denn dieser verwünschte Umstand ist Schuld daran, daß ich mich jetzt in einer Lage befinde, wo ich für die Erreichung meines hohen Zweckes wenig tun kann. Ich mögte rasend werden, wenn ich, der ich vielleicht noch Jahre im Stande sein werde, ganze Misthaufen, ja den Erdkörper, wofern ich dumm genug dazu wäre, in Gold zu verwandeln, des Morgens Hosen anziehen muß, deren mancher Bettler, ich übertreibe nicht, sich schämen würde; doch ich weiß, wer ich bin, und ertrage mein Schicksal mit Geduld, wie sich's gebührt. Die Schönheit eines Mädchens riß mich hin; daß sie lebhaften Anteil an mir zu nehmen, daß sie nicht ohne mich leben zu können schien, behagte meiner Eitelkeit und brachte meine Sinne gänzlich in Verwirrung. Statt auf die Berge zu klettern, schlich ich mich eines Morgens, wo sie in ihrer Hütte allein war, zu ihr. Leider hatte der Doktor, der mir, was diesen Punkt anbelangt, nicht mehr trauen mogte, mir nachgelauert; er machte sich sogleich trotz seiner Krücken auf den Weg, um seinem Kräuterlieferanten in der Versuchung beizusteh'n, aber was half's dem armen gichtbrüchigen Mann? Er kam eben früh genug, um sich mit seinen eigenen Augen zu überzeugen, daß er – zu spät kam! ›Verfluchter‹, rief er aus und schäumte vor Wut, ›nun komm mir nicht wieder über die Schwelle.‹ Im ersten Ärger versetzte er mir mit seiner Krücke einen derben Schlag über den Arm; diese Beschimpfung unter den Augen meiner Geliebten war zu groß, das Blut empörte sich in meinen Adern, ich ergriff ihn bei seinem langen Bart, und hätte ihn gewiß zu Boden geworfen und mit Füßen getreten, wenn mir nicht plötzlich eine wirksamere Art, Rache zu üben, in den Sinn gekommen wäre. ›Ich gehe zum Doktor Paracelsus‹, flüsterte ich ihm zu, ›und bringe dem das Rezept der grünen Erde.‹ Der Doktor wurde noch bleicher, als er immer war, und starrte mich an; dann aber schlug er eine gellende Lache aus und rief. ›Ei, junger Tor, ich weiß wohl und hab's Dir selbst gesagt, daß dem alten Paracelsus nur noch die grüne Erde fehlt, um in den Tiefen und Abgründen der Natur zu dringen, wohin es ihm beliebt; aber eben die grüne Erde – ha! ha! ha!‹ Jetzt raunte ich dem Doktor drei chaldäische Worte ins Ohr, die keine sterbliche Zunge nach Sonnenuntergang aussprechen darf; da mogte ihm eine Ahnung aufgehen, wie weit der faule Mensch, dem er Jahre lang kaum durch den Ochsenziemer einige Neigung für die Wissenschaften hatte beibringen können und den er zu sehr verachtet hatte, um es nötig zu finden, vor ihm etwas zu verbergen, während der letzten Zeit in sein Tun und Treiben eingedrungen sei. Er warf sich vor mir auf die Knie, und beschwor mich, ihm nicht durch unzeitige Entdeckung den Preis eines langen, mühevollen Lebens zu entreißen; er bat mich, mit ihm zurückzukehren und versprach mir, mich in alle seine Geheimnisse einzuführen. War es Trotz, der sich nicht bezwingen lassen wollte, oder war es Furcht, die mich von der Rachsucht und dem Neid des unheimlichen Alten das Äußerste befürchten ließ, ich weiß es nicht, genug, ich verweigerte fest und bestimmt jede Aussöhnung. Da sprang er rasch vom Boden auf, als ob er wieder Jüngling geworden wäre; über sein Gesicht flammte eine wunderliche Röte und seine Augen schossen Blitze, es war, als wollte der böse Feind selbst mit all seinen Schrecken hervortreten aus des alten Mannes schwacher, gebrechlicher Gestalt. ›O Du verruchter Satan‹, rief er mir mit einer Donnerstimme zu, ›ich hab's wohl gedacht; hätt' ich Dir doch gestern den Trank gegeben, den Du heute Abend zum Dank für Deine Hinterlist in Deinen Wein empfangen solltest, dann könntest Du im Bauch des Kirchhofs gegen Deine Sargnachbaren ausplaudern, was Du zu wissen meinst! Ach, daß gerade heute das wunderbarste aller Moose in die Blüte treten mußte, und daß ich außer Dir niemand hatte, der es pflücken konnte!‹ Nun war es ordentlich, als ob er wieder zusammen knickte, er stieß einen tiefen Seufzer aus, griff nach der Krücke und schlich sich keuchend fort.« Jürgen machte eine Pause und trank, wie zur Erholung auf den in der Erinnerung noch einmal überstandenen Schreck ein Glas Bier. Der Wirt, der während des Fortgangs der Erzählung im Zweifel, wie die übrigen Anwesenden im Glauben, erstarkt war, ergriff diese Gelegenheit, einen garstigen Einwurf vorzubringen. »Ihr nanntet«, hob er an, »vorhin Eure Liebschaft ein Unglück; mir scheint, ein Unglück, das dem Menschen das Leben rettet, kann er sich wohl gefallen lassen.« Hanns hustete und strich sich mit der Hand über die Stirn; Jürgen aber, statt in Verwirrung zu geraten, versetzte mit unvergleichlicher Unverschämtheit: »Ihr habt Recht« und fuhr ruhig fort. »Man kann es sich leicht denken, daß ich, eben im Begriff, Berg- und Felsspitzen zu erklimmen, nicht sonderlich gekleidet war; dennoch fühlt' ich mich nicht im Geringsten versucht, das Haus des Doktors mit einem Fuß wieder zu betreten. Ich gab meinem Mädchen einen letzten Kuß, das arme Kind mogte fühlen, daß es ewigen Abschied gelte, und hielt mich fest; ach, ihrer Leidenschaftlichkeit habe ich diesen abscheulichen Riß in meinem Wamms zu danken! Ich eilte zu meinem Freunde; er lebte damals – jetzt sieht man's ihm nicht recht mehr an – in wahrhaft glänzenden Verhältnissen! Doch er liebte mich; Bruder, rief er aus, ich begleite Dich bis ans Ende der Welt, und umarmte mich mit einem Ungestüm, daß ich, ich hab' nicht die Brust eines Riesen, nicht zum zweiten Mal so umarmt zu werden wünsche. Nun begaben wir uns sogleich auf den Weg, um den Doktor Paracelsus so schnell, als möglich, zum glücklichsten der Sterblichen zu machen. Wie weit haben wir noch bis Theofrastica?« Die Bauern schüttelten den Kopf; keiner hatte den Namen eines solchen Orts jemals nennen gehört. »Gott steh' uns bei«, wehklagte Jürgen, »so hat der Feind uns die ganze lange Zeit hindurch, daß wir auf der Wanderung sind, getäuscht; noch am Eingang dieses Dorfes begegnete uns ein einäugiger

Mann mit gestreiften Beinkleidern und versicherte uns, wir wären am Ziel.« – »Himmlische Gerechtigkeit!«, rief einer der Bauern aus, »ich wollte schwören, das wäre mein alter Großvater gewesen, aber der kommt schon seit einem halben Jahr nicht mehr aus der Stube.« – »Der Böse nimmt eine Gestalt an, wie er will«, versetzte Jürgen; »mein Freund hat's erlebt, daß er ihm als sein leibhaftes Konterfei entgegen getreten ist, und ihm erst verliebte Küsse, dann den Kopf zugeworfen hat.« Es war spät geworden, recht schadenfroh heulte der Wind ums Haus und warf die Regentropfen an die Fenster, nicht ohne Herzklopfen dachten die Bauern an ihren Heimweg in der finstern Nacht, aber sie mußten sich doch zuletzt entschließen, und brachen nicht, wie sonst, Einer nach dem Andern, sondern friedlich und freundschaftlich alle auf einmal auf. Nur ein einziger Mann blieb zurück; dieser hatte sich den ganzen Abend von den Übrigen dadurch ausgezeichnet, daß er sein Bier aus dem größten Glase trank, daß er den meisten Qualm aus seiner Pfeife jagte, und daß er seinen breitgekrempten Hut keinen Augenblick vom Kopf herunter tat. Er war starkknochig und vierschrötig; sein breites, volles Gesicht war ein vollkommen glaubwürdiges Attestat, das der dankbare Magen über die regelmäßig empfangenen Futterlieferungen ausgestellt hatte; ein gewisser alberner Stolz, der sich vergebens durch die dicken, aufgequollenen Züge Bahn zu brechen suchte, bezog sich wohl auf einige klingende Taler in der Tasche oder auf einen fetten Ochsen im Stall. Der Mann trat auf Jürgen zu, legte ihm plump die Hand auf die Schulter, sah ihn eine Zeit lang mit lächerlichem Ernste an und fragte ihn dann: »Junger Mensch, seid Ihr Eurer Sache gewiß, ich meine, daß Ihr Gold machen könnt?« – »Wäre ein Kruzifix bei der Hand«, entgegnete Jürgen vornehm, »so könnte ich, wofern es mir beliebte, Euren Zweifel durch einen Schwur entkräften!« – »Es ist kein leichtes Stück Arbeit«, bemerkte der Andere. »Es geht«, erwiderte Jürgen, »auch keineswegs so schnell von Statten, wie man etwa eine Bratwurst stopft oder Schinken in den Rauch hängt!« – »Könnt Ihr Euch wohl einen Tag im Dorf aufhalten?« – »Was meinst Du, Freund?«, sagte Jürgen, indem er sich zu Hanns wandte. »Uns're Zeit ist kostbar«, erwiderte Hanns langsam, »doch, wenn's nicht länger ist –« – »Gut«, versetzte der starkknochige Mann, »morgen in aller Frühe bin ich wieder hier, bis dahin laßt Euch im Wirtshaus nichts abgehen, ich bezahle alles.« Er rückte vor Jürgen ein klein wenig den Hut und ging, ohne von Hanns Notiz zu nehmen, hinaus, der Wirt folgte ihm mit dem Licht. »Wer war der Mann?«, fragte Jürgen lauernd, sobald der Wirt zurück kam, »Es ist der Meister Jacob«, versetzte der Wirt, »unser Hufschmied und der einzige Hufschmied in einer Runde von drei Meilen. Diesem Umstand allein hat er es beizumessen, daß sich, seiner Ungeschliffenheit und närrischen Hoffart ungeachtet, seine Kundschaft nicht vermindert. Man kann doch nicht immer eine Reise von einigen Stunden darum tun, wenn man ein Roß beschlagen lassen will.« – »Der Meister Jacob«, sondierte Jürgen weiter, »ist wahrscheinlich reich, und macht sich deswegen nicht viel aus seiner Schmiede und seinen Kunden!« – »An Vermögen fehlt es ihm freilich nicht«, entgegnete der Wirt und begann, für seine beiden Gäste hinter dem Ofen eine warme Streu einzurichten, »doch, das ist der Grund nicht, weshalb er Hammer und Amboß über die Achsel ansieht.« – »Ei, was denn?«, fragte Jürgen mit einer Hast, die von dem gleichgültigen Ton, in dem er bisher das Gespräch geführt, gar sonderbar abstach. »Der Meister Jacob verzehrt viel Geld bei mir«, versetzte der Wirt, »doch, das soll mich nicht abhalten, mit der Sprache gerade heraus zu gehen. Mit einem Wort, er ist der größte Narr unter der Sonne. Dieser Mensch, der so dumm ist, daß ihn ein Kind überlistet, bildet sich ein, er sei zu großen Dingen berufen, und die Welt werde noch einmal über ihn erstaunen. Ihr lacht, man sollte es nicht für möglich halten, und doch ist's wahr. Fragt man ihn, was er denn von sich und der Zukunft erwartet, so gesteht er ohne Umstände ein, er wisse es selbst nicht, aber das alles, setzt er dann mit listig zuge-kniffenen Augen hinzu, wird sich zu seiner Zeit schon finden.« – »Welche Torheit für einen Mann, dessen Haare sich schon grau färben«, sagte Hanns. »Nicht zu vorschnell«, unterbrach ihn Jürgen mit Würde, »ich fühle mich zu diesem Mann wunderbar hingezogen. Vielleicht hat das, was die Welt Torheit und Wahnsinn schilt, einen tieferen Grund. Oft bleiben die Ohren der Weisen verschlossen, und den Einfältigen offenbart sich der Himmel!« – »Dagegen läßt sich nichts einwenden«, sagte der Wirt mit einem schlauen Lächeln, »denn es steht in der Bibel.« Hierauf wünschte er Hanns und Jürgen eine gute Nacht und begab sich in ein anstoßendes Gemach zu seiner Frau, die, weil sie sich nun einmal bei Licht des Schlafes nicht erwehren konnte, regelmäßig einige Stunden vor ihrem Mann zu Bette ging. Kaum war er fort, als Jürgen jubelnd in der Stube herum zu springen und alle Zeichen einer ausgelassenen Freude von sich zu geben begann, »Still doch, Mensch, still doch«, wispelte Hanns, »wenn Du das Lärmen und Hantieren nicht einstellst, so wirft er uns noch um Mitternacht aus der Tür.« – »Grützkopf«, versetzte

Jürgen, »ich wette, Du ahnst es gar nicht, daß wir heut' Abend den Stein der Weisen gefunden haben!« – »Ich verstehe Dich wohl«, erwiderte Hanns, »denn ich kenne Deine Frechheit; aber ich übersehe eben so wenig, daß wenn wir uns bei Meister Jacobs Torheit in die Kost legen, seine Weisheit plötzlich einmal erwachen und uns eine garstige Zeche abfordern wird, die er dann vermutlich mit einer Eisenstange eintreibt.« – »Was täte das, Kerl!«, unterbrach ihn Jürgen, »ich denke, Dein Rücken ist lange genug Dein Zahlmeister gewesen, um auf so etwas gefaßt zu sein. Dies Mal aber fürchtest Du, wo nicht zu fürchten ist. Ich habe einen Plan, einen Plan – – Hanns, seit ich diesen Plan ausgeheckt, muß ich auf jeder billigen Waagschaale um zehn Prozent im Wert gestiegen sein!« – »Wie Du nur solch eine Geschichte so in einem Atem zusammen lügen konntest«, sagte Hanns kopfschüttelnd, »ich muß bekennen, so lange Du erzähltest, lag ich in einer Art von Fieber, denn endlich, dachte ich, muß der Krug, der so unmenschlich keck zu Wasser geht, doch wohl brechen!« – »Erzählen ist eine Kunst, die sich von meiner Großmutter her auf mich vererbt hat«, entgegnete Jürgen, »und Wunderdinge erzählen sich am leichtesten, da niemand verlangen kann, daß man sie ihm erkläre. Übrigens war's ja, Kleinigkeiten und die nötigen Vergoldungen abgerechnet, wirklich meine Lebensgeschichte. Sehe an die Stelle des Doktors den geizigen Apotheker, zu dem mich mein Vater in die Lehre tat; nimm den Kräutern, die ich sammeln mußte, ihre edelsten Kräfte und lege ihnen die gemeinen schweißtreibenden und abführenden bei; entzieh meiner Liebschaft etwas von ihrem Glanz und mache sie zu einem vertraulichen Verhältnis zu der Magd im Hause, das der Apotheker am Lehrling nicht dulden wollte, weil er es sich selbst wünschte; besonders aber zieh über Deine glänzenden Verhältnisse einen Strich und erinnere Dich, daß Du bei Deinem Meister, dem tauben Grobschmied, bloß arbeiten, aber nicht essen solltest, bleibt dann noch etwas zu verändern übrig?« – »Ich wollte doch«, entgegnete Hanns und kratzte sich hinter den Ohren, »ich wär' bei dem Meister geblieben, dann wär' ich nun bald Gesell! Du machtest mir, als Dein Herr Dich aus der Tür geworfen, und Dein Vater Dir die seinige vor der Nase zugeschlagen hatte, eine so leckere Beschreibung von der Freiheit, daß mir das Maul darnach wässerte, wie nach einer Martinsgans. Hol' der Teufel die Freiheit, die dem Menschen nichts bringt, als Hunger und Durst und die Aussicht auf ein Gefängnis! Ich sehne mich ordentlich nach Arbeit, und während Du dem Meister Jacob Gold machst, mögte ich ihm wohl Hufeisen, Nägel und Radfelgen verfertigen.« – »Deine niederträchtigen Geschicklichkeiten werden uns am Ende noch verraten«, fuhr Jürgen auf, »nun komm her, und strecke Deine faulen Knochen auf's weiche Stroh; so gut haben wir's lange nicht gehabt. Der Ofen ist noch so warm, daß ich die Hand nicht daran halten kann; wie das behagt!« Ermüdet, wie sie waren, schliefen sie bald ein; nach Verlauf von ungefähr einer Stunde wurde Jürgen durch ein ängstliches Ächzen und Stöhnen seines Gefährten geweckt. Verdrießlich über die Störung seiner nächtlichen Ruhe, stieß er Hanns derb mit dem Ellbogen in die Seite; wie ward ihm aber, als er diesen »Ach Gott, ach Gott!« rufen und alle Gebete, die er von Kindesbeinen an auswendig gelernt haben mogte, unter lautem Zähneklappern hersagen hörte. Jürgen konnte sich des Lachens nicht erwehren. »Dem träumt gewiß, er wird gehenkt«, dachte er, »weil ich gestern Abend von den Gänsen sprach; einen betrübteren Kameraden hätte ich nicht finden können.« Dann ergriff er ihn bei'm Arme, schüttelte ihn, und rief: »Kerl, ermuntere Dich doch!« – »Du bist's?«, sagte Hanns, und holte einen tiefen Seufzer. »Wer sollt's anders sein?«, versetzte Jürgen. »Entsetzliche Dinge hab' ich überstanden!«, sagte Hanns. »Du hast davon geträumt!«, verbesserte Jürgen. »Nein, nein!«, fiel ihm Hanns mit Heftigkeit in die Rede, »ich mögte sagen, ich wär' vor Angst gestorben, wenn ich nicht noch lebte. Nur kaum hatte ich die Augen geschlossen, da kam etwas zu mir heran, und legte sich auf mich, wie Blei, daß ich kein Glied zu rühren vermogte und zu ersticken meinte.« – »Du lagst vermutlich auf'm Rücken«, sagte Jürgen spöttisch, »und da drückte Dich Dein eigen' Blut, wie mein Herr, der Apotheker, zu sagen pflegte.« – »Deinem Herrn, dem Apotheker«, entgegnete Hanns gereizt, »schlüge ich drei Zähne aus, wenn er mir weißmachen wollte, daß das Blut eines Menschen, das am Tage so wenig eine Last für ihn ist, wie die Luft, bei Nacht ins Gewicht fällt, wie ein Mühlstein! Die Nachtmähr' war's, die mich ritt; ich hab' das abscheuliche Ungeheuer ja selbst gesehen, sie hatte ganz kleine Zähne und eine hellrote Zunge, die ihr ellenlang aus dem Rachen hing, und einen bläulichen Glanz ausströmte. Ich erkannte sie sogleich, denn meiner Mutter Bruder, der alte Christian mit dem lahmen Fuße, hat sie mir schon beschrieben, als ich noch auf den Armen getragen wurde. Das war aber noch nicht genug. Wie ich dies Ungeheuer anstiere, und mich, in Erwartung eines unfehlbaren Todes, auf Stoßgebete besinne, fällt eine halbe Legion von häßlichen Teufeln über mich her und quält mich. Einer davon versetzte mir einen solchen Stoß in die Seite, daß mir alle Knochen krachten. Es schmerzt mich noch in den Kaldaunen!« – »Nun, das nenne ich eine Narrheit!«, rief Jürgen und hielt sich den Bauch, »die sich am Markte sehen lassen darf, denn schwerlich findet sie ihres Gleichen.« – »Du weißt«, versetzte Hanns zornig, »daß ich um Foppereien nicht viel gebe, und am wenigsten zur Nachtzeit, wo ich entweder schlafe oder verdrießlich bin. Will mir einer abstreiten, was ich gesehen habe, so lass' ich's gelten, denn das Auge kann sich täuschen, besonders im Finstern; wer mir aber meine Haut, mein Fleisch und Bein zu Lügnern machen will, dem tränk' ich's ein. Die Prügel, die Striemen nachlassen, hab' ich wirklich bekommen, und Du sollst mir an die Teufel glauben, weil ich den Stoß noch fühle!« – »Blix, alle Wetter!«, fuhr Jürgen auf, »so nimm doch Vernunft an, den Stoß brachte Dir ja niemand bei, als ich. Dein vermaledeites Stöhnen hatte mich aus dem Schlafe geweckt, deshalb war ich erbost auf Dich!« Hanns hatte keine Zeit, seine Verwunderung zu bezeigen; ein sonderbares Geräusch, das sich draußen unter dem Fenster vernehmen ließ, bewog beide zum Schweigen und Aufhorchen. Es dauerte nicht lange, so wurde das Fenster geschickt aufgemacht, und eine Gestalt bemühte sich hinein zu steigen; sie hatte aber kaum ein Bein herein gebracht, als Jürgen, der hurtig aufgestanden und heran geschlichen war, dies umklammerte, und dann aus Leibeskräften schrie: »Diebe! Diebe!« Auf diesen Ruf wurde der Wirt alsbald munter, und stürzte in die Stube. »Steckt nur schnell einen Span an!«, rief Jürgen ihm entgegen, »ich halt' den Burschen schon, so unsanft er mir auch mit dem bestiefelten Fuße liebkoset.« – »Ich habe eben seine beiden Fäuste gepackt«, setzte Hanns hinzu, »er kann jetzt, wie Ihr hört, nur noch wimmern und fluchen.« Der Wirt kam mit einem brennenden Spane zurück; der flackernde Schein desselben fiel auf ein spitziges, hageres, welkes Gesicht. »Ist es denn möglich!«, rief der Wirt aus, so wie er den nächtlichen Gast ins Auge faßte, »Lise, Weib, das ist ja Dein leiblicher Bruder!« – »Leider, Schwager, bin ich's«, stöhnte der Gefangene, »tu mir die Liebe, und mach' nicht so viel Lärm.« – »O, der niederträchtige Filz«, knirschte die Frau, die mittlerweile ebenfalls herbei geeilt war, »gewiß hat er die zwanzig Gulden, die er Dir gestern endlich für den schon im Sommer gekauften und verzehrten Ochsen ausgezahlt hat, wieder holen wollen.« – »Schwester, ich beschwöre Dich, ruiniere mich nicht durch Schimpfen«, wimmerte der noch immer halb im Zimmer und halb draußen befindliche Dieb, »was ich gewollt habe, kann Dir einerlei sein, Du siehst, es ist mir mißglückt.« – »Wär's nicht eine Schande für mich selbst«, sagte der Wirt, und kniff, vor Zorn über und über glühend, den Schwager in die Ohren, »so würde ich den Hund einstweilen in den Keller stecken und ihn morgen, am hellen, lichten Tage, gebunden an Händen und Füßen, zum Schulzen schleppen.« – »Jetzt«, unterbrach ihn Jürgen, »spaziert er auf ein Viertelstündchen herein und wird gehörig abgegerbt, und wofern er sich den geringsten Schrei erlaubt –« – »Schreien werd' ich nicht«, versicherte der Hagere, ihm schnell ins Wort fallend, »die Nachbarn würden mich an der Stimme erkennen. Darf ich Dich aber bitten, lieber Schwager«, setzte er mit weinerlicher Stimme hinzu, »so laß uns den Handel im Dunkeln abmachen, damit mich der Nachtwächter, wenn er vielleicht bei Dir die Stunde abrufen sollte, nicht sieht, Du weißt, in meiner Hantierung bedarf ich des guten Leumunds, und ich werde mich Dir mit einem Scheffel Kartoffeln dankbar bezeigen.« – »Fort mit Dir!«, fluchte der Wirt, und gab ihm einen Stoß vor die Brust, daß er aus dem Fenster flog, wie eine hölzerne Puppe. Der Wirt begab sich nun wieder in sein eheliches Gemach, jedoch nicht, ohne den Freunden seinen lebhaftesten Dank zu bezeigen; sie hätten, meinte er, diesmal seinen wachsamen Hund, der leider vor einigen Wochen krepiert sei, auf's Beste ersetzt. »Da hast Du das Schicksal«, sagte Jürgen zu Hanns, als sie sich wieder auf der Streu dehnten, »vor drei Stunden fast selbst Diebe, und nun nicht bloß ehrliche Leute, sondern noch etwas mehr, als ehrliche Leute, den Gottlosen ein Gräuel, den Sündern ein Stein des Anstoßes, über den sie Hals und Bein brechen.«

Am anderen Morgen hatten sie nur kaum ihre Biersuppe und einen leckeren Eierkuchen, den die Wirtin aus Dankbarkeit dem Frühstücke hinzufügte, verzehrt, als Meister Jacob hereintrat. Er hatte sich frisch rasiert und sich die Nägel beschnitten, ein Umstand, der Jürgen nicht entging, und auf den er das gehörige Gewicht legte. Beim Eintritt nahm er den Hut ab, setzte ihn indeß wieder auf und steckte, bevor er ein Wort sagte, seine Pfeife an. »Wiss't Ihr auch«, begann er nun, nach den ersten erquicklichen Zügen, mit einer wichtigen Miene zu Jürgen, »was mir geträumt hat? Ich sah Euch, so kam es mir vor, gewiß und wahrhaftig! Gold machen. Es waren lauter gehenkelte Dukaten, wie meine Tochter einen um den Hals trägt, und Ihr standet an einem großen Tische mit Löwenfüßen, und betriebt Euer Geschäft. Euer Kamerad stand neben Euch, aber der schaute eben so dumm drein, als ich selbst.« – »Das ist ein einfältiger Traum«, versetzte Jürgen vornehm, »aus dem Schmelztiegel gehen wohl zuweilen Goldbarren hervor, doch niemals

Dukaten. Und was meinen Kameraden anlangt, so mögte ich in der entscheidenden Stunde lieber dies oder jenes Kräutlein entbehren, als die Kraft seines Gebetes.« – »Mit Gebet wird das Werk vollbracht?«, fragte Meister Jacob voll Erstaunen. »Habt Ihr etwa erwartet, durch des Teufels List und Gewalt?«, erwiderte Jürgen bitter. »Ihr nehmt mir dadurch eigentlich einen Stein vom Herzen«, sagte Meister Jacob, »man ist nun einmal gewohnt, dem Teufel das Goldmachen und dergleichen zuzuschreiben.« Es entstand eine Pause. »Meister«, hub Jürgen darauf an, »Ihr ersuchtet uns gestern Abend, einen Tag im Dorf zu verweilen. Es liegt etwas in Euerem Gesichte, was mir sogleich gefiel, d'rum sagten wir Euch zu. Gleichwohl muß ich bekennen, daß mich diese Willfährigkeit jetzt gereut. Der Mensch muß sein Ziel verfolgen, wie der Jäger das Wild, sonst entgeht es ihm gar zu leicht. Seid so gut und sagt uns ohne weiteren Aufenthalt, was Ihr von uns verlangt, damit wir fürbaß wandern können. Der Boden brennt mir unter den Füßen.« Meister Jacob hustete, und sah den Wirt an; dieser verstand den Wink, und ging hinaus. »Gold machen«, begann er nun verlegen, »ist eine schöne Kunst, und es ist einem Familienvater, einem Manne, der Jahr aus, Jahr ein den schweren Schmiedehammer schwingen muß, wohl nicht zu verargen, wenn er sie erlernen mögte.« – »Das geht nur unter gewissen Umständen«, unterbrach ihn Jürgen achselzuckend, »in welchem Monate seid Ihr geboren?« – »Im April.« – »Dankt Euerer Mutter noch im Grabe dafür«, fuhr Jürgen fort, »hätte sie Euch im März oder gar im Mai in die Welt gesetzt, so hätte der Mops, der unter dem Ofen liegt, gerade so viel Aussichten, wie Ihr. Hoffentlich habt Ihr Euere Hände nie mit Menschenblut befleckt, d. h. Ihr seid kein Mörder und Totschläger?« – »Bewahre Gott, nein!« – »Und habt Ihr Mut? Wenn Euch plötzlich einmal ein Kopf mit einer Nase von zwei Ellen Länge über die Schulter kuckte, oder wenn zehn Finger vor Euch in der Luft herum kreuzten, ohne daß Ihr einen Arm, geschweige einen Körper, dem sie angehören mögten, erblicken könntet – würdet Ihr dem Schrecke nicht erliegen?« – »Geschieht das denn zuweilen?«, fragte Meister Jacob. »Ich kann Euch wenigstens nicht versprechen, daß es nicht geschieht«, erwiderte Jürgen. »Ihr seht, ich bin aufrichtig gegen Euch.« – »Ich glaube nicht«, versetzte Meister Jacob nach einer Pause der Überlegung, »daß mir solche Widerwärtigkeiten begegnen werden. Ihr denkt vielleicht, daß ich nur so in den Brei hinein tappe, daß ich bloß, weil ich ihn fliegen sehe, den Vogel zu fangen meine. Dann wäre ich ein Narr. Nein, Gottlob, die Sache ist anders. Von Kindesbeinen an weiß ich, und bin auf's Überzeugendste davon vergewissert, daß ich zu etwas mehr, als zum Brotessen bestimmt bin. Während meine Mutter mit mir schwanger ging, träumte ihr drei Mal – merkt es wohl, drei Mal hinter einander – sie würde von einem Gerstenkorne entbunden, und dies verwandelte sich in eine Perle. Damals war hier im Dorfe eine weise Frau, der erzählte meine Mutter ihren Traum, damit sie ihn auslege. Die sagte ihr, sie werde ein Kind mit sonderbaren Gaben gebären, ein Wunderkind. Diese nämliche Frau sagte ihren eigenen Tod voraus, und er traf richtig ein. Als ich nun zur Welt kam, da war ich gleich so dick und fett, daß meine Mutter die Prophezeihung der weisen Frau gar nicht mehr in Zweifel zog. Aber, wie ich größer wurde, da wollte jedermann, und vornehmlich mein Vater, ein harter, unbilliger Mann, finden, ich sei eigentlich äußerst ungelehrig und ungeschickt, und ich hieß der dumme Jacob. Dies zog ich mir einmal an einem Abende zu Gemüte, wollte das Hühnel, das meine Mutter mir heimlich gebraten hatte, nicht essen, und begann bitterlich zu weinen. Meine Mutter trat zu mir und fragte: Jöbstchen, warum weinst Du? Ach, schluchzte ich, weil die Leute sagen, daß ich so dumm bin. Damals hielt ich mich nämlich wirklich für dumm. Kind, versetzte meine Mutter, und putzte mir mit ihrem Sacktuche die Nase, kehre Dich nicht an die Leute. Ich weiß es wohl, daß Dir die verwetterten krummen Dinger, die Buchstaben, nicht in den Kopf wollen. Was tut's? Als ich jung war, da überließ man das Buchstabieren den geistlichen Herren und denen, die es werden wollten, und die Welt ging nicht schlechter darum. Dein Vater berühmt sich, er habe in Deinen Jahren schon gleich dem besten Gesellen ein Hufeisen aus dem Feuer schmieden können. Du kannst es freilich nicht, nun, daraus folgt, daß etwas anderes, als ein gemeiner Grobschmied, in Dir steckt. Hierauf erzählte sie mir haarklein alles, was sich zwischen ihr und der weisen Frau zugetragen hatte, und suchte mich von der Wichtigkeit meiner Person zu überzeugen. Trotzig und verstockt, wie ich vom Weinen und Heulen war, kostete es ihr viele Mühe; endlich gelang es ihr, ich aß und trank, und legte mich schlafen. Das Ding brannte mir, wie glühend' Eisen, im Kopfe, ich hätte gar zu gern etwas davon begriffen. Da ich aber nie ein Freund vom Grübeln gewesen bin, ließ ich's bald ruhen, und verließ mich, wie in hundert anderen Fällen, auf meine Mutter. Doch unterließ ich nicht, mich selbst an Leib und Seel' zu untersuchen, und meine Gaben für das Außerordentliche zu prüfen. Anfangs – noch jetzt muß ich über diese kindische Torheit lachen – glaubte ich steif und fest, das ganze Wunder läge in meiner besonderen Fertigkeit, Buben, die mich verhöhnten, die Ohren zu zwicken. Wie ich vernünftiger wurde, und einen Bart bekam, hoffte ich auf Glück im Würfelspiele. Vielleicht, dachte ich später, kannst Du Blinde sehend machen, aber sie blieben blind, wenn ich sie berührte. Mein Vater zwang mich, sein Handwerk zu erlernen, auch hab' ich nach seinem Tode die Schmiede übernommen und ihr, wiewohl nicht ohne Widerwillen, seither vorgestanden. Ich muß bekennen, mein Glaube an die Weissagung ist in den letzten zehn Jahren etwas heruntergekommen; auch ist das wohl bei einem Manne, der die Fünfzig überschritten hat, ohne ein Titelchen von seiner geringsten Hoffnung erfüllt zu sehen, sehr natürlich. Aber als ich gestern Abend vom Goldmachen sprechen hörte, da ging's mir plötzlich, wie ein Licht, auf, und« – Meister Jacob stockte, und sah Jürgen an. Jürgen stellte sich mit kreuzweis über die Brust gelegten Armen vor seinen angehenden Discipulus hin, schaute ihm so lange keck und scharf in die Augen, bis er sie verwirrt niederschlug, und fragte ihn dann in so tiefem Basse, als er seinem Organe abzwingen konnte: »Freund, Ihr habt Glauben, habt Ihr aber auch Geduld?« – »Nicht viel!«, versetzte Meister Jacob, rascher und bestimmter, als es Jürgen lieb war. »Und doch liegt zwischen Säen und Ernten lange Zeit!«, bemerkte Jürgen. »Hier ist ja von Wundertun die Rede!«, entgegnete Meister Jacob. »Nicht doch!«, erwiderte Jürgen mit finsterem Gesichte, »es handelt sich hier bloß um einen Blick ins Kochbuch der Natur, der freilich nicht jedem Auge verstattet ist. Kennen wir aber einmal die Art und Weise, so gewinnen wir den Erden auf dem nämlichen Wege das goldene Blut ab, wie der Bauer seinem Acker den Roggen oder den Waizen. Wenn Zauberei dazu gehörte, meint Ihr, der gottesfürchtigste unter den Königen, der König Salomo, hätte sich damit befaßt, von dem doch weltbekannt ist, daß ihm die Elemente unterworfen waren?« – »Nun, nun«, versetzte Meister Jacob, »hab' ich für das bißchen Essen und Trinken dreißig Jahre hinter'm Ambosse ausgehalten, so – hier meine Hand, schlagt ein, und bleibt bei mir, statt den verfluchten Doktor, dessen Namen ich nicht behalten kann, aufzusuchen; ich verspreche Euch, die Zeit soll mir nicht zu lang' werden!« – »Noch Eines!«, sagte Jürgen und zog seine Hand zurück. »Ihr müßt Euch, mögt Ihr nun unmittelbar mit mir operieren wollen, oder nicht, jedenfalls, wie ich selbst, drei schweren Bedingungen unterwerfen, denn sonst wären all' unsere Bemühungen umsonst. Ihr habt ein Weib, nicht wahr?« – »Ja.« – »Ihr dürft Euch ihr um keinen Preis nähern!« – »Das wird ihr nicht behagen.« – »Irgend eine Speise ist Euer Leibgericht?« – »Nichts geht mir über gekochten Schinken mit Sauerkraut!« – »Das Gericht darf, ja, es muß auf Eueren Tisch kommen, damit Ihr wirklich ein Opfer bringt!« Jürgen teilte nämlich, was Schinken und Sauerkraut betraf, Meister Jacobs soliden Geschmack und stellte seine Bedingung darnach, »aber Ihr dürft es nicht anrühren!« – »Teufel!« – »Ihr habt hitziges Blut und haltet, man sieht's Euch an, gewiß mehr vom Dazwischenschlagen, als so von einem Prozesse. Aber Ihr dürft, wofern Ihr nicht bloß Gold suchen, sondern Gold finden wollt, nicht so viel Galle in Euerer Brust beherbergen, wie eine Taube, nicht so viel, wie eine Taube, ich wiederhol' es!« – »An diesem Punkte, fürcht' ich«, gab Meister Jacob kleinlaut zur Antwort, »wird das ganze Vorhaben scheitern. Ich kenne mich, ich hab' Stunden gehabt, wo ich meinen eigenen Vater hätte totschlagen können; aus einem Menschen, wie ich bin, wird nie eine Taube.« – »Nun«, versetzte Jürgen, der sich, um nicht alles zu verlieren, hier nachgiebig bezeigen zu müssen glaubte, »wenn Ihr den beiden anderen Bedingungen nur ganz getreu nachkommt, so läßt sich, falls Ihr das Unglück haben solltet, die dritte einmal zu brechen, immer wieder helfen. Doch, so viel ist gewiß, jedes Aufbrausen, das Ihr Euch zu Schulden kommen laßt, entfernt uns meilenweit wieder vom Ziele, dem wir uns ohnehin nur mit Hahnenschritten nähern können, und ließet Ihr Euch wider Verhoffen zum Äußersten, ich meine zum Prügeln, von Eurem Ungestüme fortreißen, so –« »Darf ich«, unterbrach Meister Jacob ihn, »die Wut an mir selbst auslassen? Darf ich mir, wenn's in mir braus't und überläuft, Haare ausraufen? Darf ich mit der Stirne gegen die Wand rennen, und mir das Maul mit der Faust zerdreschen? Dies war von jeher mein Mittel, wenn ich meinem Widersacher nicht ans Kleid zu kommen wußte; da will ich von jetzt an denn immer denken, mein Feind sei auf den Mond geflüchtet!« – »Ihr seid Herr über Euren Körper«, versetzte Jürgen nach kurzem Besinnen, »stellt mit ihm an, was Ihr wollt, niemand hat Euch d'rein zu reden, wenn Ihr Euch nur nicht umbringt!« – »Nun«, sagte Meister Jacob, hoch aufatmend, »so sind wir einig; begleitet mich denn, damit wir keine Zeit verlieren, unter mein Dach.« Meister Jacob zündete die Pfeife, die ihm längst ausgegangen war, wieder an, und ging voraus. »Hatt' ich gestern Abend Recht mit meinem Plane, hatt' ich Ursache zu Freudensprüngen«, flüsterte Jürgen seinem Gefährten zu, der verdutzt über alles, was er gesehen und gehört hatte, wie im Traume neben ihm herging, »sind das Bedingungen, die ein Mensch halten kann, und ist der Gimpel sie desungeachtet nicht eingegangen? Ich werde kochen und destillieren und filtrieren, wie ich's auch vom Apotheker her verstehe, und wenn Kraut Kraut bleibt, so schreibt unser Mann es dem Umstände zu, daß er seinem Weibe schöngetan oder hinter meinem Rücken Sauerkraut gegessen hat.« – »Und was das Beste ist«, fiel Hanns ein, »gegen Prügel ist man gesichert; wenn er mit einem von uns unzufrieden wird, ohrfeigt er sich selbst!« Unter der Türe rief der Wirt, der den Horcher gemacht hatte, und den die unverschämte Prellerei, die er sich anspinnen sah, verdroß, den Meister Jacob an: »Ihr werdet doch kein Narr sein, Nachbar«, sagte er ziemlich barsch, »und Euch im Ernste mit den lügenhaften, zerlumpten Windbeuteln einlassen?« – »Ich weiß es längst«, versetzte Meister Jacob zornig, »daß sich in diesem Neste jeder Esel für meinen Vormund hält, aber fegt getrost vor Eurer eigenen Türe, ich bedarf Eueres Beistandes nicht. Ich habe so gut meine Leuchte im Kopfe, wie Andere, und merke es wohl, wenn ich betrogen werde. Leute, denen ich vertraue, verdienen, daß man ihnen vertraut, und was ihre zerissnen Wämmser betrifft, so bin ich der Mann, der ihnen noch heute bessere auf den Leib schaffen kann!« Damit kehrte er dem wohlmeinenden Wirte unwillig den Rücken und faßte, um es ihm vollends deutlich zu machen, wie gut er seine Warnung zu würdigen wisse, Jürgen, gleich seinem vertrautesten Freunde, unter den Arm. Meister Jacob gehörte zu denjenigen Leuten, die es nur dadurch, daß sie im eigentlichsten Verstande mit der Türe ins Haus fallen, zu zeigen verstehen, daß sie Herr im Hause sind. Er erhob daher gleich beim Eintritte in das seinige ein mörderisches Geschrei nach Bier, Brot und Wurst, fluchte entsetzlich und riß die Stubentür mit solchem Ungestüme auf, daß Babet, seine Tochter, ein junges, schönes Mädchen von siebenzehn Jahren, die eben heraustreten wollte, erschreckt zurückfuhr. »Hier herein, meine Freunde!«, rief er seinen Begleitern zu, »das Ding da wird für alles, was wir brauchen, Sorge tragen – ei was, der Edelmann wohnt hier nicht, daß Ihr erst lange die Schuhe reinigen müßtet – setzt Euch nieder, da, hinter den Ofen – was Teufel! behaltet doch die Hüte auf dem Kopfe, ich will den meinigen nur mit der Wollmütze vertauschen, die ist wärmer; Pfeifen! alle Wetter, Pfeifen! Schlag' der Donner d'rein, wenn er will, da kommt ein verfluchter Gaul, den ich beschlagen muß – – lass't Euch die Zeit nicht lang werden, in einer Viertelstunde bin ich wieder hier, ich sehe, es fehlen nur die Vordereisen!« Brummend ging Meister Jacob hinaus und zankte im Vorbeigehen mit Babet, die bald, nachdem er das Zimmer verlassen hatte, mit frischem

Biere, dem Vorläufer des Frühstückes, das sie gleich hinterher auftrug, hereintrat. Sie war freundlich gegen die wunderlichen Gäste und ermunterte sie zum Essen und Trinken, doch geschah das in einem Tone, wie man Bettler zum Zulangen auffordert, und es half Jürgen wenig, daß er sein rechtes Bein über sein linkes schlug, Babet hatte das häßliche Loch im Beinkleide schon bemerkt. »Ein hübsches Dirnel, he?«, sagte Hanns, sobald sie wieder in die Küche gegangen war. »Ich wollt', ich war' kein so großer Lump«, erwiderte Jürgen, »und wenn ich mich morgen in Gold fassen ließe, es käme mir nicht aus dem Sinne, wie ich heute eingezogen bin. Es ist doch wahr«, setzte er, wie in Gedanken, hinzu, »ein ordentlicher Wandel ist was wert.« – »Hier scheint alles vollauf zu sein«, fuhr Hanns fort, und seine großen, begehrlichen Augen streiften in der Stube, wie Stoß- und Raubvögel, »der Meister Jacob muß sich schon auf's Goldmachen verstehen!« Babet kam wieder herein; sie gab sich den Anschein, als wollte sie nachsehen, ob es auch an etwas fehle, eigentlich aber kam sie, um die Schlüssel, die sie im Silberschrank hatte stecken lassen, abzuziehen und allerlei Kleinigkeiten auf die Seite zu schaffen. Jürgen, der jeglicher ihrer Bewegungen folgte, entging das nicht. »Warum issest und trinkst Du nicht?«, sagte Hanns und kniff ihn in den Arm, auf den er, wohl unwillkürlich, den Kopf gestützt hatte. »Du hast Recht«, versetzte er grimmig mit einem Blicke auf Babet, die eben wieder hinausging, »Essen und Trinken ist die Hauptsache, alles Andere ist Narrenteiding!« Bald darauf trat ein ältliches, verwittertes Mütterchen, das aber trotz der Brille und den grauen Haaren noch voll Leben und Regsamkeit zu sein schien, in die Stube. Die Alte stieß nach dem ersten Blick auf uns're Freunde eine Art von unartikuliertem Laut aus, von dem sich schwer sagen läßt, ob er einem Gruß, einem Schrei oder einem Fluch am nächsten verwandt war; doch nahm Hanns ihn für einen Gruß und dankte höflich. Hundegeheul ließ sich vernehmen, Meister Jacob ließ den Hauspudel, der, sich dessen schon versehend, auf dem Flur listig an ihm vorüber schleichen wollte, durch einen Stoß, den er ihm in die Seite applizierte, seine Autorität fühlen; dann trat er mit Geräusch herein. »Hier, Frau, siehst Du zwei Männer«, deklarierte er der Alten, »die von jetzt an Deine täglichen Haus- und Tischgenossen sind, und die Du ehren sollst, wie mich selbst. Richte ihnen eine Schlafkammer ein, und vor allen Dingen laß Babet hurtig zum Gevatter Schneider springen, er soll sich tummeln und das Maß nicht vergessen. Auch bringe von meinen Hemden und Unterjacken, was eben zur Hand ist, meine Freunde können vielleicht

Gebrauch davon machen. Nicht ein solches Gesicht, Weib, Donner und Wetter, ich kann's nicht leiden, daß bei Dir immer der Nebel steigt, wenn er bei mir fällt. Ahnst Du denn gar nicht, welch Heil uns heute wiederfährt?«

Wenige Tage verstrichen, da gingen Hanns und Jürgen, wie neu geboren, aus den Händen des Schneiders hervor, und wenn sich bei dem dürren Hanns die Metamorphose darauf beschränkte, daß er aufgehört hatte, eine Vogelscheuche zu sein, so war dagegen Jürgen wirklich ein Mensch geworden, und zeigte, daß er sich in ein ordentliches Wamms zu schicken wußte. Mittlerweile hatte Meister Jacob neben seiner Werkstatt für ein Laboratorium gesorgt; die Materialienhandlung im benachbarten Städtchen lieferte eine Masse Kräuter und chemische Stoffe, und der Schöpfungsprozess, der kein Ende nehmen konnte, nahm einstweilen seinen Anfang.

Ein Leiden unserer Zeit

Fragment aus einem liegen gebliebenen Roman

[Der Charakter, der hier sich selbst schildert, ist in meinem Trauerspiel »Julia« wieder aufgetaucht, und zwar als Bertram; er befindet sich im Drama aber bereits in seinem letzten Entwicklungsstadium, im Roman dagegen im ersten. Dem sinnigen Leser dürfte diese Bemerkung willkommen sein.]

Hier sitz' ich jetzt, mitten in einer Natur, die mich erdrückt, der ich in jedem Nerv und jeder Fiber Widerstand leisten muß, wenn ich das Gefühl meiner selbst nicht verlieren soll. Über mir türmen sich unendliche Felsenmassen, vom Schnee bedeckt, zu denen undurchdringliche Wälder hinauf führen. In das kleine Tal hinunter, wo ich die leerstehende Hütte eines Hirten bewohne, stürzen sich die Wasser, die von oben kommen, um sich nach allen Seiten, befruchtend und zerstörend, zu verbreiten. Zu meinen Füßen, ungehört und ungesehen, wie ein fremder Stern, dessen Wirtschaft mich nicht kümmert, liegt die Welt, die ich verlassen habe, und über dies alles wirft eben die heraufdämmernde Nacht leise, leise ihren geheimnisvollen Schleier.

Gebt mir Berge, die in den Himmel hineinragen, und eine einsame Zelle dazu; gebt mir das Meer, das aus unergründlicher Tiefe hervor schäumt, und einen Nachen, der mich zwischen Tod und Leben in der Schwebe hält: dann will ich Euch sagen und zeigen, was an mir ist. Sprach ich nicht oft so? Jetzt empfinde ich, daß es wahr ist! In den Zerstreuungen des alltäglichen Treibens, in dem Strudel nichtsbedeutender Abwechslungen kommt man gar nicht so weit, daß man sich zusammenfaßt, sich zusammenfassen muß, man taumelt hin, man hält Takt mit den Andern, so gut es geht; man knickt hier einen Dornenzweig, der Einen im Schlendern ritzt, und däucht sich ein Held; man biegt ihn dort gelassen zur Seite, und freut sich, daß man so großmütig war! Hinaus! Dem Naturgeist ins Auge geschaut, der Dich gewaltsam aus dem angemaßten Kreise, den Du auszufüllen glaubst, bis auf einen ganz kleinen Punkt in Deinem Innersten zurückdrängt und Dich vernichtet, wenn dieser Punkt nicht Stich hält! Wer sich da unantastbar fühlt, der hat den

Grund und Boden seines Daseins gefunden, und braucht in alle Ewigkeit nicht mehr zu zittern.

Nie, nie konnt' ich den Gedanken ertragen, daß ich nichts weiter sein sollte, als eine der tausend und aber tausend Zungen, womit die Natur sich selbst schmeckt. Mag es sein, daß die meisten nur dazu da sind, eine bunte Reihe von Frühlingen und Herbsten abzuernten, und ihres Gleichen zu demselben Zweck hervorzubringen; einzelne Wenige sollen für sie alle den Dank abtragen, denn warum wäre sonst neben dem Tiere, das im kräftigen vollen Genuß untergeht und keine Vergangenheit, keine Zukunft kennt, der Mensch, der nur halb, nur sprung- und stückweise genießen kann, ins Leben gerufen? Wer aber schilt mich, wenn auch ich dankbar sein will?

O! eine Unendlichkeit dämmert einem jeden entgegen, der in seine Brust hinab zu schauen versteht, eine Unendlichkeit, ganz so groß, ganz so wahr und wirklich, wie die äußere, sichtbare, in der wir umhergetrieben werden. Und auch sie will aus dem Innern heraustreten, wie die Urkraft aus dem Geist Gottes in die Welt trat. Soll ich widerstehen? Soll ich das, was unaufhaltsam drängt und treibt, feige zurückhalten, weil es zwischen mich und mein Glück treten, weil es mich in Erfüllung dessen, was der Philister Pflicht zu nennen wagt, stören könnte! Glück! Was ist's, als ein Waffenstillstand zwischen dem Herzen und dem Geschick, auf armselige Bedingungen geschlossen? Pflicht! Giebt's eine heiligere, als die, sich zu entwickeln? Freilich, mein Vater wünscht, meine Mutter – Aber hier steh' es! Ich will nicht mitdrehen am großen Rad, das nur den Zweck hat, daß es gedreht wird! Ich bin der Welt nichts schuldig, als mich selbst, und wenn sie etwas Anderes verlangt, so mag sie zusehen!

Wie in der Nacht die Winde ras'ten und zwischendurch ein vom Hunger aufgescheuchter Wolf, umherirrend, heulte, und ich mich, fröstelnd, tiefer und tiefer in meine Streu hineinwühlte, bis ich warm wurde: Das sind Zustände, wie Bäder, worin man alles los wird, was nicht zum innersten, ursprünglichen Wesen gehört. Mir träumte, ich wäre der erste Mensch, eben in die Welt gesetzt, wie in ein Hochzeitsgemach, ich hatte keine Ahnung von Vorher und Nachher, ich war der einzige bewußte Punkt im Umkreis der Schöpfung; aber in mir war nichts von der hüpfenden Unruhe, die mich im Wachen von Stelle zu Stelle jagt, kein Trieb, mich gegen das Weite auszudehnen; ich schloß mich zusammen, wie sich oft unwillkürlich meine Hand schließt, es war, wie ein Zurückwachsen in den Kern! Ich fühlte, daß ich mich bewegen, daß mein Fuß mich zu dem Blütenbaum, den ich in der Ferne erblickte, hintragen konnte, aber ich stand still, dann kniete ich vor einer Rose nieder und schaute in ihren Kelch hinein, dann schloß ich die Augen und warf mich zu Boden. Die Sonne schien auf meine Augen, aber ich öffnete sie nicht. Ein lindes Wehen trieb Ströme von Düften an mir vorbei, aber ich sog sie nicht ein; Tautropfen voll lieblicher Kraft netzten meine Lippen, aber ich preßte meine Zähne auf einander und versperrte ihnen das Tor meines Mundes. Und das alles geschah nicht aus Trotz, nicht aus bangem Vorgefühl irgend einer Zukunft; es geschah in süßester Wollust, es war, wie das Sträuben eines Kindes, das die Mutter auf seine eigenen Füße stellen will und das sich an ihren Hals hängt, so daß sie es wieder aufnehmen und, der Brust nah', auf ihren Armen tragen muß. Als ich erwachte, da kam das Licht mir recht feindselig vor. –

Holion

Nachtgemälde

Dichtes Dunkel bedeckte den Erdkreis; kein freundlich Sternenauge blickte auf ihn hernieder; schaurig pfiffen die Winde; prasselnd troff der Regen. Holion, der arme, matte Jüngling, schwankte einsam auf den Bergen umher, gefoltert von unendlichem Kummer: seine Braut war ins Reich des Todes hinübergeschlummert und sein Freund von der Jagd nimmer heimgekehrt: darum heulte er lauter, als der Sturm, darum troffen seine Tränen wilder, als die Tränen des Himmels. Plötzlich zuckte ein ungewisser Lichtstrahl durch den düstern Schleier der Nacht: Holion wankte auf ihn zu, aber der Lichtstrahl floh vor ihm und wurde, je näher er ihm kam, je trüber und bleicher: es schien, als ob ein schadenfroher Geist den Armen äffte in seiner Pein. Mächtiger klammerte sich die Verzweiflung um sein Herz: riesenhafte Bilder tauchten aus dem düstern Grabe auf und verfolgten ihn: Gespenster griffen mit ihren Eishänden an den Flammenquell seines Lebens: huschende Zwerglein warfen ihn mit Totengebeinen vor die Brust. Aber schnell verschwanden die grausigen Bilder, und Licht ward es um Holion her, wie am Frühlingsmorgen: laue Lüfte spielten um seine Wangen, rosige Engelein boten ihm Becher der Freude, unsichtbare Äolsharfen durchklangen die Luft, und eine hellblaue Purpur umsäumte Wolke schwamm langsam am Morgenhimmel hernieder. Holions Herz wurde weit, und er trachtete, die Wolke zu umfangen, denn es kam ihm vor, als ob sein Freund und seine Geliebte ihn aus der Wolke anlächelten und zu sich winkten; und die Wolke kam näher und näher, und das Bild der Geliebten und des Freundes wurde heller und heller, und Holions Sehnsucht wurde stärker und stärker. Nun konnte sein Arm die Wolke fast erreichen – nun hörte sein Ohr das Herzklopfen des Freundes – nun fühlte seine Lippe den Atem der Geliebten – nun wollte er die holden Gestalten an seine Brust ziehen – nun umfing er sie. Aber wehe! Freund und Geliebte zerrannen an seiner liebeglühenden Brust, und ein langer, langer, in blendend Weiß gekleideter Geist schoß vor ihm auf; noch einmal kehrten die vergangenen Gestalten seiner Liebe zurück – als er sie aber umfangen wollte, fletschte der Geist grinsend die Zähne und ergriff den Freund und die Geliebte. Und sie wehklagten laut, und ihre Wehklage zerriß Holions Herz, und das Blut sprudelte heiß in seinen Adern, sie zu befreien. Doch der riesenhafte Geist zuckte auf Holion seine Wimper, und sprach: siehe, du armes Menschenherz, du sollt verlieren, und fühlen, wie der Staub verliert, du sollt brechen und doch nicht gebrochen werden. Und lauter heulten Freund und Geliebte, denn, der Geist zerdrückte sie: und tiefer schnitt ihre Klage in Holions Herz: und heißer wallte sein Blut, ihnen beizustehen. Doch unsichtbare Fesseln hatten seine Nerven umschlungen und seine Kräfte mit Ohnmacht getränkt; sein Blut fand sich nicht mehr zum Herzen; sein Auge konnte nicht mehr weinen: er glich einem Toten und war doch nicht gestorben. Da wälzte sich eine ungeheure, aus Blut bestehende Woge vom Himmel herab, und der Geist sagte zu Holion: siehe, du Menschenkind, das ist die Woge der Vernichtung, die alles Leben der Natur ab- und sich einpreßt: die hat das Leben deiner Laura und deines Herrmann eingesogen, und kommt jetzt, auch das deinige einzusaugen – aber, es wird ihr nimmermehr gelingen, denn ich will dich quälen. Und die Woge rollte näher, und je mehr sie sich näherte, je mehr ward es Holion zu Mute, wie dem verwundeten Krieger, dessen Blut nur noch tröpfelt, und nicht mehr strömt, und dessen Schmerz schon beginnt, sich in die Ruhe des Todes zu verwandeln. Nun war die Woge sehr nahe, und es ward Holion, als ob ihm eine Wunde ausgesogen würde. Aber der Geist reckte höhnisch seine Hand aus: da zog sich zusammen ein starkes Gewölke aus Norden: aus dem Gewölke fuhr hernieder ein brausender Sturmwind: die Erde tat gähnend ihren Rachen auf und schnappte gierig nach der vom Sturm ihr entgegen gepeitschten Woge und verschlang sie. Aber wo sie verschlungen lag, die weiland furchtbare Verschlingerin, wuchsen wie Pilze allerlei seltsame menschenähnliche Gestaltlein auf: die tanzten lustig und waren guter Dinge, und sahen nicht auf die dampfgleichen Schatten, welche sie rings umstanden, und Spiegel in den Händen hielten, in welchen der Tod abgebildet war. Und wenn eine Gestalt Sekunden getanzt hatte, fiel sie zu Boden, winselte, krümmte sich und verging. Und der Geist rief: siehe, du armes Menschenkind, das ist dein Geschlecht, aus nichts entstehend, um nichts kämpfend und zu nichts kehrend. Siehe, du armes Menschenkind, so hast du getanzt und bist vergangen, so haben deine Lieblinge getanzt und sind vergangen; so haben Jahrtausende getanzt und vergingen, so werden Jahrtausende tanzen und vergehen, bis endlich die mürben Knochen der Natur zerbröckeln, und ihr Vergehen dem lächerlichen Schauspiele ein Ende macht. Und die Gestalt verlängerte sich ins Unendliche: ihre Gesichtszüge wurden grinsender: ihre Stimme ward, wie Donnergebrüll. »Nun will ich dich recht quälen, du blödes Menschenherz«, rief sie dem bebenden Jünglinge zu, »du bist wohl vergangen, aber nur halb.« Düstrer wurde die Mitternacht, und das Bild seiner Lieben tauchte wieder vor Holions Blicke auf, und die Zwerglein kehrten wieder und die eishändigen Gespenster. Und die Zwerglein waren mit Dolchen bewaffnet, und die Gespenster mit feurigen Zangen; damit brachten sie dem Freund und der Geliebten viele Wunden bei, daß beide laut aufjammerten und Holion um Rettung anflehten, um Rettung aus der unsäglichen Qual. Aber die Kraft seines Lebens war dahin: nichts auf dem Gebiete der Lebendigen war ihm geblieben, als des unendlichen Jammers Erkenntnis: er stöhnte mit schwachem Laute: »Vernichtung, Allerbarmer, Vernichtung!« Da war es ihm, als ob ein Engel ihn küsse und seine Geliebten befreie: ihn küßte auch ein Engel: seine Laura sprach: »du träumst wohl, lieber Holion, wache auf, eben kommt dein Herrmann aus der Stadt zurück.«

Und er erwachte.

Ein Abend in Straßburg

Aus einer Reisebeschreibung von 1837

»Du bist blaß, was fehlt dir?«, fragte der Freund. Hastig trank ich den
roten Wein, schob das Glas zurück, und eilte stumm hinaus, das glühende
Herz in Nacht und Sturm zu kühlen. Brütend lag die Nacht über der
großen Stadt, schauerlich hohl blies der Sturm hoch in den Lüften über
die Häuser hinweg, kümmerlich und trist, wie Lampen, die schlecht
unterhalten werden, flimmerte hie und da ein ängstlich-einsamer Stern.
Es gibt Stunden von entsetzlicher Tiefe, Stunden, vor denen wir zurück-
schaudern, und denen wir doch nicht entfliehen können. Da ziehen die
unheimlichen Gewitter der Natur an uns vorüber, jene abscheulichen
Kräfte, die in öder Finsternis auf Kirchhöfen in vermodertem Fleisch
und Bein längst verglühtes Leben in ekelhafter Wiederholung travestieren,
jene Kräfte, die in die heisere Kehle des Raben manch grausiges Geheimnis, was sie den Elementen und den Sternen ablauschten, niederlegen,
damit er es dumm und schwatzhaft hineinrufe in die lautlose Mitternacht.
Da zittern wir, es könne sich urplötzlich ein schauderhaftes Organ für
die Wahrnehmung all des wüsten, schadenfrohen Spuks, durch seine
furchtbare Nähe aus dem Traumschlummer hervorgerufen, in den Tiefen
des Leibes oder der Seele erschließen; wir lachen, wir beten und fluchen,
und uns wird alles vergeben, denn wir wissen nicht, was wir tun. Solch
eine Stunde war's, die mich unstet und flüchtig durch die Straßen dah-
injagte. Jeder ungewöhnliche Laut, den ich mir nicht zu erklären wußte,
erschreckte mich; ich sah nicht die Häuser, nur ihre unförmlichen
Schatten, die sie riesenhaft-wunderlich die erleuchteten Gassen entlang
warfen; ich fuhr zurück vor dem blendendhellen Strahl, der scharf aus
mancher Laterne in mein Auge fiel. »Jetzt«, dachte ich, »wirst du gleich
Mitwisser irgendeines schwarzen Mordes werden, den verruchte Hände
fünfzig Meilen von hier begehen; ein Toter wird dich zudringlich bei
der Hand fassen und dir Geschichten erzählen, die dir den Atem verset-
zen, während er, häßlich lachend, dich fragt, ob das nicht spaßhaft sei;
aus dem Gesicht des Freundes wirst du lesen, wie viele Jahre oder Tage
er noch zu leben hat.« Kinder sprangen, aus dem Konditorladen kom-
mend, lustig an mir vorüber, Herren und Damen, ins Theater gehend,
schwatzten trivial und spießbürgerlich von einer beliebten Schauspielerin,

Wagen rasselten, ein Posthorn erscholl. Aber mir, in gespenstischen Kreisen befangen, schien das alles nur aus weiter, weiter Ferne herüberzuklingen, mehr und mehr verwirrten sich in mir Empfindungen und Gedanken, und zuletzt war es mir, als wäre ich selbst längst gestorben, und hätte mich nur vor der Zeit, frech und lüstern, in das schöne, reiche Leben zurückgedrängt. Ich glaubte, mich eines kalten, finstern Grabes, worin ich schon auf langweiligen Hobelspänen gelegen, recht gut zu erinnern; ich hörte Glockengeläut und Chorgesang, dumpf und mannigfach gebrochen, wie ich's damals gehört, als man mich im schwankenden Sarg herniedersenkte in den Erdenschoß; ich fühlte unverschämtes Gewürm nagen an meinem Fleisch. »Hoho«, rief ich aus, »'s wird bald einer kommen, der dir auf die Schulter klopft und dir ins Ohr donnert: ›Bursch, der jüngste Tag ist noch nicht angebrochen, und dich hat keiner gerufen!‹« Mir schlotterten die Knie, ich wollte zusammensinken, aber ich raffte mich auf und stürzte atemlos fort.

Mädchen, was wußtest du von dem Schmerz des unbekannten, bleichen Mannes, daß du ihm freundlich einen guten Abend botest, mit deiner warmen seine kalte Hand faßtest, und mit den großen, flammenden Augen, voll von Glut und Gefühl, beschwichtigend zu ihm hinaufblicktest? Diese Augen schienen mir die Wunderquellen alles Lebens, mit Entzücken taucht' ich mich hinein in die süßen, ewigen Quellen, grollend wichen die Nachtgespenster zurück, und durch alle Adern schoß mir wieder die Empfindung der selbständigen Existenz, glühend und wirbelnd, als ob jeder Blutstropfen sich bestrebte, die fröhliche Botschaft zuerst bis an die letzten Grenzen des ermatteten Körpers zu tragen. Und doch war es mir, als sei alles andere kein bloßer Traum gewesen, sondern als hättest du mich aus unendlichem Erbarmen heraufbeschworen aus dem Bauch eines Kirchhofs, weil dein Ohr, als du über mein Grab hinwandeltest, meine bangen Traumseufzer vernahm; göttlicher, inhaltschwerer war das Leben, das sich mir jetzt, ein Katarakt von flüssigem Feuer, durch Leib und Seele ergoß, es bedurfte nicht ängstlicher Pflege, wie ein armseliges Lämpchen in gläsern-zerbrechlicher Laterne, es versagte nichts und gebot nichts, ich konnte – das fühlt' ich – nicht wieder sterben!

Und als ich wieder in dein Auge schaute, da dämmerte mir aus seiner rätselhaften Tiefe etwas noch Süßeres entgegen, und in trunkener Vermessenheit begann ich zu ahnen, warum du mich, unter allen Gestorbenen nur mich, zurückgefodert vom Tode. Aber du drücktest einen heißen Kuß auf meine Lippen, und flüstertest mir zu: »Ich küsse dich noch einmal!«, und schrittest verschwindend in den dunklen Schatten hinein, den der Münster warf.

»Küsse mich noch einmal!«

Aufzeichnungen aus meinem Leben

1.

Mein Vater besaß zur Zeit meiner Geburt ein kleines Haus, an das ein Gärtchen stieß, in welchem sich einige Fruchtbäume, namentlich ein sehr ergiebiger Birnbaum, befanden. In dem Hause waren drei Wohnungen, deren freundlichste und geräumigste wir einnahmen; ihr Hauptvorzug bestand darin, daß sie gegen die Sonnenseite lag. Die andern beiden wurden vermietet; die uns gegenüberliegende war von dem alten Mauermann Claus Ohl nebst seiner kleinen krummen Frau bewohnt, und die dritte, zu der ein Hintereingang durch den Garten führte, von einer Tagelöhnerfamilie. Die Mietsleute wechselten nie, und für uns Kinder gehörten sie zum Hause wie Vater und Mutter, von denen sie sich auch, was die liebreiche Beschäftigung mit uns anlangte, kaum oder gar nicht unterschieden. Unser Garten war von andern Gärten umgeben. An der einen Seite befand sich der Garten eines jovialen Tischlermeisters, der mich gern neckte und von dem ich noch heute nicht begreife, wie er, was er doch später tat, sich selbst das Leben nehmen konnte. Ich hatte einmal als ganz kleines Bürschchen mit altklugem Gesicht über den Zaun zu ihm herüber gesagt: »Nachbar, es ist sehr kalt!«, und er wurde nicht müde, dieses Wort gegen mich zu wiederholen, besonders in den heißen Sommermonaten.

An den Garten des Tischlers stieß der des Predigers. Dieser war von einer hohen hölzernen Planke eingefaßt, die uns Kindern das Überschauen verwehrte, nicht aber das Durchblinzeln durch Spalten und Risse. Dies machte uns im Frühling, wenn die fremden schönen Blumen wiederkamen, an denen der Garten reich war, eine unendliche Freude; nur zitterten wir, der Prediger möchte uns gewahr werden. Vor diesem hatten wir eine unbegrenzte Ehrfurcht, die sich ebensosehr auf sein ernstes, strenges, milzsüchtiges Gesicht und seinen kalten Blick, als auf seinen Stand und seine uns imponierenden Funktionen, zum Beispiel auf sein Herwandeln hinter Leichen, die immer an unserem Hause vorbeikamen, gegründet haben mag. Wenn er zu uns hinüber sah, was er zuweilen tat, hörten wir jedesmal zu spielen auf und schlichen uns ins Haus zurück.

Nach einer andern Seite bildete ein alter Brunnen die Grenze zwischen unserem Garten und dem nachbarlichen. Von Bäumen beschattet und tief, wie er war, die hölzerne Bedachung gebrechlich und dunkelgrün bemoost, konnte ich ihn nie ohne Schauer betrachten. Geschlossen wurde das längliche Viereck durch den Garten eines Milchhändlers, der wegen der Kühe, die er hielt, bei der ganzen Nachbarschaft in einem Herrenansehen stand, und durch den Hof eines Weißgerbers, des verdrießlichsten aller Menschen, von dem meine Mutter immer sagte, er sähe aus, als ob er einen verzehrt hätte und den andern eben beim Kopf kriegen und anbeißen wolle. Dies war die Atmosphäre, in der ich als Kind atmete. Sie konnte nicht enger sein, dennoch erstreckten sich ihre Eindrücke bis auf den gegenwärtigen Tag. Noch sieht mir der lustige Tischler über den Zaun, noch der grämliche Pfarrer über die Planke. Noch sehe ich den vierschrötigen, wohlgenährten Milchhändler, die Hände in der Tasche, zum Zeichen, daß sie nicht leer sei, in seiner Tür stehen, noch den Weißgerber mit seinem galliggelben Gesicht, den ein Kind schon durch seine roten Backen beleidigte und der mir noch schrecklicher vorkam, wenn er zu lächeln anfing. Noch sitze ich auf der kleinen Bank unter dem breiten Birnbaum und harre, während ich mich an seinem Schatten erquicke, ob sein von der Sonne beschienener Gipfel nicht eine wegen Wurmstichs frühreife Frucht fallen läßt; noch flößt mir der Brunnen, an dessen Bedachung alle Augenblick etwas genagelt werden mußte, ein unheimliches Gefühl ein.

2.

Mein Vater war im Hause sehr ernster Natur, außer demselben munter und gesprächig; man rühmte an ihm die Gabe, Märchen zu erzählen, es vergingen aber viele Jahre, ehe wir sie mit eigenen Ohren kennen lernten. Er konnte es nicht leiden, wenn wir lachten und uns überhaupt hören ließen; dagegen sang er an den langen Winterabenden in der Dämmerung gern Choräle, auch wohl weltliche Lieder, und liebte es, wenn wir mit einstimmten. Meine Mutter war äußerst gutherzig und etwas heftig; aus ihren blauen Augen leuchtete die rührendste Milde; wenn sie sich leidenschaftlich aufgeregt fühlte, fing sie zu weinen an. Ich war ihr Liebling, mein zwei Jahre jüngerer Bruder der Liebling meines Vaters. Der Grund war, weil ich meiner Mutter glich und mein Bruder meinem Vater zu gleichen schien, denn es war, wie sich später zeigte, keineswegs der Fall. Meine Eltern lebten im besten Frieden miteinander, solange sich Brot im Hause befand; wenn es mangelte, was im Sommer selten, im Winter, wo es an Arbeit fehlte, öfter vorkam, ergaben sich zuweilen ängstliche Szenen. Ich kann mich der Zeit nicht erinnern, wo mir diese, obgleich sie nie ausarteten, nicht fürchterlicher als alles gewesen wären, und eben darum darf ich sie nicht mit Stillschweigen übergehen.

Eines Auftritts anderer Art erinnere ich mich aus meiner frühesten Kindheit. Es ist der erste, dessen ich gedenke, er mag in mein drittes Jahr fallen, wenn nicht noch ins zweite. Ich darf ihn erzählen, ohne mich an dem mir heiligen Andenken meiner Eltern zu versündigen, denn wer in ihm etwas Besonderes sieht, der kennt die unteren Stände nicht. Mein Vater wurde, wenn er seinem Handwerk nachging, meistens bei den Leuten, bei denen er arbeitete, beköstigt. Dann aßen wir zu Hause, wie alle Familien, um die gewöhnliche Zeit zu Mittag. Mitunter mußte er sich aber gegen eine Entschädigung im Tagelohn selbst die Kost halten. Dann wurde das Mittagessen verschoben und zur Abwehr des Hungers um zwölf Uhr nur ein einfaches Butterbrot genossen. Es war in dem kleinen Haushalt, der keine doppelte Hauptmahlzeit vertrug, eine billige Einrichtung. An einem solchen Tage buk meine Mutter Pfannkuchen, sicher mehr, um uns Kinder zu erfreuen, als um ein eigenes Gelüst zu stillen. Wir verzehrten sie mit dem größten Appetit und versprachen, dem Vater am Abend nichts davon zu sagen. Als er kam, waren wir bereits zu Bett gebracht und lagen im tiefen Schlaf. Ob er gewohnt sein mochte, uns noch auf den Beinen zu finden, und aus dem Gegenteil den Verdacht schöpfte, daß gegen die Hausordnung gefehlt worden sei, weiß ich nicht; genug, er weckte mich auf, liebkoste mich, nahm mich auf den Arm und fragte mich, was ich gegessen hätte. »Pfannkuchen!«, erwiderte ich schlaftrunken. Hierauf hielt er es der Mutter vor, die nichts zu entgegnen hatte und ihm sein Essen auftrug, mir aber einen unheilverkündenden Blick zuwarf. Als wir am nächsten Tag wieder allein waren, gab sie mir nach ihrem Ausdruck mit der Rute eine eindringliche Lektion im Stillschweigen. Zu andern Zeiten schärfte sie mir wieder die strengste Wahrheitsliebe ein. Man sollte denken, diese Widersprüche hätten schlimme Folgen haben können. Es war nicht der Fall und wird nie der Fall sein, denn das Leben bringt noch ganz andere, und die menschliche Natur ist auch auf diese eingerichtet. Eine Erfahrung machte ich aber allerdings, die ein Kind besser spät macht oder niemals, nämlich die, daß der Vater zuweilen dies will und die Mutter das. Daß ich in frühester Kindheit wirklich gehungert hätte, wie später, erinnere ich nicht, wohl aber, daß die Mutter sich zuweilen mit dem Zusehen begnügen mußte und gern begnügte, wenn wir Kinder aßen, weil wir sonst nicht satt geworden wären.

3.

Der Hauptreiz der Kindheit beruht darauf, daß alles, bis zu den Haustieren herab, freundlich und wohlwollend gegen sie ist, denn daraus entspringt ein Gefühl der Sicherheit, das bei dem ersten Schritt in die feindselige Welt hinaus entweicht und nie zurückkehrt. Besonders in den untern Ständen ist dies der Fall. Das Kind spielt nicht vor der Tür, ohne daß die benachbarte Dienstmagd, die zum Einkaufen oder Wasserschöpfen über die Straße geschickt wird, ihm eine Blume schenkt; die Obsthändlerin wirft ihm aus ihrem Korb eine Kirsche oder eine Birne zu, ein wohlhabender Bürger wohl gar eine kleine Münze, für die es sich eine Semmel kaufen kann; der Fuhrmann knallt vorüberkommend mit seiner Peitsche, der Musikant entlockt seinem Instrument im Gehen einige Töne, und wer nichts von allem tut, der fragt es wenigstens nach seinem Namen und Alter oder lächelt es an. Freilich muß es reinlich gehalten sein. Dieses Wohlwollen wurde auch mir und meinem Bruder in reichlichem Maße zuteil, besonders von den Mitbewohnern unseres Hauses, den vorzugsweise sogenannten Nachbarn, die uns fast ebensoviel galten als die Mutter und mehr als der strenge Vater. Im Sommer hatten sie ihre Arbeit und konnten sich nur wenig mit uns abgeben, da war es aber auch nicht notwendig, denn wir spielten von früh bis spät, von der Betzeit bis zur Bettzeit im Garten und hatten an den Schmetterlingen Gesellschaft genug. Aber im Winter, bei Regen und Schnee, wo wir auf das Haus beschränkt waren, ging fast alles, was uns unterhielt und erheiterte, von ihnen aus. Die Frau des Tagelöhners, Meta mit Namen, eine riesige, etwas vorwärtsgebeugte Figur mit einem alttestamentarisch ehernen Gesicht, an das ich durch die Cumäische Sibylle des Michelangelo in der Sixtinischen Kapelle lebhaft wieder erinnert worden bin, kam gewöhnlich, ein rotes Tuch um den Kopf gewunden, in den langen Winterabenden zur Zeit der Dämmerung zu uns herum und blieb bis zum Lichtanzünden. Dann erzählte sie Hexen- und Spukgeschichten, die aus ihrem Munde eindringlicher wie aus jedem andern klangen; wir hörten vom Blocksberg und vom höllischen Sabbat; der Besenstiel, der so verächtlich erscheinende, erhielt seine unheimliche Bedeutung, und die finstere Schornsteinhöhle, die in jedem Hause, und also auch in dem unsrigen, auf eine so boshafte Weise von den Mächten der Hölle und ihren Dienerinnen gemißbraucht werden konnte, flößte uns Entsetzen ein. Genau erinnere ich mich noch des Eindrucks, den die Erzählung von der verruchten Müllerin, die sich nachts in eine Katze verwandelte, auf mich machte, und wie ich mich beruhigte, daß sie für diesen schlechten Streich doch endlich die gebührende Strafe erhielt; der Katze wurde nämlich, als sie einmal den nächtlichen Spaziergang antrat, von dem Müllerburschen, dem sie verdächtig vorkam, eine Pfote abgehauen, und am nächsten Tag lag die Müllerin mit blutigem rechtem Arm ohne Hand im Bett.

Wenn Licht angezündet wurde, gingen wir gewöhnlich zum Nachbar Ohl hinüber, und in seiner Stube war es uns freilich heimlicher als in Metas Atmosphäre. Der Nachbar Ohl war ein Mann, den ich nie verdrießlich gesehen habe, sooft er auch Ursache hatte, es zu sein. Mit leerem Magen, ja, was bei ihm mehr sagen wollte, mit leerer Pfeife, tanzte, sang und pfiff er uns etwas vor, wenn wir kamen, und sein immer freundliches, ja vergnügtes Gesicht leuchtet mir, trotz der beträchtlich geröteten Nase, die ich mir nach der Erzählung meiner Mutter einmal mit Sehnsucht gewünscht haben soll, als ich, auf den Knieen von ihm geschaukelt, zu ihm hinaufsah, und trotz der gewalkten, spitz zulaufenden Mütze, die er beständig trug, noch jetzt wie ein Stern. Es hatte eine Zeit gegeben, wo er der einzige Maurer im Ort und Herr von zwanzig bis dreißig Gesellen gewesen war, von denen sich später viele zu Meistern aufwarfen und ihm die Arbeit wegnahmen; damals hätte er, wie man ihm nachsagte, sich eine sorgenfreie Zukunft gründen können, wenn er nicht zu oft die Kegelbahn besucht und ein gutes Glas Wein zu sehr geliebt hätte. Aber wer die bösen Tage trug wie er, der war wegen des unbekümmerten Genusses der guten nicht zu schelten. Ich kann seiner nicht ohne Rührung gedenken; wie sollte ich auch? Er hat den Paukenschläger und den Trompeter, die er mir und meinem Bruder einst zum Jahrmarkt schenkte, von dem Spielwarenverkäufer mit größter Mühe erborgt und sich, da seine Armut ihm das Abtragen der kleinen Schuld erst spät gestattete, noch nach Jahren, als ich schon lang und altklug an seiner Seite ging, darum mahnen lassen müssen. Unerschöpflich war er in Erfindungen, uns zu unterhalten, und da hiezu bei Kindern nichts als guter Wille gehört, so mißlang es ihm nie. Eine Hauptfreude war es für uns, wenn er ein Stück Kreide in die Hand nahm, sich mit uns an seinen runden Tisch setzte und zu zeichnen anfing, Mühlen, Häuser, Tiere und was es weiter gab. Dabei kamen ihm die lustigsten Einfälle, die mir noch in den Ohren klingen. Selbst sein höchster Genuß war keiner für ihn, wenn wir ihn nicht teilten. Er bestand darin, daß er des Sonntags vormittags nach der Predigt und vor der Mahlzeit langsam zur Erinnerung an bessere Zeiten ein sogenanntes halbes Plank Branntwein trank und eine Pfeife dazu rauchte. Von diesem Branntwein mußten wir jeder einen Fingerhut voll bekommen, oder er schmeckte ihm selbst nicht. Das Getränk war allerdings nicht das schicklichste für uns, aber die Quantität war gering genug, um nachteilige Folgen zu verhüten; mein Vater verbot jedoch diese Sonntagsfeier, als er dahinterkam. Dies betrübte den guten Alten sehr, hielt ihn aber, wie ich hinzusetzen muß, nicht ab, uns wieder mittrinken zu lassen, nur daß es ganz in der Stille geschah und daß er uns dringend anempfahl, dem Vater nachher aus dem Wege zu gehen, damit er keine Gelegenheit erhalte, einen von uns zu küssen und so die Übertretung seiner Vorschrift zu entdecken; ein Kuß, den Lippen meines Bruders aufgedrückt, hatte ihm nämlich das erste Mal das Spiel verraten. Zuweilen brachte der eine oder der andere seiner beiden unverheirateten Brüder, die meistens im Lande umherstreiften und Taugenichtse sein mochten, den Winter bei ihm zu. Sie fanden bei ihm immer willig Aufnahme und blieben, bis sie der Frühling oder der Hunger forttrieb; er jagte sie nicht, so schmal sein Stück Brot war, er brach es mit Freuden noch einmal durch, aber wenn er gar nichts hatte, so konnte er freilich auch nichts geben.

Wenn Onkel Hans oder Johann kamen, war es für uns ein Fest, denn sie ließen ein neues Stück Welt in unser Nest fallen. Sie erzählten uns von Wäldern und ihren Abenteuern darin, von Räubern und Mördern, denen sie kaum entgangen seien, von Schwarzsauer, das sie in einsamen Waldschenken gegessen, und von Menschenfingern und Zehen, die sie zuletzt auf dem Grunde der Schüssel gefunden haben wollten. Der Hausfrau waren die aufschneiderischen Schmarotzerschwäger höchst unwillkommen, denn sie trug die Last des Lebens nicht so leichten Muts wie ihr Mann, und sie wußte, daß sie nicht wieder gingen, solange noch ein Stück Speck im Schornstein hing, aber sie begnügte sich, heimlich zu murren und etwa gegen meine Mutter ihr Herz auszuschütten. Uns Kinder hatte auch sie gern, und sie beschenkte uns im Sommer, sooft sie konnte, mit roten und weißen Johannisbeeren, die sie sich selbst von einer geizigen Freundin erbettelte. Ich scheute jedoch ihre zu große Nähe, denn sie machte sich ein Geschäft daraus, mir die Nägel zu beschneiden, sooft es not tat, und das war mir, wegen des damit verbundenen prickelnden Gefühls in den Nervenenden, äußerst verhaßt. Sie las fleißig in der Bibel, und der erste starke, ja fürchterliche Eindruck aus diesem düstern Buch kam mir, lange bevor ich selbst darin zu lesen vermochte, durch sie, indem sie mir aus dem Jeremias die schreckliche Stelle vorlas, worin der zürnende Prophet weissagt, daß zur Zeit der großen Not die Mütter ihre eigenen Kinder schlachten und sie essen würden. Ich erinnere mich noch, welch ein Grausen diese Stelle mir einflößte, als ich sie hörte, vielleicht, weil ich nicht wußte, ob sie sich auf die Vergangenheit oder auf die Zukunft, auf Jerusalem oder auf Wesselburen bezog, und weil ich selbst ein Kind war und eine Mutter hatte.

4.

In meinem vierten Jahre wurde ich in eine Klippschule gebracht. Eine alte Jungfer, Susanna mit Namen, hoch und männerhaft von Wuchs, mit freundlichen blauen Augen, die wie Lichter aus einem graublassen Gesicht hervorschimmerten, stand ihr vor. Wir Kinder wurden in dem geräumigen Saal, der zur Schulstube diente und ziemlich finster war, an den Wänden herumgepflanzt, die Knaben an der einen Seite, die Mädchen auf der andern. Susannas Tisch, mit Schulbüchern beladen, stand in der Mitte, und sie selbst saß, ihre weiße tönerne Pfeife im Munde und eine Tasse Tee vor sich, in einem respekteinflößenden, urväterlichen Lehnstuhl dahinter. Vor ihr lag ein langes Lineal, das aber nicht zum Linienziehen, sondern zu unserer Abstrafung benutzt wurde, wenn wir mit Stirnerunzeln und Räuspern nicht länger im Zaum zu halten waren; eine Tüte voll Rosinen, zur Belohnung außerordentlicher Tugenden bestimmt, lag daneben. Die Klapse fielen jedoch regelmäßiger als die Rosinen, ja die Tüte war, so sparsam Susanne auch mit dem Inhalt umging, zuweilen völlig leer; wir lernten daher Kants kategorischen Imperativ zeitig genug kennen. An den Tisch wurde groß und klein von Zeit zu Zeit herangerufen, die vorgerückteren Schüler zum Schreibunterricht, der Troß, um seine Lektion aufzusagen und, wie es nun kam, Schläge auf die Finger mit dem Lineal oder Rosinen in Empfang zu nehmen. Eine unfreundliche Magd, die sich hin und wieder sogar einen Eingriff ins Strafamt erlaubte, ging ab und zu und ward von dem jüngsten Zuwachs mitunter auf äußerst unerfreuliche Weise in Anspruch genommen, weshalb sie scharf darüber wachte, daß er nicht zu viel von den mitgebrachten Süßigkeiten zu sich nahm. Hinter dem Hause war ein kleiner Hof, an den Susannas Gärtchen stieß; auf dem Hof trieben wir in den Freistunden unsere Spiele. Das Gärtchen wurde vor uns verschlossen gehalten. Es stand voll Blumen, deren phantastische Gestalten ich noch im schwülen Sommerwind schwanken sehe. Von diesen Blumen brach Susanna uns bei guter Laune wohl hin und wieder einige ab, jedoch erst dann, wenn sie dem Welken nah waren. Früher raubte sie den sauber angelegten und sorgfältig gejäteten Beeten, zwischen denen sich Fußsteige hinzogen, die kaum für die hüpfenden Vögel breit genug schienen, nichts von ihrem Schmuck. Susanna verteilte ihre Geschenke übrigens sehr parteiisch. Die Kinder wohlhabender Eltern erhielten das Beste und durften ihre oft unbescheidenen Wünsche laut aussprechen, ohne zurechtgewiesen zu werden; die Ärmeren mußten mit dem zufrieden sein, was übrigblieb, und bekamen gar nichts, wenn sie den Gnadenakt nicht stillschweigend abwarteten. Das trat am schreiendsten zu Weihnachten hervor. Dann fand eine große Verteilung von Kuchen und Nüssen statt, aber in treuster Befolgung der Evangeliumsworte: ›Wer da hat, dem wird gegeben!‹ Die Töchter des Kirchspielschreibers, einer gewaltigen Respektsperson, die Söhne des Arztes usw. wurden mit halben Dutzenden von Kuchen, mit ganzen Tüchern voll Nüssen beladen; die armen Teufel dagegen, deren Aussichten für den Heiligen Abend im Gegensatz zu diesen ausschließlich auf Susannas milder Hand beruhten, wurden kümmerlich abgefunden. Der Grund war, weil Susanna auf Gegengeschenke rechnete, auch wohl rechnen mußte, und von Leuten, die nur mit Mühe das Schulgeld aufzubringen wußten, keine erwarten durfte. Ich wurde nicht ganz zurückgesetzt, denn Susanna erhielt im Herbst regelmäßig von unserem Birnbaum ihren Tribut, und ich genoß ohnehin meines ›guten Kopfes‹ wegen vor vielen eine Art von Vorzug, aber ich empfand den Unterschied doch auch und hatte besonders viel von der Magd zu leiden, die mir das Unschuldigste gehässig auslegte, das Ziehen eines Taschentuches zum Beispiel einmal als ein Zeichen, daß ich es gefüllt haben wolle, was mir die glühendste Schamröte auf die Wangen und die Tränen in die Augen trieb. Sobald Susannas Parteilichkeit und die Ungerechtigkeit ihrer Magd mir ins Bewußtsein traten, hatte ich den Zauberkreis der Kindheit überschritten. Es geschah sehr früh.

5.

Noch jetzt sind mir aus dieser Schulstube zwei Momente lebhaft gegenwärtig. Ich erinnere mich zunächst, daß ich dort von der Natur und dem Unsichtbaren, den der ahnende Mensch hinter ihr vermutet, den ersten furchtbaren Eindruck empfing. Das Kind hat eine Periode, und sie dauert ziemlich lange, wo es die ganze Welt von seinen Eltern, wenigstens von dem immer etwas geheimnisvoll im Hintergrund stehenbleibenden Vater, abhängig glaubte und wo es sie ebensogut um schönes Wetter wie um ein Spielzeug bitten könnte. Diese Periode nimmt natürlich ein Ende, wenn es zu seinem Erstaunen die Erfahrung macht, daß Dinge geschehen, welche den Eltern so unwillkommen sind, wie ihm selbst die Schläge, und mit ihr entweicht ein großer Teil des mystischen Zaubers, der das heilige Haupt der Erzeuger umfließt, ja es beginnt erst, wenn sie vorüber ist, die eigentliche menschliche Selbständigkeit. Mir öffnete ein fürchterliches Gewitter, das mit einem Wolkenbruch und einem Schloßenfall verbunden war, die Augen über diesen Punkt.

Es war ein schwüler Sommernachmittag, einer von denen, welche die Erde ausdörren und alle Kreaturen rösten. Wir Kinder saßen träge und gedrückt mit unsern Katechismen oder Fibeln auf den Bänken umher, Susanna selbst nickte schlaftrunken ein und ließ uns die Späße und Neckereien, durch die wir uns wach zu erhalten suchten, nachsichtig hingehen. Nicht einmal die Fliegen summten, bis auf die ganz kleinen, die immer munter sind, als auf einmal der erste Donnerschlag erscholl und im wurmstichigen Gebälk des alten, ausgewohnten Hauses schmetternd und krachend nachdröhnte. In desperatester Mischung, wie es eben nur bei Gewittern des Nordens vorkommt, folgte nun ein Schloßengeprassel, welches in weniger als einer Minute an der Windseite alle Fensterscheiben zertrümmerte und gleich darauf, ja dazwischen, ein Regenguß, der eine neue Sintflut einzuleiten schien. Wir Kinder, erschreckt auffahrend, liefen schreiend und lärmend durcheinander; Susanna selbst verlor den Kopf, und ihrer Magd gelang es erst, die Läden zu schließen, als nichts mehr zu retten, sondern der bereits hereingebrochenen Überschwemmung zur Erhöhung des allgemeinen Entsetzens und zur Vermehrung der eingerissenen Verwirrung nur noch die ägyptische Finsternis beizugesellen war. In den Pausen zwischen dem einen Donnerschlag und dem anderen faßte Susanna sich zwar notdürftig wieder und suchte ihre Schützlinge, die sich, je nach dem Alter, entweder an ihre Schürze gehängt hatten oder für sich mit geschlossenen Augen in den Ecken kauerten, nach Kräften zu trösten und zu beschwichtigen; aber plötzlich zuckte wieder ein bläulich flammender Blitz durch die Ladenritzen, und die Rede erstarb ihr auf den Lippen, während die Magd, fast so ängstlich wie das jüngste Kind, heulend aufkreischte: »Der liebe Gott ist bös!«, und wenn es wieder finster im Saal wurde, pädagogisch griesgrämlich hinzusetzte: »Ihr taugt auch alle nichts!« Dies Wort, aus so widerwärtigem Munde es auch kam, machte einen tiefen Eindruck auf mich, es nötigte mich, über mich selbst und über alles, was mich umgab, hinaufzublicken, und entzündete den religiösen Funken in mir. Aus der Schule ins väterliche Haus zurückgeholt, fand ich auch dort den Greuel der Verwüstung vor; unser Birnbaum hatte nicht bloß seine jungen Früchte, sondern auch seinen ganzen Blätterschmuck verloren und stand kahl da wie im Winter; ja ein sehr ergiebiger Pflaumenbaum, der nicht nur uns selbst, sondern noch obendrein den halben Ort und wenigstens unsere ziemlich weitläufige Gevatterschaft zu versorgen pflegte, war sogar um den reichsten seiner Äste gekommen und glich in seiner Verstümmelung einem Menschen mit gebrochenem Arm. War es nun schon für die Mutter ein leidiger Trost, daß unser Schwein jetzt auf acht Tage mit leckerer Kost versehen sei, so wollte er mir ganz und gar nicht eingehen, und kaum die reichlich umherliegenden Glasscherben, aus denen sich auf die leichteste Weise von der Welt durch Unterklebung mit feuchter Erde die trefflichsten Spiegel machen ließen, boten für die unwiederbringlichen Herbstfreuden einigen Ersatz. Jetzt aber begriff ichs auf einmal, warum mein Vater des Sonntags immer in die Kirche ging und warum ich nie ein reines Hemd anziehen durfte, ohne dabei ›Das walte Gott!‹ zu sagen; ich hatte den Herrn aller Herren kennen gelernt, seine zornigen Diener Donner und Blitz, Hagel und Sturm hatten ihm die Pforten meines Herzens weit aufgetan, und in seiner vollen Majestät war er eingezogen. Es zeigte sich auch kurz darauf, was innerlich mit mir vorgegangen war; denn als der Wind eines Abends wieder mächtig in den Schornstein blies und der Regen stark aufs Dach klopfte, während ich zu Bett gebracht wurde, verwandelte sich das eingelernte Geplapper meiner Lippen plötzlich in ein wirkliches ängstliches Gebet, und damit war die geistige Nabelschnur, die mich bis dahin ausschließlich an die Eltern gebunden hatte, zerrissen, ja es kam gar bald so weit, daß ich mich bei Gott über Vater und Mutter zu beklagen anfing, wenn ich ein Unrecht von ihnen erfahren zu haben glaubte.

Weiter knüpfte sich an diese Schulstube mein erster und vielleicht bitterster Martergang. Um deutlich zu machen, was ich sagen will, muß ich etwas weiter ausholen. Schon in der Kleinkinderschule finden sich alle Elemente beisammen, die der reifere Mensch in potenzierterem Maße später in der Welt antrifft. Die Brutalität, die Hinterlist, die gemeine Klugheit, die Heuchelei, alles ist vertreten, und ein reines Gemüt steht immer so da, wie Adam und Eva auf dem Bilde unter den wilden Tieren. Wieviel hievon der Natur, wieviel der ersten Erziehung oder vielmehr der Verwahrlosung von Haus aus beizumessen ist, bleibe hier unentschieden: die Tatsache unterliegt keinem Zweifel. Das war denn auch in Wesselburen der Fall. Von dem rohen Knaben an, der die Vögel bei lebendigem Leibe rupfte und den Fliegen die Beine ausriß, bis zu dem fixfingrigen Knirps herunter, der seinen Kameraden die buntpapiernen Merkzeichen aus der Fibel stahl, war jede Spezies vorhanden, und das Schicksal, das die besser gearteten und darum zum Leiden verdammten Mitschüler den jungen Sündern zuweilen im Zorn prophezeiten, wenn sie eben Gegenstand ihrer Foppereien oder ihrer Heimtücke geworden waren, ging an mehr als einem buchstäblich in Erfüllung. Der Auswurf hat immer insoweit Instinkt, daß er weiß, wen sein Stachel am ersten und am schärfsten trifft, und so war denn ich den boshaften Anzapfungen eine Zeit lang am meisten ausgesetzt.

Bald stellte sich einer, als ob er sehr eifrig im Katechismus läse, den er dicht vors Gesicht hielt, raunte mir aber übers Blatt weg allerlei Schändlichkeiten ins Ohr und fragte mich, ob ich noch dumm genug sei, zu glauben, daß die Kinder aus dem Brunnen kämen und daß der Storch sie heraufhole. Bald rief ein anderer mir zu: »Willst du einen Apfel haben, so nimm ihn dir aus meiner Tasche, ich habe einen für dich mitgebracht!« Und wenn ich das tat, so schrie er: »Susanna, ich werde bestohlen!«, und leugnete sein Wort ab. Ein dritter bespuckte wohl gar sein Buch, fing dann zu heulen an und behauptete mit frecher Stirn, ich hätte es getan. War ich nun solchen Vexationen fast allein preisgegeben, teils weil ich sie am empfindlichsten aufnahm, und teils weil sie wegen meiner großen Arglosigkeit am besten bei mir glückten, so gab es dagegen auch andere, die sich alle ohne Ausnahme gefallen lassen mußten. Dazu gehörten vorzugsweise die Prahlereien einiger hoch aufgeschossener Rangen, die uns übrigen in Jahren beträchtlich voraus waren, aber trotzdem noch auf der Abc-Bank saßen und von Zeit zu Zeit die Schule schwänzten. Sie hatten an und für sich nichts davon als doppelte und dreifache Langeweile; denn nach Hause durften sie nicht kommen, und Spielkameraden fanden sie nicht. Es blieb ihnen daher nichts übrig, als sich hinter einen Zaun hinzuducken oder in einem ausgetrockneten Wassergraben zu lauern, bis die Erlösungsstunde schlug, und sich dann, als ob sie gewesen wären, wo sie sein sollten, auf dem Heimgang unter uns zu mischen. Aber sie wußten sich zu entschädigen und sich den Spaß nachträglich zu bereiten, wenn sie wieder in die Schule kamen und uns ihre Abenteuer berichteten. Da war einmal der Vater ganz dicht am Zaun vorbeigegangen, das spanische Rohr, womit er sie durchzuwalken pflegte, in der Hand, und hatte sie doch nicht bemerkt. Da war ein anderes Mal die Mutter, vom Spitz begleitet, an den Graben gekommen, der Hund hatte sie aufgeschnüffelt, die Mutter sie entdeckt und die Lüge, daß sie von Susanna selbst hergeschickt seien, um ihr Kamillenblumen zu pflücken, ihnen doch noch durch geholfen. Dabei brüsteten sie sich wie alte Soldaten, die den verwunderten Rekruten ihre Heldentaten erzählen, und die Applikation lautete stets: Wir riskieren Peitsche und Stock, ihr höchstens die Rute, und dennoch wagt ihr nichts! Dies war verdrießlich und um so mehr, da sich die Wahrheit nicht ganz in Abrede stellen ließ. Als daher der Sohn eines Altflickers einst mit zerbläutem Rücken zur Schule kam und uns mitteilte, sein Vater habe ihn ertappt und ihn derb mit dem Knieriemen gezüchtigt, er werde es nun aber nur um so öfter probieren, denn er sei kein Hase, beschloß auch ich, meine Courage zu zeigen, und das noch denselben Nachmittag. Ich ging also, als meine Mutter mich zur gewohnten Stunde, mit zwei saftigen Birnen für den Durst ausgerüstet, fortschickte, nicht zu Susanna, sondern verkroch mich mit klopfendem Herzen und ängstlich rückwärts spähend in den Holzschuppen unseres Nachbars, des Tischlers, von seinem Sohn, der viel älter war als ich und schon mit in der Werkstatt hantierte, dazu aufgemuntert und dabei unterstützt. Es war sehr heiß und mein Schlupfwinkel so dunkel als dumpf, die beiden Birnen hielten nicht lange vor. Auch aß ich sie nicht ohne Gewissensbisse, und eine im Hintergrund mit ihren Jungen kauernde alte Katze, die bei der geringsten meiner Bewegungen grimmig knurrte, trug nicht auf die angenehmste Weise zu meiner Zerstreuung bei. Die Sünde führte ihre Strafe unmittelbar mit sich, ich zählte alle viertel und halben Stunden der Uhr, deren Schläge gellend und, wie es mir vorkam, drohend vom hohen Turm zu mir herüber drangen. Ich ängstigte mich ab, ob ich auch wohl unbemerkt aus dem Schuppen wieder herauskommen werde und ich dachte nur sehr selten und äußerst flüchtig an den Triumph, den ich morgen zu feiern hoffte. Es war bereits ziemlich spät, da trat meine Mutter in den Garten und ging, vergnügt und fröhlich um sich blickend, zum Brunnen, um Wasser zu schöpfen. Sie kam fast an mir vorbei, und mir stockte schon davon der Atem, aber wie ward mir erst, als der Vertraute meines Geheimnisses sie plötzlich fragte, ob sie auch wohl wisse, wo Christian sei, und auf ihre stutzend abgegebene Antwort: »Bei Susanna!«, halb schalkhaft, halb schadenfroh versetzte: »Nein! Nein! Bei der Katze!«, und ihr blinzelnd und zwinkernd mein Versteck zeigte. Ich sprang, vor Wut außer mir, hervor und stieß nach dem lachenden Verräter mit dem Fuß, meine Mutter aber, das ganze Gesicht eine Flamme, setzte ihren Eimer beiseite und packte mich bei Armen und Haaren, um mich noch in die Schule zu bringen. Ich riß mich los, ich wälzte mich auf dem Boden, ich heulte und schrie, aber alles war umsonst, sie schleppte mich, viel zu empört darüber, in ihrem überall gepriesenen stillen Liebling einen solchen Missetäter zu entdecken, um auf mich zu hören, mit Gewalt fort, und mein fortgesetztes Widerstreben hatte keine andere Folge, als daß alle Fenster an der Straße aufgerissen wurden und alle Köpfe herausschauten. Als ich ankam, wurden meine Kameraden gerade entlassen, sie rotteten sich aber um mich herum und überhäuften mich mit Spott und Hohn, während Susanna, die einsehen mochte, daß die Lektion zu streng war, mich zu begütigen suchte. Seit jenem Tage glaube ich zu wissen, wie dem Spießrutenläufer zumute ist.

6.

Ich hätte oben eigentlich noch einen dritten Moment nennen sollen, aber dieser, wie hoch oder wie niedrig man ihn auch anschlagen mag, wenn man auf ihn zurückschaut, ist jedenfalls im Menschenleben so einzig und unvergleichlich, daß man ihn mit keinem anderen zusammenstellen darf. Ich lernte in Susannas dumpfer Schulstube nämlich auch die Liebe kennen, und zwar in derselben Stunde, wo ich sie betrat, also in meinem vierten Jahre. Die erste Liebe! Wer lächelt nicht, indem er dies liest, wem schwebt nicht irgendein Ännchen oder Gretchen vor, das ihm auch einmal eine Sternenkrone zu tragen und in Himmelblau und Morgengold gekleidet zu sein schien und das jetzt vielleicht – es wäre frevelhaft, das Gegenbild auszumalen! Doch, wer sagt sich nicht auch, daß er damals, wie im Fluge, an jedem Honigkelch, der im Garten der

Erde steht, vorübergeführt wurde, zu rasch freilich, um sich zu berauschen, aber langsam genug, um den heiligen Frühduft einzuatmen! Darum gesellt sich jetzt zum Lächeln die Rührung, indem ich des schönen Maimorgens gedenke, an welchem das längst beschlossene, immer wieder verschobene und endlich unwandelbar auf einen bestimmten Tag festgesetzte große Ereignis, nämlich meine Entlassung aus dem väterlichen Hause in die Schule, wirklich stattfand.

»Er wird weinen!«, sagte Meta am Abend vorher und nickte sibyllenhaft, als ob sie alles wüßte. »Er wird nicht weinen, aber er wird zu spät aufstehen!«, erwiderte die Nachbarin Ohl. »Er wird sich tapfer halten und auch zur rechten Zeit aus dem Bett sein!«, warf der gutmütige Alte dazwischen. Dann fügte er hinzu: »Ich habe etwas für ihn, und das geb ich ihm, wenn er morgen früh um sieben gewaschen und gekämmt in meine Tür kommt.« Ich war um sieben beim Nachbarn und bekam zur Belohnung einen kleinen hölzernen Kuckuck. Ich hatte bis halb acht guten Mut und spielte mit unserm Mops, mir wurde um dreiviertel flau, aber ich ward gegen acht wieder ein ganzer Kerl, weil Meta mit schadenfrohem Gesicht eintrat, und machte mich, die neue Fibel mit Johann Ballhorns eierlegendem Hahn unterm Arm, beherzt auf den Weg. Die Mutter ging mit, um mich feierlich einzuführen, der Mops folgte, ich war noch nicht ganz verlassen und stand vor Susanna, ehe ichs dachte. Susanna klopfte mich nach Schulmeisterart auf die Backen und strich mir die Haare zurück, meine Mutter empfahl mir in strengem Ton, der sie viel Mühe kostete, Fleiß und Gehorsam und entfernte sich eilig, um nicht wieder weich zu werden. Der Mops war eine ziemliche Weile unschlüssig, zuletzt schloß er sich ihr an. Ich erhielt einen goldpapiernen Heiligen zum Geschenk, dann wurde mir mein Platz angewiesen, und ich war dem surrenden und sumsenden Kinderbienenstock einverleibt, welcher dem Auftritt neugierig und der Unterbrechung froh zugesehen hatte. Es dauerte einige Zeit, bis ich aufzuschauen wagte, denn ich fühlte, daß ich gemustert wurde, und das setzte mich in Verlegenheit. Endlich tat ichs, und mein erster Blick fiel auf ein schlankes, blasses Mädchen, das mir gerade gegenüber saß; sie hieß Emilie und war die Tochter des Kirchspielschreibers. Ein leidenschaftliches Zittern überflog mich, das Blut drang mir zum Herzen, aber auch eine Regung von Scham mischte sich gleich in mein erstes Empfinden, und ich schlug die Augen so rasch wieder zu Boden, als ob ich einen Frevel damit begangen hätte. Seit dieser Stunde kam Emilie mir nicht mehr aus dem Sinn, die vorher so gefürchtete Schule wurde mein Lieblingsaufenthalt, weil ich sie nur dort sehen konnte. Die Sonn- und Feiertage, die mich von ihr trennten, waren mir so verhaßt, als sie mir sonst erwünscht gewesen sein würden, ich fühlte mich ordentlich unglücklich, wenn sie einmal ausblieb. Sie schwebte mir vor, wo ich ging und stand, und ich wurde nicht müde, still für mich hin ihren Namen auszusprechen, wenn ich mich allein befand. Besonders waren ihre schwarzen Augenbrauen und ihre sehr roten Lippen mir immer gegenwärtig, wogegen ich mich nicht erinnere, daß auch ihre Stimme Eindruck auf mich gemacht hätte, obgleich später gerade hievon alles bei mir abhing. Daß ich bald das Lob des fleißigen Schulgängers und des besten Schülers davontrug, versteht sich von selbst. Mir war dabei aber eigen zumut, denn ich wußte gar wohl, daß es nicht die Fibel war, die mich zu Susanna hintrieb, und daß ich nicht, um schnell lesen zu lernen, so emsig buchstabierte. Allein, niemand durfte ahnen, was in mir vorging, und Emilie am wenigsten: ich floh sie aufs ängstlichste, um mich nur ja nicht zu verraten. Ich erwies ihr, wenn die gemeinschaftlichen Spiele uns dennoch zusammenführten, eher Feindseligkeiten als etwas Freundliches; ich zupfte sie von hinten bei den Haaren, um sie doch einmal zu berühren, und tat ihr weh dabei, um nur keinen Verdacht zu erregen.

Ein einziges Mal jedoch brach die Natur sich gewaltsam Bahn, weil sie auf eine zu starke Probe gesetzt wurde. Als ich nämlich eines Nachmittags in der Tummelstunde, die dem Unterricht stets voranging, weil die Kinder nur langsam zusammenkamen und Susanna auch gern ein Mittagsschläfchen hielt, in die Schulstube trat, bot sich mir ein höchst betrübsamer Anblick dar: Emilie wurde von einem Knaben gemißhandelt, und dieser war einer meiner besten Kameraden. Er zupfte und knuffte sie weidlich, und das ertrug ich noch, obgleich nicht ohne große Mühe und mit immer steigender, stiller Erbitterung. Endlich aber trieb er sie in einen Winkel, und als er sie wieder herausließ, blutete ihr der Mund, wahrscheinlich weil er sie irgendwo gekratzt hatte. Da konnte ich mich nicht länger halten, der Anblick des Blutes versetzte mich in Raserei. Ich fiel über ihn her, warf ihn zu Boden und gab ihm seine Püffe und Schläge doppelt und dreifach zurück. Aber Emilie, weit entfernt, mir dankbar zu sein, rief selbst für ihren Feind nach Hülfe und Beistand, als ich gar nicht wieder aufhörte, und verriet so unwillkürlich, daß sie ihn lieber hatte als den Rächer. Susanna, durch das Geschrei aus ihrem Schlummer geweckt, eilte herbei und forderte mürrisch und unwillig, wie sie natürlich war, strenge Rechenschaft wegen meines plötzlichen Wutanfalls; was ich zur Entschuldigung hervorstotterte und -stammelte, war unverständlich und unsinnig, und so trug ich denn als Lohn für meinen ersten Ritterdienst eine derbe Züchtigung davon. Diese Neigung dauerte bis in mein achtzehntes Jahr und hatte sehr verschiedene Phasen; ich muß daher noch mehrmals darauf zurückkommen.

7.

Schon in der frühesten Zeit war die Phantasie außerordentlich stark in mir. Wenn ich des Abends zu Bett gebracht wurde, so fingen die Balken über mir zu kriechen an, aus allen Ecken und Winkeln des Zimmers glotzten Fratzengesichter hervor, und das Vertrauteste, ein Stock, auf dem ich selbst zu reiten pflegte, der Tischfuß, ja die eigene Bettdecke mit ihren Blumen und Figuren wurden mir fremd und jagten mir Schrecken ein. Ich glaube, es ist hier zwischen der unbestimmten allgemeinen Furcht, die allen Kindern ohne Ausnahme eigen ist, und einer gesteigerten, die ihre Angstgebilde in schneidend scharfen Formen verkörpert und der jungen Seele wahrhaft objektiv macht, wohl zu unterscheiden. Jene teilte mein Bruder, der neben mir lag, aber ihm fielen immer sehr bald die Augen zu, und dann schlief er ruhig bis an den hellen Morgen; diese quälte mich allein, und sie hielt den Schlaf nicht bloß von mir fern, sondern scheuchte ihn auch, wenn er schon gekommen war, oft noch wieder fort und ließ mich mitten in der Nacht um Hilfe rufen. Wie tief sich die Ausgeburten derselben mir eingeprägt haben, geht daraus hervor, daß sie mit voller Gewalt in jeder ernsten Krankheit wiederkehren; sowie das fieberisch siedende Blut mir übers Gehirn läuft und das Bewußtsein ertränkt, stellen die ältesten Teufel, alle später geborenen vertreibend und entwaffnend, sich wieder ein, um mich zu martern, und das beweist ohne Zweifel am besten, wie sie mich einst gemartert haben müssen.

Aber auch am Tage war die Phantasie ungewöhnlich und vielleicht krankhaft rege in mir. Häßliche Menschen zum Beispiel, über die mein Bruder lachte und die er nachäffte, erfüllten mich mit Grauen. Ein kleiner buckliger Schneider, an dessen dreieckigem leichenblassem Gesicht freilich unmäßig lange Ohren saßen, die noch obendrein hochrot und durchsichtig waren, konnte nicht vorbeigehen, ohne daß ich schreiend ins Haus lief, und fast den Tod hätte ich davon genommen, als er mir, höchlich aufgebracht, einmal folgte, mich einen dummen Jungen scheltend und mit meiner Mutter keifend, weil er glaubte, daß sie ihn in der häuslichen Erziehung als Knecht Ruprecht verwende. Ich konnte keine Knochen sehen und begrub auch den kleinsten, der sich in unserem Gärtchen entdecken ließ, ja, ich merzte später in Susannas Schule das Wort Rippe mit den Nägeln aus meinem Katechismus aus, weil es mir den eklen Gegenstand, den es bezeichnet, immer so lebhaft vergegenwärtigte, als ob er selbst in widerwärtiger Modergestalt vor mir läge.

Dagegen war mir aber auch ein Rosenblatt, das der Wind mir über den Zaun wehte, so viel und mehr, wie anderen die Rose selbst, und Wörter wie Tulpe und Lilie, wie Kirsche und Aprikose, wie Apfel und Birne versetzten mich unmittelbar in Frühling, Sommer und Herbst hinein, so daß ich die Fibelstücke, in denen sie vorkamen, vor allem gern laut buchstabierte und mich jedesmal ärgerte, wenn die Reihe mich nicht traf. Nur bedarf man leider in der Welt viel öfter des Verkleinerungs- als des Vergrößerungsglases, und davon ist selbst die schöne Jugendzeit nur in den seltensten Fällen ausgenommen. Denn wie man vom Pferde sagt, daß es den Menschen darum respektiert, weil es nach der Konstruktion seines Auges einen Riesen in ihm erblickt, so steht auch das mit Phantasie begabte Kind nur deshalb vor einem Sandkorn still, weil es ihm ein unübersteiglicher Berg scheint. Die Dinge selbst können hier also nicht den Maßstab abgeben, sondern man muß nach dem Schatten fragen, den sie werfen, und so kann der Vater oft lachen, während der Sohn Höllenqualen erleidet, weil die Gewichte, womit beide wägen, eben grundverschieden sind.

Ein an sich drolliger Vorfall gehört hieher, da er gerade diesen für die Erziehung höchst wichtigen Punkt ins klarste Licht setzt. Ich sollte einmal zu Mittag eine Semmel holen, die Bäckersfrau reichte sie mir und gab mir zugleich in großmütiger Laune einen alten Nußknacker, der sich beim Aufräumen irgendwo vorgefunden haben mochte, mit auf den Weg. Ich hatte noch nie einen Nußknacker gesehen, ich kannte keine seiner verborgenen Eigenschaften und nahm ihn hin wie jede andere Puppe, die sich durch rote Backen und glotzende Augen empfahl. Vergnügt den Rückweg antretend und den Nußknacker als neugewonnenen Liebling zärtlich an die Brust drückend, bemerkte ich plötzlich, daß er den Rachen öffnet und mir zum Dank für die Liebkosung seine grimmigen weißen Zähne zeigt. Man male sich meinen Schreck aus! Ich kreischte hell auf, ich rannte wie gehetzt über die Straße, aber ich hatte nicht so viel Besinnung oder Mut, den Unhold von mir zu werfen, und da er natürlich nach Maßgabe meiner eigenen Bewegungen während des Laufens sein Maul bald schloß, bald wieder aufriß, so konnte ich nicht umhin, ihn für lebendig zu halten, und kam halbtot zu Hause an. Hier wurde ich nun zwar ausgelacht und aufgeklärt, zuletzt gar gescholten, es half aber alles nichts, es war mir nicht möglich, mich mit dem Ungetüm wieder auszusöhnen, obgleich ich seine Unschuld erkannte, und ich ruhte nicht, bis ich die Erlaubnis erhielt, ihn an einen andern Knaben wieder zu verschenken. Als mein Vater die Sache erfuhr, meinte er, es gäbe keinen zweiten Jungen, dem so etwas begegnen könne; das war sehr wohl möglich, denn es gab vielleicht keinen, dem die Vettern des Nußknackers des Abends vor dem Eindämmern vom Boden und von den Wänden herab schon Gesichter geschnitten hatten. Bei Nacht gipfelte diese Tätigkeit meiner gärenden Phantasie in einem Traum, der so ungeheuerlich war und einen solchen Eindruck in mir zurückließ, daß er eben deshalb siebenmal hintereinander wiederkehrte. Mir war, als hätte der liebe Gott, von dem ich schon so manches gehört hatte, zwischen Himmel und Erde ein Seil ausgespannt, mich hineingesetzt und sich danebengestellt, um mich zu schaukeln. Nun flog ich denn ohne Rast und Aufenthalt in schwindelerregender Eile hinauf und hinunter; jetzt war ich hoch in den Wolken, die Haare flatterten mir im Winde, ich hielt mich krampfhaft fest und schloß die Augen; jetzt war ich dem Boden wieder so nah, daß ich den gelben Sand sowie die kleinen roten und weißen Steinchen deutlich erblicken, ja mit den Fußspitzen erreichen konnte. Dann wollte ich mich herauswerfen, aber das kostete doch einen Entschluß, und bevor es mir gelang, gings wieder in die Höhe, und mir blieb nichts übrig, als abermals ins Seil zu greifen, um nicht zu stürzen und zerschmettert zu werden. Die Woche, in welche dieser Traum fällt, war vielleicht die entsetzlichste meiner Kindheit, denn die Erinnerung an ihn verließ mich den ganzen Tag nicht, und da ich, sowie ich trotz meines Sträubens zu Bett gebracht wurde, die Angst vor seiner Wiederkehr gleich mit hinein, ja unmittelbar mit in den Schlaf hinüber nahm, so war es kein Wunder, daß er sich auch immer wieder einstellte, bis er sich allmählich abschwächte.

8.

Ich blieb in Susannas Schule bis in mein sechstes Jahr und lernte dort fertig lesen. Zum Schreiben ward ich meiner Jugend wegen, wie es hieß, noch nicht zugelassen. Es war das letzte, was Susanna mitzuteilen hatte, darum hielt sie vorsichtig damit zurück. Aber die notwendigen ersten Gedächtnisübungen wurden auch schon mit mir angestellt, denn sowie der Knirps sich vom geschlechtslosen Rock zur Hose und von der Fibel zum Katechismus aufgedient hatte, mußte er die zehn Gebote und die Hauptstücke des christlichen Glaubens auswendig lernen, wie Doktor Martin Luther, der große Reformator, sie vor dreihundert Jahren als Richtschnur für die protestantische Kirche formuliert hat. Weiter gings nicht, und die ungeheuren Dogmen, die ohne Erklärung und Erläuterung aus dem Buch in das unentwickelte Kindergehirn hinüberspazierten, setzten sich hier natürlich in wunderliche und zum Teil groteske Bilder um, die jedoch dem jungen Gemüt keineswegs schadeten, sondern es heilsam anregten und eine ahnungsvolle Gärung darin hervorriefen. Denn was tuts, ob das Kind, wenn es von der Erbsünde oder von Tod und Teufel hört, an diese tiefsinnigen Symbole einen Begriff oder eine abenteuerliche Vorstellung knüpft; sie zu ergründen, ist die Aufgabe des ganzen Lebens, aber der werdende Mensch wird doch gleich beim Eingang an ein alles bedingendes Höheres gemahnt, und ich zweifle, ob sich das gleiche Ziel durch frühzeitige Einführung in die Mysterien der Regeldetri oder in die Weisheit der Äsopischen Fabeln erreichen läßt. Merkwürdig war allerdings dabei, daß Luther in meiner Einbildung fast unmittelbar neben Moses und Jesus Christus zu stehen kam, doch es hatte ohne Zweifel darin seinen Grund, daß sein donnerndes ›Was ist das?‹ immer augenblicklich hinter den majestätischen Lakonismen Jehovas herscholl und daß obendrein sein derbkerniges Gesicht, aus dem der Geist um so eindringlicher spricht, weil er offenbar mit dem widerstrebenden dicken Fleisch um den Sieg erst kämpfen muß, dem Katechismus in nachdrücklicher Schwärze vorgedruckt war. Aber auch das hatte meines Wissens für mich ebensowenig nachteilige Folgen als mein Glaube an die wirklichen Hörner und Klauen des Teufels oder an die Hippe des Todes, und ich lernte, sobald es not tat, sehr gut zwischen dem Salvator und dem Reformator unterscheiden. Übrigens genügte der bescheidene Erwerb, den ich bei Susanna davontrug, vollkommen, mir zu Hause ein gewisses Ansehen zu verschaffen. Dem Meister Ohl imponierte es ungemein, daß ich bald besser wußte als er selbst, was der wahre Christ alles glaubt, und meine Mutter wurde fast zu Tränen gerührt, als ich ihr das erste Mal, ohne zu stottern oder gar zu stocken, bei der Lampe den Abendsegen vorlas, ja sie fühlte sich so davon erbaut, daß sie mir das Lektoramt für immer übertrug, welches ich denn auch geraume Zeit mit vielem Eifer und nicht ohne Selbstgefühl versah.

Gegen das Ende meines sechsten Jahres trat in den holsteinischen Schuleinrichtungen und also auch in denen meines Vaterländchens eine große Veränderung, ja eine vollständige Umgestaltung ein. Bis dahin hatte der Staat sich in die erste Erziehung gar nicht, in die spätere wenig gemischt; die Eltern konnten ihre Kinder schicken, wohin sie wollten, und die Klipp- und Winkelschulen waren reine Privatinstitute, um die sich selbst die Prediger kaum kümmerten und die oft auf die seltsamste Weise entstanden. So war Susanna einmal an einem stürmischen Herbstabend, ohne einen Heller zu besitzen und völlig fremd, auf hölzernen Pantoffeln nach Wesselburen gekommen und hatte bei einer mitleidigen Pastorswitwe um Gottes willen ein Nachtquartier gefunden; diese entdeckt, daß die Pilgerin lesen und schreiben kann, auch in der Schrift nicht übel Bescheid weiß, und macht ihr daraufhin Knall und Fall den Vorschlag, im Ort, ja in ihrem Hause zu bleiben und Unterricht zu geben. Die Jugend, wenigstens der kriechende Teil derselben, war nämlich gerade verwaist, der bisherige Lehrer, lange Zeit wegen seiner strengen Zucht höchlich gepriesen, hatte ein naseweises kleines Mädchen zur Strafe für irgendeine Ungezogenheit entblößt auf einen heißen Ofen gesetzt, vielleicht um ein noch größeres Lob davonzutragen, und das war denn doch auch den unbedingtesten Verehrern der Rute zu stark gewesen.

Susanna stand ganz verlassen in der Welt da und wußte nicht, wohin sie sich wenden oder was sie ergreifen sollte; sie vertauschte die gewohnte Handarbeit daher gern, obgleich nicht ohne Angst, nach ihrem eigenen Ausdruck, mit der schweren Kopfarbeit, und die Spekulation glückte vollkommen und in kürzester Frist. Den mehr herangewachsenen Knaben und Mädchen öffneten sich freilich ernst und finster Rektorat und Konrektorat, die unter einer Art Kontrolle standen und sich nötigenfalls durch den weltlichen Arm rekrutierten, wenn der Nachwuchs nicht von selbst einsprach. Aber auch hier wurden trotz der pomphaften, nur bis zur Stunde rätselhaft gebliebenen Namen, womit sie stolzierten, nur die notdürftigen Realien traktiert und ein wegen seiner Gaben allgemein angestaunter Bruder meiner Mutter, den der keineswegs überbescheidene

Rektor mit der feierlichen Erklärung entließ, daß er ihn nichts weiter lehren könne, weil er so viel wisse als er selbst, war allerdings ein gewaltiger Kalligraph und putzte seine Neujahrswünsche mit Tusche und Schnörkeln heraus, wie Fust und Schöffer ihre Inkunabeln, konnte jedoch nicht einen einzigen grammatikalischen Satz zustande bringen. Diesen unleugbar höchst mangelhaften und der Verbesserung bedürftigen Zuständen sollte nun ein für allemal ein Ende gemacht, das Volk sollte von der Wiege an erzogen und der Aberglaube bis auf die letzte Wurzel ausgerottet werden. Ob man gründlich erwog, was vorwiegend zu erwägen gewesen wäre, bleibe dahingestellt, denn der Begriff der Bildung ist äußerst relativ, und wie der ekelhafteste Rausch durchs Nippen aus allen Flaschen entsteht, so erzeugt das flache enzyklopädische Wissen, das sich allenfalls in die Breite mitteilen läßt, gerade jenen widerwärtigen Hochmut, der sich keiner Autorität mehr beugt und doch zu der Tiefe, in der sich die geil aufschießenden dialektischen Widersprüche und Gegensätze von selbst lösen, nie hinabdringt. Jedenfalls ergriff man das rechte Mittel, indem man auf der einen Seite Seminarien stiftete und auf der anderen Elementarschulen errichtete, so daß der Abklaricht, der dort ausgekocht und als Rationalismus in die leeren Schulmeisterköpfe hineingetrichtert wurde, sich von hier aus gleich über das ganze Land ergießen konnte. Das Resultat war, daß auf eine etwas abergläubische Generation eine überaus superkluge folgte; denn es ist erstaunlich, wie der Enkel sich fühlt, wenn er weiß, daß ein nächtlicher Feuermeteor bloß aus brennenden Dünsten besteht, während der Großvater den Teufel darin erblickt, der in irgendeinen Schornstein mit seinen leuchtenden Geldsäcken hinein will. Doch wie es sich hiemit auch im allgemeinen verhalten mochte, ich wiederhole meine Überzeugung, daß der Durchschnittspunkt hier außerordentlich schwer zu treffen ist: für mich knüpfte sich an die Reform ein großes Glück. Auch Wesselburen erhielt nämlich seine Elementarschule, und an diese wurde ein Mann als Lehrer gewählt, dessen Namen ich nicht ohne ein Gefühl der tiefsten Dankbarkeit niederschreiben kann, weil er trotz seiner bescheidenen Stellung einen unermeßlichen Einfluß auf meine Entwicklung ausgeübt hat. Er hieß Franz Christian Dethlefen und kam aus dem benachbarten Eiderstedt, wo er schon eine kleine Bedienstung gehabt hatte, zu uns herüber.

9.

Kein Haus ist so klein, daß es dem Kinde, welches darin geboren ward, nicht eine Welt schiene, deren Wunder und Geheimnisse es erst nach und nach entdeckt. Selbst die ärmlichste Hütte hat wenigstens ihren Boden, zu dem eine hölzerne Leiter hinaufführt, und mit welchem Gefühl wird diese zum ersten Mal erstiegen! Gewiß findet sich oben einiges altes Gerät, das, unbrauchbar und vergessen, in eine längst vergangene Zeit zurückdeutet und an Menschen mahnt, die schon bis auf den letzten Knochen vermodert sind. Hinterm Schornstein steht wohl eine wurmstichige Kiste, welche die Neugier reizt; handhoch liegt der Staub darauf, noch sitzt das Schloß, aber man braucht nicht nach dem Schlüssel zu suchen, denn man kann hineingreifen, wo man will, und wenn das Kind es mit Zittern und Zagen tut, so zieht es einen zerrissenen Stiefel oder die zerbrochene Kunkel eines Spinnrades hervor, das schon vor einem halben Jahrhundert beiseite gestellt wurde. Schaudernd schleudert es den Doppelfund wieder von sich, weil es sich unwillkürlich fragt, wo ist das Bein, das jenen trug, und wo die Hand, die diese in Schwung setzte; doch die Mutter hebt das eine oder das andere bedächtig wieder auf, weil sie gerade eines Riemens bedarf, der sich noch aus dem Stiefel des Großvaters herausschneiden läßt, oder weil sie glaubt, daß sie mit der Kunkel der Urtante noch einmal Feuer anmachen kann. Wäre die Kiste aber auch während des letzten harten Winters, der die Leute sogar nötigte, getrocknete Mistfladen zu brennen, mit in den Kachelofen gewandert, so steckt doch im Dach noch eine verrostete Sichel, die einst blank und fröhlich zu Felde zog und tausend goldgrüne Halme in einem Ausholen darniederstreckte, und darüber hängt die unheimliche Sense, an der sich vor Zeiten ein Knecht die Nase ablief, weil sie bis auf die Bodenluke hinabgeglitten war und er die Leiter zu rasch hinanstieg. Daneben piepsen in den Ecken die Mäuse, es springen wohl auch ein paar aus den Löchern hervor, um nach kurzem Tanz wieder hineinzuschlüpfen, ja ein blendend weißes Wieselchen wird für einen Augenblick sichtbar, das kluge Köpfchen samt den Vorderpfoten spähend und schnuppernd in die Höhe hebend, und der einzige Sonnenstrahl, der durch irgendeine verstohlene Spalte dringt, ist einem Goldfaden so vollkommen ähnlich, daß man ihn gleich um den Finger wickeln möchte. Von einem Keller weiß die Hütte nichts, wohl aber das Bürgerhaus, wenn auch nicht des Weines, sondern der Kartoffeln und der Rüben wegen, die der Ärmere im Freien unter einem tüchtigen Erdhaufen birgt, den er im Herbst aufwirft und im Winter bei starkem Frost noch vorsichtig mit Stroh oder Mist bedeckt. In den Keller zu kommen, will nun noch viel mehr heißen, als auf den Boden zu gelangen; wo aber wäre das Kind, welches nicht auch dieses Gelüst auf die eine oder andere Weise zu befriedigen wüßte! Es kann ja zum Nachbar gehen und sich schmeichelnd an die Schürze der Magd hängen, wenn sie gerade etwas heraufholen soll, es kann sogar den Augenblick erlauern, wo aus Versehen die Tür offen blieb, und sich auf eigene Faust hinunterwagen. Das ist freilich gefährlich, denn sie kann plötzlich zugeschlagen werden, und die sechzehnfüßigen Kanker, die in ekelhafter Mißgestalt an den Wänden umherkriechen, sowie das durchsickernde grünliche Wasser, das sich in den hie und da absichtlich gelassenen Vertiefungen sammelt, laden nicht zum langen Verweilen ein. Aber was tuts, man hat die Kehle ja bei sich, und wer ordentlich schreit, der wird zuletzt gehört!

Macht nun schon das Haus unter allen Umständen einen solchen Eindruck auf das Kind: wie muß ihm erst der Ort vorkommen! Es tritt, wenn es zum ersten Mal von der Mutter oder vom Vater mitgenommen wird, den Gang durch den Straßenknäuel gewiß nicht ohne Staunen an, es kehrt noch weniger ohne Schwindel von ihm zurück. Ja, es bringt von vielen Objekten vielleicht ewige Typen mit heim, ewig in dem Sinn, daß sie sich im Fortgang des Lebens eher unmerklich bis ins Unendliche recken und erweitern, als sich jemals wieder zerschlagen lassen, denn die primitiven Abdrücke der Dinge sind unzerstörbar und behaupten sich gegen alle späteren, wie weit diese sie auch an sich übertreffen mögen. So war es denn auch für mich ein unvergeßlicher und bis auf den gegenwärtigen Tag fortwirkender Moment, als meine Mutter mich den Abendspaziergang, den sie sich in der schönen Sommerzeit an Sonn- und Feiertagen wohl gönnte, zum ersten Mal teilen ließ. Mein Gott, wie groß war dies Wesselburen: fünfjährige Beine wurden fast müde, bevor sie ganz herum kamen! Und was traf man alles unterwegs! Schon die Namen der Straßen und Plätze, wie rätselhaft und abenteuerlich klangen sie! »Nun sind wir auf dem Lollfuß! Das ist Blankenau! Hier gehts zum Klingelberg hinüber! Dort steht das Eichennest!« Je weniger sich ein Anhaltspunkt für sie fand, um so sicherer mußten sie Mysterien verbergen! Nun gar die Sachen selbst! Die Kirche, deren metallene Stimme ich schon so oft gehört hatte, der Gottesacker mit seinen düstern Bäumen und seinen Kreuzen und Leichensteinen, ein uraltes Haus, das ein

›Achtundvierziger‹ bewohnt haben und in dessen Keller ein vom Teufel bewachter Schatz verborgen sein sollte, ein großer Fischteich: all diese Einzelheiten flossen für mich, als ob sie sich, wie die Glieder eines riesenhaften Tiers, organisch aufeinander bezögen, zu einem ungeheuren Totalbilde zusammen, und der Herbstmond übergoß es mit bläulichem Licht. Ich habe seitdem den Dom von St. Peter und jedes deutsche Münster gesehen, ich bin auf dem *Père La Chaise* und an der Pyramide des Cestius gewandelt; aber wenn ich im allgemeinen an Kirchen, Friedhöfe usw. denke, so schweben sie mir noch jetzt in der Gestalt vor, in der ich sie an jenem Abend erblickte.

10.

Ungefähr um dieselbe Zeit, wo ich Susannas dumpfen Saal mit der neu erbauten, hellen und freundlichen Elementarschule vertauschte, mußte auch mein Vater sein kleines Haus verlassen und eine Mietswohnung beziehen. Das war nun für mich ein wunderlicher Kontrast. Die Schule hatte sich erweitert: ich schaute aus blanken Fenstern mit breiten Föhrenrahmen, statt das neugierige Auge an grünen Bouteillenscheiben mit schmutziger Bleieinfassung zu versuchen, und der Tag, der bei Susanna immer später anfing und früher aufhörte, als er sollte, kam zu seinem vollen Recht; ich saß an einem bequemen Tisch mit Pult und Tintenfaß, der frische Holz- und Farbengeruch, der noch jetzt einigen Reiz für mich hat, versetzte mich in eine Art von fröhlichem Taumel, und als ich auf mein Lesen hin vom inspizierenden Pfarrer angewiesen wurde, die dritte Bank, die ich bescheiden gewählt hatte, mit der ersten zu vertauschen und sogar auf dieser noch einen der obersten Plätze einzunehmen, fehlte mir nicht mehr viel zur Seligkeit.

Das Haus dagegen war zusammengeschrumpft und hatte sich verfinstert; jetzt gab es keinen Garten mehr, in dem ich mich mit meinen Kameraden bei gutem Wetter herumtummeln konnte, keine Diele, die uns bei Regen und Wind gastlich aufnahm: ich war auf die enge Stube beschränkt, in der ich mich kaum selbst rühren, in die ich aber keinen Spielgefährten mitbringen durfte, und auf den Platz vor der Tür, auf dem es, da die Straße unmittelbar daran vorüberlief, nur selten einer bei mir aushielt. Der Grund der ganzen folgenschweren Veränderung war eigen genug.

Mein Vater hatte sich bei seiner Verheiratung durch Übernahme einer Bürgschaft mit fremden Schulden beladen und würde ohne Zweifel schon viel früher ausgetrieben worden sein, wenn sein Gläubiger nicht glücklicherweise die lange Strafe einer Brandstiftung im Zuchthause abzubüßen gehabt hätte. Dies war einer der furchtbaren Menschen, die das Böse des Bösen wegen tun und den krummen Weg sogar dann noch vorziehen, wenn der gerade rascher und sicherer zum Ziele führt; er hatte den lauernd boshaften Höllenblick, den niemand aushält und der in einer noch kindlichen Zeit den Glauben an Hexen und Hexenmeister entzündet haben mag, weil die Freude über das Unheil in ihm einen Ausdruck findet, der das Unheil selbst notwendig vermehren zu müssen scheint. Krugwirt und Krämer seines Zeichens und für seinen Stand mehr als wohlhabend, hätte er die friedlichste und fröhlichste Existenz führen können; aber er mußte durchaus mit Gott und der Welt in Feindschaft stehen und einem wahrhaft teuflischen Humor, von dem mir später selbst in Kriminalgeschichten kein zweites Beispiel vorgekommen ist, den Zügel schießen lassen. So ließ er seine Frau einmal auf ihre Bitte am Sonnabend mit der größten Freundlichkeit zur Beichte gehen, verbot ihr aber, am Sonntag nach protestantischem Brauch auch das Abendmahl zu nehmen, weil sie ihn darum nicht ersucht hätte. Wenn irgendeinem seiner Nachbarn ein junges, schönes Pferd heranwuchs, so ging er zu ihm und bot ihm einen Spottpreis für das Tier. Wies dieser ihn ab, so sagte er: ich würde mirs doch überlegen und die alte Regel beherzigen, daß man alles hergeben soll, worum einmal gehandelt wurde; wer weiß, was geschieht! Und sicher ward das Pferd trotz aller Überwachung früher oder später auf der Wiese oder im Stall mit durchschnittener Fußsehne gefunden und mußte erstochen werden, so daß er zuletzt kaufen konnte, was ihm irgend gefiel. Seinem Schwiegersohn half er bereitwilligst zu einem betrügerischen Bankerott, zu dem er ihn selbst verleitet haben mochte; als dieser jedoch nach geschworenem Meineid die unterschlagenen Sachen zurückverlangte, lachte er ihn aus und forderte ihn auf, zu klagen. Beim Feuerlegen wurde er aber, von seiner eigenen Magd überrascht, ungeachtet seiner Schlauheit und seines ebenso großen Glücks auf der Tat ertappt, und diesem Umstand verdankte mein Vater, den er durch allerlei listige Vorspiegelungen in die Bürgschaft hineingeschwatzt hatte, die wenigen Jahre ruhigen Besitzes, deren er sich in seinem kurzen Leben erfreute. Sowie das Zuchthaus dem Gemeinwesen seinen Zögling zurückgab, mußten wir die Stätte verlassen, an der unsere Großeltern über ein halbes Jahrhundert Freude und Leid miteinander geteilt hatten; es war für mich und meinen Bruder wie Weltuntergang, als die alten Mobilien, die sonst kaum beim Weißen des Zimmers von der Stelle gerückt wurden, plötzlich auf die Straße hinauswanderten, als die ehrwürdige holländische Schlaguhr, die nie richtig ging und immer Verwirrung anstiftete, auf einmal, hell vom Strahl der Maisonne beschienen, an einem Ast des Birnbaumes hing, und der runde, wurmstichige Speisetisch, der uns, wenn gerade wenig darauf war, so oft den Wunsch abnötigte, daß wir alles haben möchten, was schon darauf verzehrt worden sei, wackelnd darunter stand. Doch war das Ganze natürlich ein Schauspiel für uns, und als sich sogar beim Aufräumen ein mir längst verloren gegangener bunter Pfeifenkopf in irgendeinem Rattenloch wiederfand und noch obendrein bei den mit uns ausziehenden Familien dies und jenes, was sich des Mitnehmens nicht zu verlohnen schien, für uns, die wir auch noch das Letzte brauchen konnten, beim Durchstöbern der Winkel abfiel, kam der Tag uns bald als ein Festtag vor, und wir schieden, zwar nicht ohne Rührung, aber doch ohne Schmerz von den Räumen, in denen wir geboren waren.

Was das eigentlich hieß, erfuhr ich erst nachher, aber freilich bald genug; ich war, ohne es selbst zu wissen, bis dahin ein kleiner Aristokrat gewesen und hatte nun aufgehört, es zu sein. Das hing so zusammen. An und für sich schaut der Kätner auf den Heuerling herab, wie der Bauer und der reiche Bürger auf ihn, und ebenso wird mit einem gewissen Respekt wieder zu ihm hinaufgeschaut. Er ist des ersten Grußes so sicher, als ob er einen Wechsel darüber in Händen hätte und ihn durch die Gerichte eintreiben könnte; kann er sich aber auf seiner Höhe nicht behaupten, so geht es ihm wie jeder Größe, die zu Falle kommt: die Unteren rächen sich dafür an ihm, daß er sie einst überragt hat. Die Kinder richten sich in allen diesen Stücken nach den Eltern, und so hatte ich die Ehre der Erhebung, aber auch die Schmach des Sturzes mit meinem Vater zu teilen. Als wir uns noch im Besitz befanden, wurde mein Ansehen als Kätnerssohn noch bedeutend durch den Birn- und den Pflaumenbaum unseres Gartens gesteigert. Selbst im Winter wurde es nicht ganz vergessen, daß ich im Sommer etwas zu verschenken habe, und mancher hartgefrorene Schneeball, der mir ursprünglich zugedacht war, flog doch an meinen Ohren vorüber, weil man besorgte, daß ich zu ungelegener Zeit Revanche nehmen möchte. Kam der Frühling heran, so begann man durch allerlei kleine Gaben um meine Protektion zu werben; bald erhielt ich ein Heiligenbild, bald ein buntes Merkzeichen, bald eine Muschel, und huldvoll versprach ich dafür, was man verlangte. Zeigten sich die ersten Blüten, so wurden mit Tischlers Wilhelm förmliche Geschäfte abgeschlossen; er überließ mir auf Kredit bald einen kleinen Wagen, bald einen Puppensarg, bald ein Schränkchen und ähnliche Spielereien, die er selbst zierlich genug aus den Holzabfällen seines Vaters zurechtzuschnitzeln wußte, und ich wies ihm dafür ganze oder halbe Körbe von Birnen und Pflaumen an. Prangten die Bäume im vollen Flor, so war die Ernte auch in der Regel schon verkauft, aber allerdings ganz in der Stille, denn meine Mutter war wenig geneigt, die von mir eingegangenen Kontrakte zu realisieren, und Wilhelm stand ihr gegenüber immer als großmütiger und uneigennütziger Schenker da. Waren die Früchte reif, ein Zeitpunkt, über den Kinder und Erwachsene bekanntlich weit voneinander abweichen, so warf mein Gläubiger von seinem Garten aus mit Knitteln und Steinen dazwischen, während ich aufpaßte, ob auch jemand käme, und das Gefallene hurtig und ängstlich für ihn zusammenlas. Wir wählten gewöhnlich die Mittagsstunde dazu, und oft glückte es mir, meine Schulden vollständig abzutragen, bevor die allgemeine Obstlese eintrat; oft wurden wir aber auch von dieser überrascht oder sonst ertappt, und dann holte Wilhelm sich ohne Erbarmen und ohne sich darum zu kümmern, daß er zuweilen den größten Teil des bedungenen Preises schon eingestrichen hatte, in günstiger Stunde seine Sachen wieder, indem er rasch über den Zaun sprang und sie mir wegriß. Das gleiche hätte er wahrscheinlich in unfruchtbaren Jahren getan; ich weiß mich aber eines solchen nicht zu erinnern. Dies alles hatte nun ein Ende, und die Folgen waren anfangs recht bitter. Zunächst wurden meine Eltern feierlich als ›Hungerleider‹ eingekleidet, denn es ist charakteristisch an den geringen Leuten, daß sie das Sprichwort: Armut ist keine Schande! zwar erfunden haben, aber keineswegs darnach handeln. Dazu trug nun nicht wenig mit bei, daß meine Mutter etwas zurückhaltender Natur war und auch jetzt noch nicht aufhörte, ihr oft ausgesprochenes Prinzip: ›Wegwerfen kann ich mich immer, damit hat es keine Eile!‹ zu befolgen. Dann fing man an, auf uns Kinder zu hacken. Die alten Spielkameraden zogen sich zurück oder ließen uns den eingetretenen Unterschied wenigstens empfinden, denn der Knabe, der einen Eierkuchen im Leibe hat, blickt den von der Seite an, der sich den Magen mit Kartoffeln füllen mußte. Die neuen hänselten uns und zeigten sich widerwärtig, wo sie konnten, ja, die ›Pflegehausjungen‹ drängten sich heran. Diese, arme

Waisen, die auf öffentliche Kosten in einem Mittelding von Mildtätigkeitsanstalt und Hospital unterhalten wurden, bildeten nämlich die allerunterste Klasse; sie trugen graue Kittel, hatten in der Schule, wie die Grafen in Göttingen, ihre eigene Bank, nur aus andern Gründen, und wurden von allen gemieden, so daß sie sich selbst als halbe Aussätzige betrachteten und sich nur dem näherten, den sie verhöhnen zu dürfen glaubten. Doch hatte dies alles zuletzt sehr gute Folgen für mich. Ich war bis dahin ein Träumer gewesen, der sich am Tage gern hinter den Zaun oder den Brunnen verkroch, des Abends aber im Schoß der Mutter oder der Nachbarinnen kauerte und um Märchen und Gespenstergeschichten bat. Jetzt ward ich ins tätige Leben hineingetrieben, es galt, sich seiner Haut zu wehren, und wenn ich mich auf die erste Rauferei auch nur ›nach langem Zögern und vielen keineswegs kühnen Rettungsversuchen‹ einließ, so fiel sie doch so aus, daß ich die zweite nicht mehr scheute und an der dritten oder vierten schon Geschmack fand. Unsre Kriegserklärungen waren noch lakonischer als die der Römer oder der Spartiaten. Der Herausforderer sah seinen Gegner während der Schulstunde, wenn der Lehrer für eine Minute den Rücken wandte, ernsthaft an, ballte die rechte Hand zur Faust und legte sie sich auf den Mund oder viel mehr aufs Maul. Der Gegner wiederholte das symbolische Zeichen in der nächsten sicheren Minute, ohne auch nur mit einem Blick auf ein ausführlicheres Manifest zu dringen, und mittags wurde der Handel auf dem Kirchhof in der Nähe eines alten Grabkellers, vor dem sich ein grünbewachsener Fleck befand, mit den Naturwaffen durch Ringen und Hauen, im äußersten Fall auch durch Beißen und Kratzen, bündig vor der ganzen Schule ausgemacht. Ich erhob mich zwar nie zum Rang eines eigentlichen Triariers, der seine Ehre dareinsetzte, das ganze Jahr mit blauem Auge oder verschwollener Nase umherzugehen, aber ich verscherzte doch sehr bald das mütterliche Lob, ein frommes Kind zu sein, das mir bis dahin so wohlgetan hatte, und stieg dafür im Ansehen bei meinem Vater, der es mit seinen Söhnen hielt wie Friedrich der Große mit seinen Offizieren, indem er sie bestrafte, wenn sie sich prügelten, und sie verhöhnte, wenn sie sich etwas bieten ließen.

Einst biß mich mein Gegner, als ich auf ihm lag und ihn gemächlich durchwalkte, bis auf den Knochen in den Finger, so daß ich die Hand wochenlang nicht mehr zum Schreiben brauchen konnte; das war aber auch die gefährlichste Wunde, deren ich mich erinnere, und sie führte, wie dies auch wohl noch später im Leben zu geschehen pflegt, zu einer innigen Freundschaft.

Biographie

1813   *18. März:* Christian Friedrich Hebbel wird in Wesselburen (Holstein) als Sohn des Maurers Claus Friedrich Hebbel und seiner Frau Antje Margaretha, geb. Schubart, geboren. Er wächst in ärmlichen Verhältnissen auf.

1819   Besuch der Volksschule.

1827   *18. November:* Tod des Vaters.
Hebbel wird Schreiber des Kirchspielvogts Johann Jakob Mohr in Wesselburen (bis 1835). Die Bibliothek Mohrs bietet ihm die Möglichkeit autodidaktischer Bildung.

1829   Erste literarische Versuche.
Im »Dithmarscher und Eiderstedter Boten« erscheint Hebbels erstes Gedicht.

1831   Hebbel sendet einige Gedichte an die Herausgeberin der »Neuen Pariser Modeblätter«, Amalie Schoppe. Sie veröffentlicht die Gedichte in ihrer Zeitschrift und wird Förderin des jungen Autors.

1835   *Februar:* Hebbel reist nach Hamburg, um sich dort auf ein Universitätsstudium vorzubereiten.
Liaison mit der Näherin Elise Lensing, die ihn im Rahmen ihrer beschränkten Möglichkeiten finanziell unterstützt.
24. März: Beginn der Tagebucheintragungen.

1836   *Frühjahr:* Übersiedlung nach Heidelberg, wo Hebbel Rechtswissenschaften studiert.
Freundschaft mit Emil Rousseau.
Fußwanderung über Straßburg und Tübingen, wo er Ludwig Uhland trifft, nach München.
September: Wechsel zum Studium der Literatur und Philosophie nach München.
Er wohnt bei dem Schreinermeister Anton Schwarz; Liebesverhältnis mit dessen Tochter Josepha.
Mitarbeit am »Morgenblatt für gebildete Stände«.

1838   *September:* Tod der Mutter.
Oktober: Der Freund Emil Rousseau stirbt.

1839   *11.–31. März:* Wegen völliger Mittellosigkeit muss Hebbel das Studium in München aufgeben und wandert zu Fuß nach

Hamburg.

Erneute Unterstützung durch Elise Lensing.

Hebbel wird Mitarbeiter an der von Karl Gutzkow herausgege-
benen Zeitschrift »Telegraph für Deutschland«.

1840   *6. Juli:* Das gegen die Frauenemanzipation gerichtete Trauerspiel
»Judith« wird am Königlichen Hoftheater in Berlin mit Erfolg
aufgeführt (Buchausgabe 1841).

5. November: Elise Lensing bringt den Sohn Max zur Welt.

1842   Der Band »Gedichte« erscheint. Er enthält vor allem Balladen
und Romanzen sowie Sonette.

November: Hebbel reist nach Kopenhagen (bis April 1843).

In Kopenhagen lernt er die Schriftsteller Adam Gott lob Oehlen-
schläger und Hans Christian Andersen sowie den Bildhauer
Bertel Thorvaldsen kennen.

Dezember: Audienz bei König Christian VIII.

1843   *Januar:* Erneute Audienz beim König.

April: Der König gewährt Hebbel ein zweijähriges Stipendium.
Rückreise nach Hamburg.

»Mein Wort über das Drama!«

»Genoveva« (Trauerspiel).

September: Reise nach Paris, wo er unter ärmlichen Bedingungen
lebt (bis September 1844).

Bekanntschaft mit Heinrich Heine und Arnold Ruge.

Oktober: Der Sohn Max stirbt.

1844   *14. Mai:* Geburt des Sohnes Ernst in Hamburg.

»Maria Magdalena« (Trauerspiel).

September: Abreise nach Rom.

Die Universität Erlangen promoviert Hebbel in absentia mit einer
eingesandten Dissertation zur Dramentheorie zum Dr. phil.

1845   *Juni-Oktober:* Aufenthalt in Neapel, anschließend wieder in Rom.

Oktober/November: Reise nach Wien.

Zusammentreffen mit Franz Grillparzer, Friedrich Halm und
Freiherrn von Zedlitz.

Freundschaft mit der Schauspielerin Christine Enghaus (eigentlich
Engehausen).

1846   Bruch mit Elise Lensing.

26. Mai: Heirat mit der Burgschauspielerin Christine Enghaus.

27. Dezember: Christine bringt den Sohn Emil zur Welt.

1847	Tod der Söhne Ernst und Emil.
	Aufenthalt Elise Lensings in Wien.
	Mit Christine Reisen nach Berlin, Graz, Leipzig und Dresden.
	Die auf dem Hintergrund der Reisen nach Frankreich und Italien entstandenen »Neuen Gedichte« erscheinen (vordatiert auf 1848).
	25. Dezember: Geburt der Tochter Christine Elisabeth Adolphine.
	»Der Diamant« (Komödie).
1848	*8. Mai:* Das Burgtheater spielt »Maria Magdalena«, Christine Enghaus übernimmt die Rolle der Klara.
	Mai/Juni: Als Sprecher des »Schriftstellervereins« reist Hebbel zu Kaiser Ferdinand II. nach Innsbruck.
	August: Elise Lensing kehrt mit Hebbels Stiefsohn Karl, dem Sohn von Christine Enghaus, nach Hamburg zurück.
	Hebbel kandidiert für die Frankfurter Nationalversammlung, jedoch ohne Erfolg.
1849	*1. Februar:* »Judith« wird mit Christine in der Titelrolle am Hofburgtheater inszeniert.
	»Prolog zur Goethe-Feier«.
	19. April: Das Trauerspiel »Herodes und Mariamne« wird am Burgtheater aufgeführt (Druck 1850). Christine spielt die Mariamne.
	Freundschaft mit Emil Kuh.
	»Schnock« (Erzählung, vordatiert auf 1850).
1850	Hebbel reist mit seiner Frau nach Agram und Hamburg.
1851	Reisen nach Preßburg, Berlin und Hamburg.
	»Julia« (Tragödie).
	»Der Rubin« (Komödie).
	»Ein Trauerspiel in Sicilien« (Tragikomödie).
1852	*Februar:* Abreise nach München.
	25. März: Am Hoftheater in München wird das politische Trauerspiel »Agnes Bernauer« aufgeführt, jedoch nach der Premiere wegen politischer Demonstrationen wieder abgesetzt (Buchausgabe im gleichen Jahr).
	Weiterreise nach Venedig und Mailand.
1853	*Juli:* Aufenthalt in Hamburg.
1854	*Sommer:* Kuraufenthalt in Marienbad.
	18. November: Tod Elise Lensings in Hamburg.
1855	Hebbel kauft ein Sommerhäuschen in Orth bei Gmunden/Traun-

see.
»Erzählungen und Novellen«.
»Michel Angelo« (Schauspiel).
Das auf einem antiken Stoff basierende Trauerspiel »Gyges und
sein Ring« erscheint (vordatiert auf 1856).

1857 Besuch bei Arthur Schopenhauer in Frankfurt am Main.
Reise nach Hamburg.
Aufenthalt in Stuttgart mit Besuch bei Eduard Mörike
Die Gesamtausgabe der »Gedichte« erscheint.

1858 *Sommer:* Aufenthalt in Weimar.
Zusammentreffen mit der Fürstin Karoline von Sayn-Wittgen-
stein.
Das bürgerliche Epos »Mutter und Kind. Ein Gedicht in sieben
Gesängen« erscheint (vordatiert auf 1859).

1859 Reise nach Weimar und Dresden.

1860 Hebbel erhält den Bayerischen Maximiliansorden.
Zerwürfnis mit Emil Kuh.
Reise nach Paris.

1861 *Januar und Mai:* Die Dramentrilogie »Die Nibelungen« wird in
Weimar aufgeführt (Buchausgabe in 2 Bänden, 1862).
Plan, nach Weimar umzusiedeln.

1862 *Juni:* Reise nach England und Frankreich.
Wegen Intrigen am Hof in Weimar zerschlägt sich der Umzugs-
plan.
August: Auf Einladung des Großherzogs zu Gast in Wilhelmstal
bei Eisenach.

1863 Arbeit an der Tragödie »Demetrius«, die er bis zum Anfang des
fünften Aktes fertigstellen kann (erscheint 1864 als Fragment).
Schwere Erkrankung und Kur in Baden bei Wien.
13. Dezember: Tod Hebbels in Wien.

Erzählungen aus dem Biedermeier

Biedermeier - das klingt in heutigen Ohren nach langweiligem Spießertum, nach geschmacklosen rosa Teetässchen in Wohnzimmern, die aussehen wie Puppenstuben und in denen es irgendwie nach »Omma« riecht.

Zu Recht. Aber nicht nur.

Biedermeier ist auch die Zeit einer zarten Literatur der Flucht ins Idyll, des Rückzuges ins private Glück und der Tugenden. Die Menschen im Europa nach Napoleon hatten die Nase voll von großen neuen Ideen, das aufstrebende Bürgertum forderte und entwickelte eine eigene Kunst und Kultur für sich, die unabhängig von feudaler Großmannssucht bestehen sollte.

Georg Büchner Lenz **Karl Gutzkow** Wally, die Zweiflerin **Annette von Droste-Hülshoff** Die Judenbuche **Friedrich Hebbel** Matteo **Jeremias Gotthelf** Elsi, die seltsame Magd **Georg Weerth** Fragment eines Romans **Franz Grillparzer** Der arme Spielmann **Eduard Mörike** Mozart auf der Reise nach Prag **Berthold Auerbach** Der Viereckig oder die amerikanische Kiste

ISBN 978-3-8430-1884-5, 444 Seiten, 29,80 €

Erzählungen aus dem Biedermeier II

Annette von Droste-Hülshoff Ledwina **Franz Grillparzer** Das Kloster bei Sendomir **Friedrich Hebbel** Schnock **Eduard Mörike** Der Schatz **Georg Weerth** Leben und Taten des berühmten Ritters Schnapphahnski **Jeremias Gotthelf** Das Erdbeerimareili **Berthold Auerbach** Lucifer

ISBN 978-3-8430-1885-2, 440 Seiten, 29,80 €

Erzählungen aus dem Biedermeier III

Eduard Mörike Lucie Gelmeroth **Annette von Droste-Hülshoff** Westfälische Schilderungen **Annette von Droste-Hülshoff** Bei uns zulande auf dem Lande **Berthold Auerbach** Brosi und Moni **Jeremias Gotthelf** Die schwarze Spinne **Friedrich Hebbel** Anna **Friedrich Hebbel** Die Kuh **Jeremias Gotthelf** Barthli der Korber **Berthold Auerbach** Barfüßele

ISBN 978-3-8430-1886-9, 452 Seiten, 29,80 €